निर्णय और जिम्मेदारी

वचनबध्द निर्णय और जिम्मेदारी कैसे लें

सरश्री द्वारा रचित श्रेष्ठ पुस्तकें

१. इन पुस्तकों द्वारा आध्यात्मिक विकास करें

- निःशब्द संवाद का जादू - जीवन की १११ जिज्ञासाओं का समाधान
- विचार नियम - आपकी कामयाबी का रहस्य
- संपूर्ण ध्यान - २२२ सवाल
- तुम्हें जो लगे अच्छा वही मेरी इच्छा - भक्ति नियामत
- मोक्ष - अंतिम सफलता का राजमार्ग
- सत् चित्त आनंद - आपके 60 सवाल और 24 घंटे
- आध्यात्मिक उपनिषद् - सत्य की उपस्थिति में जन्मी 24 कहानियाँ
- शिष्य उपनिषद् - कथाएँ गुरु और शिष्य साक्षात्कार कीं
- भक्ति के भक्त - रामकृष्ण परमहंस

२. इन पुस्तकों द्वारा स्वमदद करें

- संपूर्ण लक्ष्य - संपूर्ण विकास कैसे करें
- अवचेतन मन की शक्ति के पीछे आत्मबल
- धीरज का जादू - संतुलित जीवन संगीत
- समग्र लोक व्यवहार - मित्रता और रिश्ते निभाने की कला
- नींव नाइन्टी - नैतिक मूल्यों की संपत्ति
- स्वीकार का जादू
- संपूर्ण सफलता का लक्ष्य
- परिवार के लिए विचार नियम
- इमोशन्स पर जीत - दुःखद भावनाओं से मुलाकात कैसे करें

३. इन पुस्तकों द्वारा हर समस्या का समाधान पाएँ

- समय नियोजन - समय संभालो, सब संभलेगा
- खुशी का रहस्य - सुख पाएँ, दुःख भगाएँ : ३० दिन में
- रिश्तों में नई रोशनी

४. इन आध्यात्मिक उपन्यासों द्वारा जीवन के गहरे सत्य जानें

- मृत्यु पर विजय - मृत्युंजय
- स्वयं का सामना - हरक्युलिस की आंतरिक खोज
- कैसे करें ईश्वर की नौकरी - एक जिम्मेदार इंसान की कहानी, समझ मिलने के बाद
- बड़ों के लिए गर्भ संस्कार - १० अवतार का जन्म आपके अंदर

निर्णय और जिम्मेदारी

वचनबध्द निर्णय और जिम्मेदारी कैसे लें

वचनबद्ध निर्णय और जिम्मेदारी कैसे लें

© Tejgyan Global Foundation

All Rights Reserved 2011.

Tejgyan Global Foundation is a charitable organization with its headquarters in Pune, India.

सर्वाधिकार सुरक्षित

वॉव पब्लिशिंग्ज् प्रा. लि. द्वारा प्रकाशित यह पुस्तक इस शर्त पर विक्रय की जा रही है कि प्रकाशक की लिखित पूर्वानुमति के बिना इसे व्यावसायिक अथवा अन्य किसी भी रूप में उपयोग नहीं किया जा सकता। इसे पुनः प्रकाशित कर बेचा या किराए पर नहीं दिया जा सकता तथा जिल्दबंद या खुले किसी भी अन्य रूप में पाठकों के मध्य इसका परिचालन नहीं किया जा सकता। ये सभी शर्तें पुस्तक के खरीददार पर भी लागू होंगी। इस संदर्भ में सभी प्रकाशनाधिकार सुरक्षित हैं। इस पुस्तक का आंशिक रूप में पुनः प्रकाशन या पुनः प्रकाशनार्थ अपने रिकॉर्ड में सुरक्षित रखने, इसे पुनः प्रस्तुत करने की प्रति अपनाने, इसका अनूदित रूप तैयार करने अथवा इलेक्ट्रॉनिक, मैकेनिकल, फोटोकॉपी और रिकॉर्डिंग आदि किसी भी पद्धति से इसका उपयोग करने हेतु समस्त प्रकाशनाधिकार रखनेवाले अधिकारी तथा पुस्तक के प्रकाशक की पूर्वानुमति लेना अनिवार्य है।

छठा संस्करण	:	सितंबर २०१३
रीप्रिंट	:	दिसंबर २०१४
रीप्रिंट	:	अगस्त २०१७
प्रकाशक	:	वॉव पब्लिशिंग्ज़् प्रा. लि., पुणे

Vachanbadh Nirnay Aur Jimmedari Kaise Le
by **Sirshree** Tejparkhi

यह पुस्तक समर्पित है
उन महानायकों/महानायकाओं को,
जिनकी वचनबद्धता और जिम्मेदारी लेने के कारण
विश्व में बड़े और सकारात्मक बदलाव आए।

* विषय सूची *

प्रस्तावना	**सबसे बड़ी जिम्मेदारी**	13
प्रारंभ	**लक्ष्य के लिए जिम्मेदार, वचनबद्ध और निर्णायक बनें**	
	संपूर्ण सफलता का मार्गदर्शन किनसे लें	17
खण्ड- १ : निर्णय लेने की कला -Art of decision making		23
भाग १	**निर्णय क्षमता** - निर्णय लेने का निर्णय	24
[1]	निर्णय क्यों लिए जाएँ :	24
[2]	गलत निर्णय के अनुभव से सही निर्णय लेना सीखें :	25
[3]	विकल्प सारणी तकनीक का इस्तेमाल करें :	26
[4]	निर्णय लेने से न डरें :	28
[5]	निर्णय कौन लेते हैं :	29
[6]	निर्णय न लेने का निर्णय लें :	30
भाग २	**निर्णय न लेने के बहाने** - बहानों में न बहें	31
[7]	विश्वसनीय बनने के लिए : NINE (No इल्जाम, No Excuse)...	32
भाग ३	**आज का निर्णय** - अनेक में पहला एक	35
[8]	**निर्णय लेना कब उचित होता है :**	35
[9]	कौन सा काम पहले किया जाए :	35
[10]	समय का बहाना न दें :	37
[11]	समय रहते निर्णय लेने की कला सीखें :	38
भाग ४	**अखंड बनकर निर्णय लें** - तेजस्थानी निर्णय	39
[12]	सही निर्णय लेने के लिए भाव, विचार, वाणी और क्रिया एक हों :	39
[13]	तेजस्थान (हृदय) से निर्णय लें :	40
[14]	निर्णय लेने के लिए हृदय से मार्गदर्शन लें :	41
[15]	ईमानदारी के सिद्धांत से निर्णय लें :	42

वचनबद्ध निर्णय और जिम्मेदारी कैसे लें * 6

भाग ५	उठी हुई चेतना से निर्णय लें : सही विकल्प का चुनाव	44
[16]	निर्णय लेने के लिए प्राप्त विकल्पों में से उपयुक्त चुनाव करें :	44
[17]	सदा उच्च चेतना को महत्त्व दें :	45
भाग ६	दूसरों से सहमति पाने की कला : इंसान की मनोवैज्ञानिक जरूरतें	48
[18]	बहस व वाद-विवाद में समय बरबाद न करें :	48
[19]	आलोचना व व्यंग न करें :	51
भाग ७	उच्च निर्णय क्षमता के लिए सुझाव :	
	अठारह संकेत और निर्णय ध्यान	52

खण्ड-२ : जिम्मेदारी लेने की योग्यता   63
Ability to take responsibility

भाग १	जिम्मेदारी लेना सीखें - आपकी जिम्मेदारी क्या है	64
[20]	किस जिम्मेदारी से शुरुआत करें :	64
[21]	जिम्मेदारी स्वयं स्वीकार करें :	64
भाग २	गैर जिम्मेदारी के परिणामों से बचें -	
	जिम्मेदार लोग ही पसंद किए जाते हैं	66
[22]	क्या आप गैर जिम्मेदार लोगों के साथ रहना पसंद करेंगे :	66
[23]	गैर जिम्मेदारी का सबसे बड़ा परिणाम :	67
[24]	असली जिम्मेदार इंसान कौन होता है -	
	अव्यक्तिगत समझकर कार्य करें :	68
भाग ३	जिम्मेदारी और आत्मविश्वास - प्रयोग करना शुरू करें	69
[25]	ट्रायल ऍन्ड एरर और शैडो बॉक्सिंग :	70
भाग ४	क्या आपने स्वयं की जिम्मेदारी ली है -	
	जिम्मेदारी : विकास का द्वार	72
[26]	होशपूर्वक जिम्मेदारी लें :	72
[27]	अपने शारीरिक और मानसिक विकास के लिए जिम्मेदारी लें :	72

[28]	अच्छे गुणों को आत्मसात करने की जिम्मेदारी लें :	73
[29]	जिम्मेदारी लेने से सब संभव हो जाता है :	73
[30]	जिम्मेदारी लें, विकास के द्वार खोलें :	74

भाग ५	जिम्मेदारी को पूर्ण करने में आनेवाली बाधाएँ -	
	जिम्मेदारी लेने की तैयारी	75
[31]	जिम्मेदार कौन है :	75

भाग ६	जिम्मेदारी लेने के लिए आवश्यक गुण - आठ स्तंभ	80
[32]	अपने गुणों को आत्मसात और विकसित करने की जिम्मेदारी लें :	80
[33]	पहला स्तंभ : ईश्वर पर दृढ़ विश्वास :	80
[34]	दूसरा स्तंभ : ज्ञान प्राप्त करें, शंका मिटाएँ :	80
[35]	अपूर्ण जानकारी :	82
[36]	माँ-बाप से अपूर्ण जानकारी :	82
[37]	तीसरा स्तंभ : साहस के साथ नए प्रयोग और पहल करें :	83
[38]	चौथा स्तंभ : अपने कान खुले रखें और निडर नायक बनें :	84
[39]	पाँचवाँ स्तंभ : अपनी कमियों को प्रकाश में लाएँ :	88
[40]	छठवाँ स्तंभ : सकारात्मक दृष्टिकोण अपनाएँ :	89
[41]	सातवाँ स्तंभ : सकारात्मक क्रिया करें :	89
[42]	आठवाँ स्तंभ : उच्चतम जिम्मेदारी लें :	90

भाग ७	जिम्मेदारी लेने के लिए कार्यक्षमता बढ़ाएँ	92
	- अपने कामों में कार्यकुशलता प्राप्त करें	
[43]	कार्यक्षमता बढ़ाने के लिए धीरे-धीरे	
	शारीरिक क्षमता बढ़ाना शुरू करें :	94

भाग ८	जिम्मेदारी आज़ादी की घोषणा है - आज़ाद कौन	96
[44]	जिम्मेदारी लेना बोझ नहीं आज़ादी है :	97
[45]	आज़ादी और जिम्मेदारी दोनों एक हैं :	97

[46]	जिम्मेदारी लेने का सबसे बड़ा लाभ -आज़ादी :	98
भाग ९	अपनी जिम्मेदारी खुद लें - स्वयं को परखने के दस नुक्ते	100

खण्ड - ३ : वचन पर कायम रहने का निश्चय Commitment 107

भाग १	वादे निभाने की शक्ति - वचन पर कायम रहें	109
[47]	लिए गए कार्य को दिए गए समय पर करें पूर्ण :	110
[48]	वचनबद्ध होने के फायदे :	111
[49]	पहला गुण : काम के प्रति समझ व जानकारी रखना :	112
[50]	दूसरा गुण : सकारात्मक दृष्टिकोण :	112
[51]	तीसरा गुण : काम को पूर्ण करने के विकल्प तलाश करें :	112
[52]	चौथा गुण : अपने लक्ष्य के प्रति आदर और प्रेम रखें :	113
भाग २	वचनबद्ध न होने के तीन कारण : अविश्वास, असत्य, असचेत	114
[53]	पहला कारण - विश्वास खोना :	114
[54]	दूसरा कारण - झूठ बोलना :	115
[55]	तीसरा कारण - लापरवाह होना :	117
भाग ३	वचन पर कायम कैसे रहें : मन पर नियंत्रण पाने की तकनीकें	118
[56]	थोड़ा मगर आज - बड़ी जिम्मेदारी उठाने का राज :	118
[57]	पाँच मिनट और करें :	118
[58]	भावना का इंतजार करने की बजाय कार्य शुरू करें :	119
[59]	मूड बनने का इंतजार न करें :	119
[60]	'रोक प्रयोग' करें और मन के मालिक बनें :	120
भाग ४	निरंतर अभ्यास से दृढ़ संकल्प का निर्माण करें - पाँच चाभियाँ	122
[61]	पहली चाभी :	122
[62]	किसी भी एक काम में प्रवीणता प्राप्त करके वचनबद्धता का गुण बढ़ाएँ :	123
[63]	हार न मानें, निरंतर कार्य करके सफल बनें :	123

[64]	वचन पर कायम रहने में आनेवाली बाधाओं को बाधाएँ न समझें:	124
[65]	पक्का इरादा खुद से वादा :	124
भाग ५	**पुल को पलायन न बनने दें** - How to Break Back Bridge	126
[66]	दूसरी चाभी :	126
[67]	थ्री बी फॉर्मूला - ब्रेक बैक ब्रिज :	126
भाग ६	**आखिरी प्रयास जरूर करें** - हिट द लास्ट पंच	130
[68]	तीसरी चाभी :	130
भाग ७	**सुप्त ऊर्जा जगाएँ** - तीन स्तरों की ऊर्जा	133
[69]	चौथी चाभी :	133
[70]	पहले स्तर की ऊर्जा :	133
[71]	दूसरे स्तर की ऊर्जा :	134
[72]	तीसरे स्तर की ऊर्जा :	134
भाग ८	**बाजी कौन मारना चाहता है** - तीन कदम	136
[73]	पाँचवीं चाभी :	136
भाग ९	**वचनबद्ध होने के लिए सब्र बढ़ाएँ** - धीरज और निरंतरता से कार्य करें	138
[74]	साँस और सब्र :	139
भाग १०	**अभ्यास और संकल्प शक्ति** - Practice and will power	145
[75]	प्रयोग :	146
	परिशिष्ट	151
	Understanding in action शिविर सारणी	152-153
	तेजज्ञान फाउण्डेशन की अन्य जानकारी	154-168

पुस्तक का लाभ कैसे लें

१) यह गाईड बुक है। निर्णय लेना, जिम्मेदारियाँ निभाना, कार्यों को वचन अनुसार पूर्ण करना हम सबकी रोजमर्रा की गतिविधियाँ हैं इसलिए यह पुस्तक अपने आस-पास रखें ताकि किसी भी दिक्कत में सहजता से इस गाईड बुक का इस्तेमाल किया जा सके।

२) इस पुस्तक की प्रस्तावना 'सबसे बड़ी जिम्मेदारी' जरूर पढ़ें। प्रस्तावना में बहुत ही महत्वपूर्ण बातें समझाई गई हैं, जो आपको अपनी जिम्मेदारी समझने में मदद करेंगी।

३) अगर आपको अपने जीवन में कुछ ऐसे निर्णय लेने हैं, जिन्हें लेने में आप असमर्थ हैं तो इस पुस्तक का खण्ड १ पहले पढ़ें। (पृष्ठ क्र. २३)

४) अगर आप जिम्मेदारियों को बोझ समझते आए हैं या जिम्मेदारियों से डरते आए हैं तो जिम्मेदारी निभाने की कला सीखने के लिए खण्ड २ पढ़ें। (पृष्ठ क्र. ६३)

५) अगर आपके कार्यों में पूर्णता बहुत मुश्किल से आती है तो सबसे पहले वचनबद्ध होकर काम को अंजाम देने की कला प्राप्त करने के लिए खण्ड ३ पढ़ें। (पृष्ठ क्र. १०७)

६) आपके आस-पास ऐसे कई लोग होंगे जो निर्णय या जिम्मेदारी नहीं ले पाते या जिम्मेदारी लेकर उसे पूर्ण नहीं कर पाते। ऐसे लोगों को यह पुस्तक पढ़ने के लिए अवश्य दें ताकि उनका जल्द से जल्द लाभ हो।

७) इस पुस्तक की ऐसी बातें जिनसे आप सबसे ज्यादा प्रभावित हुए हैं और जो आपके लिए बहुत उपयोगी साबित हुई हैं, उन्हें अपनी डायरी में लिखकर रखें।

जब भी आपको समय मिले तब अपनी डायरी खोलकर उन्हें दोबारा पढ़ें।

८) इस पुस्तक में ७५ मील के पत्थर दिए गए हैं, इन ७५ नुक्तों द्वारा आप इस पुस्तक को आसानी से अपने जीवन में उतार सकते हैं। हर खण्ड के अंत में एक माईन्ड मैप (मूल विचार चित्र) भी दिया गया है। उस माईन्ड मैप में आप पूर्ण खण्ड का सार एक साथ पढ़ सकते हैं।

९) पुस्तक के अंत में 'अण्डरस्टैण्डिंग इन ऍक्शन शिविर सारणी' दी गई है। इस सारणी के आधार पर आप पुस्तक में लिखी हर बात का संकल्प (इंटेन्शन) लेकर उस पर हर दिन काम कर सकते हैं। इस तरह सेल्फ शिविर करके, महीने के बाद आप इस पुस्तक की सारी बातों को आत्मसात कर पाएँगे और अपने कामों और आत्मविश्वास में पूर्ण बदलाव देख पाएँगे।

शुभारंभ !

प्रस्तावना

सबसे बड़ी जिम्मेदारी

विश्व के लिए उच्च विचार रखनेवाला समाज निर्माण करना एक सबसे बड़ी जिम्मेदारी है। आप यह जिम्मेदारी तब उठा पाएँगे जब आप स्वयं उच्च विचार रख पाएँगे।

इंसान की सबसे बड़ी जिम्मेदारी क्या है और उसे लेने के लिए इंसान के शरीर में कौन से गुण होने आवश्यक हैं?

सबसे बड़ी जिम्मेदारी हर इंसान के लिए अपने-अपने क्षेत्र में अलग-अलग होगी। जिस क्षेत्र में जो इंसान काम कर रहा है, उसके लिए उस क्षेत्र की जिम्मेदारी सबसे बड़ी होगी।

जो इंसान दिनभर घर में ही रहता है, उसकी जिम्मेदारी घर ठीक-ठाक रखने की होगी।

कोई इंसान ऑफिस में काम करता है तो उसकी जिम्मेदारी ऑफिस में महत्वपूर्ण कार्य करते हुए, सभी को साथ में लेते हुए, लीडरशिप के गुण बढ़ाते हुए, अपनी कंपनी को उसकी उच्चतम अवस्था तक पहुँचाने की होगी।

कोई विद्यार्थी है तो उस पर अपने मस्तिष्क का पूर्ण विकास करने की जिम्मेदारी होगी क्योंकि उसी आधार पर वह अपना उच्च जीवन शुरू करेगा और स्वयं का करियर बनाएगा। पढ़ाई उसके लिए निमित्त बनेगी।

इन उदाहरणों से समझें कि जो इंसान जिस क्षेत्र में है, उस क्षेत्र की जो सबसे उच्चतम अवस्था है, उसे प्राप्त करना सबसे बड़ी जिम्मेदारी होगी।

सबसे बड़ी जिम्मेदारी

जहाँ सबकी चेतना उच्च स्तर पर हो, सब प्रेम, अपनेपन से रहने को तैयार हों, ऐसे समाज के निर्माण होने की बहुत ज़रूरत है। विश्व के लिए ऐसा 'उच्चतम विकसित समाज (UVS) निर्माण करना' एक सबसे बड़ी जिम्मेदारी है। जैसे-जैसे इंसान अपने आपको जानते जाता है वैसे-वैसे उसका क्षेत्र बड़ा होता जाता है। पहले इंसान अपने आपको एक छोटे घर का सदस्य समझता है, फिर धीरे-धीरे वह पूरे मुहल्ले के बारे में सोचता है। जब उसका और ज्यादा विस्तार होता है, समझ पूर्ण खुलती है तब वह पूर्ण समाज के प्रति अपनी जिम्मेदारी महसूस करता है। फिर वह सोचता है कि 'अगर मैं एक सामाजिक प्राणी हूँ तो समाज के प्रति मेरी क्या जिम्मेदारी होनी चाहिए? अगर मैं रास्ते का इस्तेमाल करता हूँ, बिजली के खंभे का इस्तेमाल करता हूँ, वाहन चलाता हूँ, हवा साँस के रूप में लेता हूँ, सूरज की रोशनी का लाभ लेता हूँ तो इन सबके प्रति भी मेरी जिम्मेदारी है।'

यह समझ हर इंसान के पास होनी चाहिए कि जब हम रास्ते का इस्तेमाल करते हैं, बिजली का इस्तेमाल करते हैं, कुदरत से मिलनेवाला पानी इस्तेमाल करते हैं तो यह हमारी जिम्मेदारी बनती है कि हम उन चीजों का अच्छे ढंग से उपयोग करें। यदि हम पूर्ण देश की जिम्मेदारी अपनी समझते हैं तो हम हर छोटी बात की जिम्मेदारी समझ पाएँगे। उदाहरण पानी का उपयोग सही ढंग से हो, उसका दुरुपयोग न हो। पानी बह रहा है और कोई नल बंद नहीं कर रहा है तो यह पानी का दुरुपयोग हुआ अतः आप स्वयं जाकर नल बंद करें।

फिर आप यह भी सोच पाएँगे कि रास्ते कैसे सही बनें, रास्तों पर सफाई किस तरह से हो। रास्ते में गड्ढे हैं तो वह जिम्मेदारी ली जाए कि ये गड्ढे भरने के लिए क्या-क्या किया जाए। उसके लिए किससे मिलना है? संघ बनाकर, टीम बनाकर कार्पोरेशन में या उस इलाके का जो योग्य नगरसेवक है उससे मिलकर, कैसे व्यवस्था की जाए ताकि वे गड्ढे न रहें क्योंकि उसमें किसी के भी बच्चे गिर सकते हैं। अन्य तरह की दुर्घटना भी हो सकती है।

आप सबसे बड़ी जिम्मेदारी तब उठा पाएँगे जब आप स्वयं को खुला हुआ महसूस करेंगे। यदि आप स्वयं को सीमित समझते हैं तो आपके लिए सबसे बड़ी जिम्मेदारी की परिभाषा अलग है। फिर आपके लिए सबसे बड़ी जिम्मेदारी अपने

सीमित क्षेत्र की होगी। आपके क्षेत्र में ऑफिस में, घर में, समाज में, स्कूल में, बाजार में जो दिखाई दे रहा है उसकी उच्चतम अवस्था क्या हो सकती है? उसे बड़ी जिम्मेदारी समझकर, जिम्मेदारी उठाना शुरू करें।

एक गृहिणी अगर यह सोचती है कि 'मैं सिर्फ एक गृहिणी हूँ' तो उसकी जिम्मेदारी अपने घर के प्रति आती है। फिर गृहिणी यह सोचे कि घर को सुंदरता तथा व्यवस्था से कैसे चलाया जाए? बच्चों का स्वास्थ्य, घर में रहनेवाले अन्य सदस्यों का स्वास्थ्य कैसे अच्छा रहे? कैसे उन्हें ऐसा वातावरण मिले जहाँ वे पढ़ाई कर पाएँ? कैसे उन्हें शांत वातावरण मिले जहाँ पर वे आराम कर पाएँ, अपनी थकावट दूर कर पाएँ ताकि अगले दिन के लिए वे कार्य कर पाएँ।

यह एक गृहिणी के लिए सबसे बड़ी जिम्मेदारी होगी क्योंकि वह अपने आपको सीमित समझती है। जब वह अपना विस्तार करेगी, स्वयं को जानेगी तब उसकी अगली जिम्मेदारी उसे दिखाई देगी।

जब इंसान स्वयं को जान जाता है तो उसके लिए सबसे बड़ी जिम्मेदारी होती है विश्व की जिम्मेदारी लेना। फिर वह अपने अंदर वे सारे गुण लाना चाहेगा जिससे वह पूरे विश्व का खयाल रख पाए।

सबसे बड़ी जिम्मेदारी कौन सी है? यह समझने के लिए अपने आप से सवाल पूछें कि 'मैं अपने आपको कितना छोटा समझता/ समझती हूँ और मैं अपने क्षेत्र में सबसे बड़ा क्या कर सकता/ सकती हूँ ?' यदि आप उस छोटे क्षेत्र में कामयाब हुए तो आप निर्णय लेकर और भी बड़ी जिम्मेदारियाँ ले पाएँगे।

निश्चित करें और करें (Decide & Do)

जब आप कोई काम निश्चित करते हैं, निर्णय लेते हैं और वह काम शुरू करके पूर्ण करते हैं तब आप कामयाब होते हैं। जो आपने निश्चित किया और वह आपने पूर्ण किया (Decide & Do) तो आप कामयाब हैं, पूर्ण हैं।

आप इस बात का विश्वास करें कि 'अगर कोई काम विश्व का एक इंसान कर सकता है तो वह काम आप भी कर सकते हैं।' जैसे हजारों, लाखों लोग यदि कोई काम करने में समर्थ हैं तो आप भी वह काम कर सकते हैं। इस बात की कल्पना करें कि लक्ष्य प्राप्त करने के बाद, कार्य कुशलता प्राप्त कर लेने के बाद जो जीवन

हमें मिलता है वह पाकर आपको कैसा महसूस होगा। उस आनंद को अपने मन की आँखों में महसूस करें। इस कल्पना द्वारा आप आगे भी वैसा कार्य करने के लिए अपने आपको प्रोत्साहित करते रहेंगे।

हर काम का निर्णय लेकर, उसे एक चुनौती मानकर पूर्ण करें। जिससे आप धीरे-धीरे कई कार्यों में कुशल (एक्सपर्ट) बन जाएँगे। इस तरह आप जब जो निश्चित करेंगे तब वह पूर्ण करेंगे। सबसे बड़ी जिम्मेदारी लेनेवाला इंसान कार्य निश्चित कर पूर्ण करता है। आप भी सबसे बड़ी जिम्मेदारी उठाने का पहला कदम, पुस्तक पढ़कर लें। पहला कदम पहले उठाएँ। इस पुस्तक को पढ़ने का निर्णय और जिम्मेदारी लें, साथ ही इस पुस्तक को पढ़कर खत्म करने की तारीख भी तय करें। इस तरह अपने आपको वचन दें और वचन पर कायम रहें। यदि आप ऐसा कर पाए तो आपने इस पुस्तक से लाभ लेने और सबसे बड़ी जिम्मेदारी लेने का पहला कदम उठाया है।

उच्चतम विकसित समाज निर्माण करने में इस पुस्तक का उपयोग हो सकता है इसलिए इसे पढ़कर जो सेवा का मौका दिया उसके लिए आपका धन्यवाद। हॅपी थॉट्स।

...सरश्री

प्रारंभ

लक्ष्य के लिए जिम्मेदार, वचनबद्ध और निर्णायक बनें

संपूर्ण सफलता का मार्गदर्शन किनसे लें

जब तक लोगों को जीवन का लक्ष्य याद नहीं दिलाया जाता तब तक वे वैसे ही जीते रहते हैं जैसे हमेशा से जीते आए हैं। अगर आपसे पूछा जाए कि 'क्या आपके जीवन का कोई अर्थ है?' तो आप क्या कहेंगे? यदि जवाब 'ना' है तो आप अपने आपको एक लक्ष्य दें (लक्ष्य बनाने का निर्णय आज ही लें) और उसे पूरा करें। यदि जवाब 'हाँ' है तो उस लक्ष्य में जान डालें, उसे दमदार बनाएँ। वाकई आपके जीवन का एक अर्थ, आपको एक लक्ष्य मिल जाए तो दुनिया की कोई भी तकलीफ, आपको तकलीफ नहीं लगेगी वरना हर छोटी असुविधा भी आपको बहुत बड़ी तकलीफ लगेगी। जैसे रात को दूध का गिलास नहीं मिला, विशेष तकिया नहीं मिला तो नींद नहीं आएगी। एक मच्छर ने काटा तो सो नहीं सकते। बिना लक्ष्य के इंसान को इस तरह की छोटी-छोटी बातें भी बहुत परेशान करती हैं। अगर जीवन में लक्ष्य है तो एक बड़ी तकलीफ भी बहुत छोटी लगती है इसलिए जरूरी है कि जीवन में अगर बड़े निर्णय लेने हैं, बड़ी जिम्मेदारियाँ लेनी हैं तो उन्हें अपने लक्ष्य द्वारा वचनबद्ध होकर पूर्ण करें।

हमें अपने आपको एक लक्ष्य देना है, न कि इस बात का इंतजार करना है कि जीवन हमें लक्ष्य बताए या कोई और आकर बताए कि आपका लक्ष्य यह है। किसी और पर निर्भर न रहें बल्कि स्वयं ही अपने आपको अपना लक्ष्य दें। जिस दिन आप अपना लक्ष्य बना पाए, वह दिन आपकी जिंदगी का सुनहरा दिन होगा क्योंकि उस दिन आपने अपना लक्ष्य बनाकर अपने जीवन को एक दिशा दी। बिना दिशा के इंसान की दुर्दशा नहीं बदलती।

जितना बड़ा पैर होता है, उतने बड़े जूते की जरूरत होती है। जितना बड़ा

लक्ष्य होता है, उतनी ज्यादा शरीर, मन, बुद्धि की तैयारी जरूरी है। शरीर हमारा रथ है और हमारी सारी इंद्रियाँ इसके घोड़े हैं। बिना लगाम के घोड़े, रथ की बरबादी तथा रथ चलानेवाले की असफलता का कारण बनते हैं। बेलगाम घोड़े (विचार) एक-दूसरे की ताकत को नष्ट करते हैं। रथ के अनुशासित घोड़े सफलता दिलाते हैं इसलिए अपने शरीर को अनुशासित बनाएँ।

आज ऐसे भी लोग हैं जिनके पास लक्ष्य है और ऐसे लोग भी हैं जिनके पास कोई लक्ष्य नहीं है मगर सभी के पास लक्ष्य होना जरूरी है। जिनके पास लक्ष्य नहीं है वे कम से कम यह लक्ष्य बनाएँ कि 'जल्द से जल्द मैं अपना लक्ष्य निश्चित करूँगा।' आज यह निर्णय तो आप ले ही सकते हैं। फिर चाहे आपको पहले समझ में न आए कि आपको क्या बनना है, कहाँ जाना है, कहाँ पहुँचना है और आपका अंतिम लक्ष्य क्या है मगर आज एक निर्णय तो लें कि आपको जल्द से जल्द अपना लक्ष्य खोजना है। 'लक्ष्य खोजने का लक्ष्य' तो आप आज ले ही सकते हैं। जिससे आपकी शक्ति किस चीज के लिए खर्च करनी है यह आपको पता चलेगा। आपको अपना लक्ष्य मिल गया तो आपका भविष्य में अटकना बंद हो जाएगा और जिनके पास लक्ष्य है वे नई जानकारी के साथ लक्ष्य में थोड़ी सी तबदीली कर सकते हैं। समय-समय पर नई जानकारी के साथ लक्ष्य में तबदीलियाँ करना आवश्यक है।

शक्तिशाली लक्ष्य बनाएँ

लक्ष्य बनाते हुए आपको यह सवाल आ सकता है कि मानव जीवन का लक्ष्य क्या है। मानव जीवन का लक्ष्य है खिलना, खुलना, खेलना यानी जो आपकी संभावना है, उसे खोलना। एक इंसान का संपूर्ण लक्ष्य तब पूरा होता है जब वह पूरी तरह से खिलेगा, खुलेगा और खिलकर खेलेगा।

बगीचे का हर फूल खिल रहा है। यह दूसरी बात है कि पूरा खिलने से पहले कोई फूल टूट जाता है, कोई तेज हवाओं से गिर जाता है, कोई बच्चा उसे तोड़ देता है, कभी कुछ कीड़े लग जाते हैं, कुछ रोग लग जाने से खराब हो जाते हैं मगर हर फूल का लक्ष्य है कि वह पूरा खिले। इसके अंदर की जो सुगंध है वह हवा के माध्यम से हर एक तक पहुँचे।

अब यह लक्ष्य प्राप्त करने के लिए हम देखें कि हमारे आजू-बाजू में ऐसी क्या व्यवस्थाएँ हैं, जिसका फायदा लेकर हम यह लक्ष्य जल्द से जल्द प्राप्त करें। यह

मानव जीवन का लक्ष्य है, हर एक का लक्ष्य है। हर एक को पूरी तरह से खिलना है, खुलना है, वह जो कर सकता है, उसे करना है। कोई और क्या कर सकता है, यह नहीं सोचना है। जैसे चमेली का फूल जूही के फूल के बारे में कभी नहीं सोचेगा कि 'मैं जूही अथवा गुलाब जैसा क्यों नहीं हूँ?' आप जो हैं, वह क्या कर सकता है, उसका लक्ष्य क्या है, यह सोचना है।

लक्ष्य की तरफ बढ़ने के लिए खोटे सिक्के-अज्ञान, बेहोशी, वृत्तियाँ (टेन्डेंसीज) रोकती हैं। टेन्डेंसीज यानी ऐसे पैटर्न जो हमारे शरीर में बैठ गए हैं, जिसकी वजह से बेहोशी में हमारे काम चलते हैं। सामनेवाले ने ऐसी गाली दी है तो हम भी वैसी गाली दे देते हैं, हमें पता ही नहीं चलता - इंसान की यह वृत्ति बन चुकी है।

जीवन में हमेशा शक्तिशाली लक्ष्य बनाएँ। अपने जीवन में बहुत कम लोग लक्ष्य बनाते हैं और उनमें से बहुत कम लोग वह लक्ष्य लिखकर रखते हैं। जिम्मेदार इंसान अपना लक्ष्य केवल मस्तिष्क में नहीं रखते बल्कि उसे कागज पर योजना के साथ उतारते हैं।

आप अपने जीवन का एक दमदार लक्ष्य बनाएँ, जिसे सुनते ही आपको रोमांच लगे, आनंद महसूस हो। जिसे सुनते ही आपके अंदर काम करने की प्रेरणा जागे और डर कोसों दूर भाग जाए।

जितना बड़ा लक्ष्य हम बनाते हैं उतनी ज्यादा शक्ति कुदरत हमें प्रदान करती है। कुदरत का यह नियम समझनेवाले लोग छोटा लक्ष्य नहीं बनाते। आप अगर कुदरत की शक्ति को अपने अंदर महसूस करना चाहते हैं तो उच्चतम और शक्तिशाली लक्ष्य बनाएँ।

न सोचने का नतीजा

आज की युवा पीढ़ी के पास अपनी सोच नहीं है। उनके लिए निर्णय लेने का कार्य टी.वी. करता है, विज्ञापन तथा फिल्मी कलाकार करते हैं। लोग वैसे ही कपड़े पहनना पसंद करते हैं जो फिल्मों में या टी.वी सीरीयलों में उनके पसंदीदा अभिनेता, अभिनेत्री पहनते हैं। आज की युवा पीढ़ी का मार्गदर्शन न करके, उनकी हानि करने में विज्ञापनों का बहुत बड़ा योगदान रहा है। आपको शायद इस बात का पता न हो कि पूरे सालभर में एक इंसान पर २२००० विज्ञापनों की बौछार पड़ती रहती है। विज्ञापनकर्ता हमारे लिए सारे निर्णय लेते हैं कि हमें क्या खाना चाहिए, पीना

चाहिए, क्या पहनना चाहिए, कौन से वाहनों (कार, बाईक वगैरह) का इस्तेमाल करना चाहिए, कैसे जीना चाहिए, कौन से शैम्पू, सौंदर्य प्रसाधनों का इस्तेमाल करना चाहिए।

विज्ञापनों के चलते ही इंसान अपनी आवश्यकताओं से ज्यादा, अनावश्यक चीजों पर पैसा बरबाद करता रहता है। यह है न सोचने का नतीजा। इसमें चाहे आपको कोई बुराई दिखाई नहीं दे लेकिन हुआ यही है कि इंसान अपनी सोचने की ताकत खोता चला आया है। अगर इस बात की सजगता इंसान में नहीं पैदा की गई तो आगे भी यह जारी रहेगा।

स्कूल कॉलेज के विद्यार्थी अपने दोस्तों का अनुकरण करते हैं। कई बार वे गलत लोगों को अपने मित्र के रूप में अपनाते हैं। जिसकी वजह से आगे चलकर उन्हें कठिन परिस्थितियों का सामना करना पड़ता है। किशोर अवस्था में विद्यार्थी खुद से निर्णय नहीं ले पाते। विद्यार्थियों के अमीर दोस्त ही उनके लिए सोचते हैं और उनके सारे निर्णय लेते हैं। स्वयं की जिम्मेदारी न लेने की वजह से उन्हें दूसरों की गुलामी करनी पड़ती है इसलिए हर विद्यार्थी को जिम्मेदारी तथा निर्णय लेने की कला सीखनी चाहिए।

संपूर्ण सफलता का मार्गदर्शन किनसे लें :

हर इंसान इस भागती-दौड़ती हुई दुनिया के साथ चलना चाहता है, इंसान ऐसे लोगों का अनुकरण करना चाहता है जो लोग कामयाबी के शिखर पर पहुँच चुके हैं, जिन्होंने दुनिया में बहुत नाम, पैसा और इज्जत कमाई है। इस तरह का अनुकरण कुछ हद तक सही है मगर पूरी जानकारी न होने के कारण लोग संपूर्ण सफलता प्राप्त नहीं कर पाते हैं। कुछ ऐसे भी लोग हैं, जिन्होंने सफलता तो प्राप्त की लेकिन वहाँ पर टिक नहीं पाए क्योंकि लोग संपूर्ण सफलता का असली अर्थ नहीं जानते। यह नहीं जानते कि संपूर्ण मार्गदर्शन उन लोगों से लिया जाए जिन्होंने न केवल खुद निर्णय लिए बल्कि दूसरों को भी सही निर्णय लेने की कला सिखाई। जिन्होंने न केवल खुद जिम्मेदारी ली बल्कि दूसरों को भी जिम्मेदार बनाया।

दुनियाभर के प्रसिद्ध लोगों में ऐसे कौन से गुण हैं, जिनकी वजह से वे सहजता से कामयाबी हासिल कर पाए? जिम्मेदारी उठाना, सही समय पर सही निर्णय लेना और सदा वचन पर कायम रहना, ये तीन जादुई गुण हैं। इस पुस्तक में यह जादुई

समझ दी गई है जिसे पढ़ने के बाद आप खुद महसूस करेंगे कि यह पुस्तक संपूर्ण सफलता प्राप्त करने की विधि है।

थोड़े शब्दों में अगर बताया जाए तो निर्णय लेने की कला, जिम्मेदारी उठाने की ताकत और वचनबद्ध होकर काम को अंजाम देना, ये तीनों गुण बुनियादी गुण हैं। अगर आप इन तीनों गुणों को आत्मसात कर पाए तो जीवन में किसी भी गुण को अपने अंदर लाना आपके लिए सहज और सरल होगा।

इस पुस्तक में इन तीनों गुणों के प्रशिक्षण पर विस्तार से न केवल जानकारी दी गई है बल्कि गहरी समझ द्वारा उन्हें स्पष्ट किया गया है। अगर आप अपने जीवन के बड़े निर्णय लेने में असमर्थ हैं, अगर आप जिम्मेदारियों को बोझ समझते आए हैं, अगर आपके कार्यों में पूर्णता बहुत मुश्किल से आती है तो यह पुस्तक आपके लिए आइना और प्रेरणा सूत्र है।

बिना लगाम के घोड़े, रथ की बरबादी तथा रथ चलानेवाले की असफलता का कारण बनते हैं। बेलगाम घोड़े एक-दूसरे की ताकत को नष्ट करते हैं। अनुशासित घोड़े एक-दूसरे को सहयोग देकर सफलता दिलाते हैं इसलिए अपने शरीर की इंद्रियों को अनुशासित बनाने की जिम्मेदारी लें।

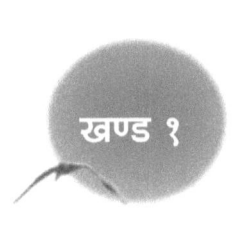

खण्ड १

निर्णय लेने की कला

Art of decision making

भाग १

निर्णय क्षमता

निर्णय लेने का निर्णय

हर इंसान हर दिन, कोई न कोई निर्णय ले रहा है। उसे केवल इस बात का पता नहीं है क्योंकि उसे इस बात की सजगता नहीं है। कुछ निर्णय हम भी आदतन ही लेते हैं जो रोजमर्रा की बातों से संबंधित होते हैं उदाः अपने ऑफिस के लिए तैयार कब तक होना है, नाश्ता क्या बनाना है, यातायात का साधन क्या होगा, बस में जाना या ट्रेन में जाना है इत्यादि। ये छोटे-मोटे फैसले आप हर वक्त लेते ही रहते हैं क्योंकि आपके पास काम करने के बहुत सारे विकल्प उपलब्ध होते हैं। जीवन के महत्वपूर्ण फैसले कैसे लिए जाने चाहिए? ऐसे निर्णय जहाँ विकल्प दिखाई नहीं देते हैं, वहाँ क्या करना चाहिए? क्योंकि ऐसे कई क्षेत्र हैं जहाँ विकल्प न होने के बावजूद भी निर्णय तो लेने ही होते हैं। आज विश्व में बहुत सारी ऐसी संस्थाएँ हैं जो लोगों को निर्णय लेने की कला सिखाती हैं। इन संस्थाओं की जरूरत क्यों है?

सही समय पर सही निर्णय लेना सबसे अहम माना जाना चाहिए क्योंकि हमारे जीवन पर हमारे द्वारा लिए गए निर्णयों का असर होता है। हम अगर आज कोई सही या गलत निर्णय लेते हैं तो भविष्य में हमें उसका परिणाम दिखाई देने ही वाला है।

[1] **निर्णय क्यों लिए जाएँ :**

इंसान निर्णय क्यों लेता है? अगर कोई बीमार है तो उस इंसान को निर्णय लेना होगा कि इलाज किस योग्य डॉक्टर से करवाया जाए, नहीं तो आगे बहुत तकलीफ होनेवाली है। जब भी कोई अपने लिए निर्णय नहीं लेता, अपना दायित्व स्वीकार नहीं करता तब उसे उसका दुःखद परिणाम भुगतना पड़ सकता है। जब कोई इंसान अपने लिए सोचने में असमर्थ होता है तब दूसरे उसके लिए सोचने लग जाते हैं, उसके लिए फैसले लेते हैं, वे उसे अपने तरीके से चलाते हैं। मजबूरन उस इंसान को

दूसरों के द्वारा लिए हुए निर्णय और दूसरों के उसूलों पर चलना पड़ता है। फिर वह इंसान अपनी जिंदगी अपने तरीके से नहीं जी पाता। अपने जीवन की भाग-दौड़ यदि आपने खुद न सँभाली तो आप अपनी आज़ादी खोनेवाले हैं इसलिए अपने निर्णय आप खुद लेना सीखें।

आज से ही यह फैसला करें कि अब हम फैसला करना शुरू करेंगे। ऐसा करने से आपकी निर्णय क्षमता बढ़ेगी। निर्णय लेते ही आपकी सारी शक्तियाँ एकाग्रित होकर लक्ष्य पर काम करने लगती हैं और आप आसानी से सफलता पाते हैं। आज के निर्णय आपके कल का भविष्य हैं।

जीवन में जिन्होंने सही समय पर फैसले लिए हैं वे ही आगे बढ़ पाए हैं। इतिहास उन लोगों को माफ कर सकता है जिन्होंने गलत निर्णय लिए लेकिन उन लोगों को नहीं जिन्होंने निर्णय ही नहीं लिए।

यदि आपको निर्णय न भी लेना हो तो सोचकर (सोचने से, मनन करने से मत घबराइए) निर्णय न लेने का निर्णय लें तब निर्णय न लेना भी निर्णय लेना होगा।

[2] **गलत निर्णयों के अनुभव से सही निर्णय लेना सीखें :**

गलत फैसले लेने के डर से मत घबराइए। निर्णय लेते-लेते ही निर्णय लेने की कला आ जाती है और बहुत जल्द ही आपको गलत हुए निर्णयों को भी अपनी सेवा में लगाने की कला आ जाएगी। गलत हुए फैसलों के परिणाम का फायदा भी आप अपनी चतुराई (प्रेजन्स ऑफ माईंड) से ले पाएँगे। जब गलती से कोई गलत फैसला हो भी जाए तो उसके परिणाम का अपनी समझ द्वारा अच्छा उपयोग करना सीखें। जो लोग यह कला सीख गए, दुनिया उनकी निर्णय क्षमता का लोहा मानती है। निरंतर निर्णय लेते रहने और परिणामों पर गहरा मनन करने से यह कला आप जल्द ही सीख जाएँगे।

जब कोई कहता है कि मुझे निर्णय लेना नहीं आता क्योंकि मुझे अनुभव नहीं है तब वह यह नहीं जानता कि अनुभव आता ही है निर्णय लेकर काम करने से। गलत फैसले भी आपको अनुभव ही देते हैं इसलिए गलती करने से कभी मत घबराइए। रोज गलती करें लेकिन नई-नई करें। आज से ही छोटे-छोटे निर्णय लेना शुरू करें। निर्णय चाहे गलत भी हो जाएँ तो भी फिक्र नहीं क्योंकि गलत निर्णय जो अनुभव देंगे वे सही निर्णय, सही फैसले करने की कला भी देंगे। परिस्थिति से भविष्य नहीं

बनता, भविष्य बनता है आज के निर्णय से। जब आपने निर्णय लेने का निर्णय ले लिया तब कुल-मूल उद्‌देश्य को प्राप्त करने का निर्णय भी आपने ले लिया। आज ही यह निर्णय लें कि हम अपना बचा हुआ जीवन कुल-मूल उद्‌देश्य की प्राप्ति में लगाएँगे।

[3] **विकल्प सारणी तकनीक का इस्तेमाल करें :**

निर्णय लेने की कला सीखनी है तो हर रोज छोटे-छोटे निर्णय लें। हर सप्ताह निर्णय लेने के कई मौके आते हैं, वे मौके गँवाएँ नहीं। अपने निर्णय पर मनन करें क्योंकि मनन वह तलवार है, जो आपको निर्णय लेने में मदद करती है। यदि आप किसी निर्णय के अंजाम तक नहीं पहुँच पा रहे हैं तो आप 'विकल्प सारणी तकनीक' का उपयोग करके निर्णय ले सकते हैं।

इस तकनीक का अर्थ है कि आपको जो निर्णय लेने हैं, उसके सारे विकल्पों को अपने सामने रखें। कोई भी निर्णय लेने से पहले उसके सकारात्मक और नकारात्मक पहलुओं पर गहराई से मनन कर लें। उसके बाद हर विकल्प को दो भागों में विभाजित करें। हर विकल्प में देखें कि उसमें कौन सी ऐसी बातें हैं जो सकारात्मक और रुचिकर हैं, कौन सी बातें हैं जो नकारात्मक हैं। दोनों भागों को पेपर पर जरूर लिखें। लिखना महत्वपूर्ण है। लिखने की वजह से आपको सभी बातें एक साथ दिखाई देंगी और आपके लिए निर्णय लेना आसान होगा। फिर देखें कि वह निर्णय लेने में सकारात्मक फायदे ज्यादा हैं या नकारात्मक फायदे ज्यादा हैं और अपने लक्ष्य के साथ इन चीजों की तुलना करके देखें। उसी आधार पर निर्णय लें। यह तकनीक हर निर्णय लेनेवाले इंसान के लिए सीखना जरूरी है।

उदाहरण : आपके सामने अपने करियर के लिए दो विकल्प हैं, एक है इंजीनियरिंग और दूसरा है मेडिकल, अगर आप यह निर्णय नहीं ले पा रहे हैं कि आप किस क्षेत्र में जाएँ तो इंजीनियरिंग की सकारात्मक, नकारात्मक और रुचिकर बातें एक पेपर पर लिख लें और कागज की दूसरी ओर मेडिकल डिग्री के लिए भी इन सभी बातों को लिख लें। ऐसा करने से आपको हर क्षेत्र के सभी पहलू साफ-साफ दिखाई देंगे, जिससे आपको निर्णय लेने में आसानी होगी।

जब आपके पास सीमित विकल्प होते हैं तब चुनाव करना बहुत ही आसान हो जाता है। जब आपके पास एक साथ कई सारे विकल्प उपलब्ध होते हैं तब चुनाव

करना कठिन हो जाता है। ऐसी स्थिति में जो भी निर्णय लेने हों, उनमें सबसे पहले उस निर्णय के, जो सबसे योग्य लगता हो, सकारात्मक और नकारात्मक पहलुओं को देख लेना चाहिए। उदाः आप कोई नौकरी करना चाहते हैं और आप व्यवसाय में भी रुचि रखते हैं। यह बात आपके लिए असमंजस की स्थिति पैदा कर सकती है कि अब आपको क्या करना चाहिए। दोनों बातों से संबंधित सभी पहलुओं को पहले जाँच लेना चाहिए जैसे कि समय, पूँजी की लागत, किस तरह का व्यवसाय आप करना चाहते हैं, व्यवसाय के लिए अनुभव का होना इत्यादि इस तरह की सारी गौर करनेवाली बातें हैं।

नौकरी के लिए क्या-क्या आवश्यक बातें लगनेवाली हैं, कार्य स्थल पास है या दूर है, यातायात के साधन, कार्यस्थल का माहौल, खाने-पीने की व्यवस्था नौकरी से प्राप्त संबंधित जानकारी इत्यादि। इन सब बातों को कागज पर लिख लें। निर्णय में लाभकारी साबित होनेवाले पहलुओं तथा विरोधी पहलुओं को अपने सामने रखें। सारी योजनाएँ, कल्पनाएँ और संभावनाएँ अपने सामने लिखित रूप में लाएँ। इस तरह आप अपनी बुद्धि का पूरा उपयोग करके सही निर्णय पर पहुँच पाएँगे।

महाभारत में अर्जुन ने कृष्ण से सवाल पूछे क्योंकि उसके सामने ऐसी परिस्थिति आ गई थी कि उसे निर्णय लेना था कि युद्ध करे या न करे? युद्ध करना सही है या गलत है? कृष्ण ने अर्जुन को युद्ध के लिए कहा तो किस उद्देश्य से कहा। अर्जुन ने जब सवाल पूछे तब कुछ उच्च और निर्णायक बातें सामने आईं और उन बातों से गीता बनी। जब हमें एक नया दृष्टिकोण मिलता है तब एक नया विकल्प दिखाई देता है, जो पहले कभी नहीं था। जब यह सवाल आता है कि ऐसे वक्त में क्या करें, वैसे वक्त में क्या करें तब हमें उस वक्त तेजस्थान* (हृदय) पर जाना है, जिससे बहुत सारी दिक्कतों का समाधान मिलता है।

ऊपर दिए गए उदाहरणों के आधार पर आप छोटे-मोटे निर्णय लें। इस तकनीक का इस्तेमाल करते-करते आपके अंदर एक अच्छी आदत का निर्माण होगा जिसकी वजह से आप अपने जीवन में लेनेवाले हर निर्णय को एक नए दृष्टिकोण से देख पाएँगे।

निर्णय लेने का यह निर्णय आज से ही लें कि आगे से हम निर्णय लेंगे। इससे

** तेजस्थान यानी हृदय जहाँ से विचार उठते हैं, विचारों का उद्गम स्थान*

थोड़ी परेशानी होगी मगर उसकी कीमत चवन्नी जितनी होगी, ज्यादा नहीं होगी। इस समझ से आप उस परेशानी और असुविधा से जल्दी बाहर आ जाएँगे।

लोगों से राय लें, जानकारी लें कि इस क्षेत्र में मैं जा रहा हूँ तो क्या करूँ? मगर निर्णय आप खुद लेना सीखें। जीवन में ऐसे छोटे-छोटे बहुत मौके आते हैं। अगर इन मौकों का आपने सही फायदा उठाया तो आप अपने जीवन में बड़े निर्णय भी आसानी से ले पाएँगे।

[4] निर्णय लेने से न डरें :

अधिकांश लोगों को निर्णय लेना नहीं आता, उनके मन में हमेशा दुविधा रहती है यह काम करें कि न करें? उन्हें ये प्रश्न होते ही हैं कि 'मुझे निर्णय लेना क्यों नहीं आता? अगर कभी कोई निर्णय लेना पड़े तो मैं किसी और से सलाह लूँ या नहीं? मुझे निर्णय लेने में डर क्यों लगता है?' इस तरह इंसान शंकाओं में उलझकर निर्णय को टाल देता है।

अगर निर्णय लेने में डर लगता है तो इसका मतलब है कि आपमें आत्मविश्वास की कमी है। यदि आपको अपने निर्णय पर भरोसा नहीं है तो पहले यह देख लें कि आपके पास विकल्प कितने हैं, फिर छोटे-छोटे निर्णयों से शुरुआत करें।

उदाहरण- आपको निर्णय लेना है कि कौनसे कपड़े खरीदूँ, क्या खाना बनाऊँ, कौनसे स्कूल में दाखिला लूँ... इत्यादि। अगर आप कपड़े खरीदकर लाए हैं और कोई कह रहा है कि 'कपड़े महँगे हैं, अच्छे नहीं हैं' तो उसकी चिंता न करें। आपने चाहे गलत निर्णय भी लिया लेकिन लिया तो सही, आप धीरे-धीरे सही निर्णय लेना सीख जाएँगे। गलत निर्णय लेने के डर से अगर आपने कोई निर्णय नहीं लिया या दूसरे लोगों से पूछकर या उनकी सलाह मानकर निर्णय लिया तो कोई फायदा नहीं हुआ यानी अब भी दूसरे ही आपके लिए सोचते हैं। याद रखें कि हर कोई आपको अपनी सलाह देना चाहेगा कि 'यह करो, यह न करो' लेकिन आप वही करें जो आपने खुद निश्चित किया है, सुनें सबकी लेकिन निर्णय खुद लेना सीखें। असल में होता यही है कि हम दूसरों के लिए सोचते हैं और दूसरे हमारे लिए सोचते हैं। औरों के निर्णय हम बड़ी आसानी से ले पाते हैं पर अपने नहीं ले पाते। इसी तरह हमारे निर्णय दूसरों के लिए लेना बड़ा ही आसान होता है। हमें जब अपने बारे में सोचना होता है तो हम घबरा जाते हैं। जब भी लगे कि हम निर्णय लेने को किसी कारण वश टाल रहे

हैं तो अपने आप से जरूर पूछें कि कौन सी ऐसी बात है जो आपको निर्णय लेने में रोक रही है। ऐसा हो तो जरूर सोचें, बार-बार सोचें, सकारात्मक सोचें हालाँकि डर यही होता है कि कहीं मेरा निर्णय गलत न हो जाए। गलत निर्णय के नतीजे के बाद जो आलोचना होती है, उससे लोग ज्यादा डरते हैं। उससे हमारा आत्मविश्वास कम हो जाता है। हर कोई आकर कहता है कि 'ऐसा क्यों करते हो, मेरी सलाह मानो, तुम गलत हो... अब गलत निर्णय लेने की सजा भुगतो।' इस डर से हम कभी अपने लिए निर्णय लेते ही नहीं। हमें असल में अपने अंदर छिपे हुए डरों के बारे में पता ही नहीं है। निर्णय लेने से पहले हमें अपने डरों पर जीत प्राप्त करनी है।

निर्णय को बिना वजह स्थगित करना भी डर का ही एक रूप है। जब इंसान कोई कार्य करने के लिए तैयार नहीं है तो इसका अर्थ है कि वह जिम्मेदारी लेने से अभी डरता है और यह तब होता है जब उसमें आत्मविश्वास की कमी होती है। बहुत लोगों के लिए 'जिम्मेदारी' शब्द बोझ का पर्याय है। जिम्मेदारी लेना यानी सिर पर भारी बोझ आ गया, मुसीबत आ गई ऐसा लगने लगता है। मन हमेशा जिम्मेदारी से, अपनी हार से और आलोचना से डरता है। टालमटोल करना तो निर्णय और जिम्मेदारी न लेने का बहाना है।

[5] निर्णय कौन लेते हैं :

हम सभी निर्णय लेते हैं क्योंकि हर समय हर क्षण निर्णायक होता है। सुबह नींद से उठते ही कई लोगों को पहला यह खयाल आता है कि 'उठें कि नहीं कि थोड़ा और सो लें...।' घर की गृहिणी को निर्णय लेने पड़ते हैं कि सुबह नाश्ते में, दोपहर के खाने में क्या बनाया जाए? बाजार से क्या खरीददारी करनी है? बच्चों को स्कूल कब जाना है, बच्चों से होमवर्क कैसे करवाना है इत्यादि। इसके अलावा इंसान को जीवन के बड़े और अति महत्वपूर्ण निर्णय लेने पड़ते हैं। उदाः किशोरों को निर्णय लेना होता है कि आजीविका के लिए कौन सा काम, नौकरी या व्यवसाय चुना जाए या फिर घर बसाने के बारे में क्या सोचा जाए। शिक्षकों को निर्णय लेने होते हैं कि विद्यार्थियों को क्या पढ़ाया जाए। सरकार को देश के कार्यभार को लेकर, देश की उन्नति, उसकी अर्थव्यवस्था को लेकर, उसकी सुरक्षा को लेकर बड़े और पेचीदा किस्म के फैसले लेने होते हैं। सबसे कठिन निर्णय लेने पड़ते हैं डॉक्टरों, वकीलों और कानून बनानेवालों को क्योंकि उनका हर फैसला किसी न किसी की जिंदगी से जुड़ा हुआ होता है।

अकसर देखा जाता है कि बड़े परिवारों में फैसला करने का अधिकार घर के मुखिया को ही होता है। घर के हर सदस्य के लिए, हर तरह के निर्णय घर के बड़े ही लेते हैं। उनके भूतकाल के अनुभव ही उनके निर्णय लेने का आधार होते हैं। हर वह इंसान जो अपने लिए अपने जीवन के निर्णय लेना चाहता है उसके लिए सबसे बड़ी और अहम बात यह होगी कि वह अपनी स्थिति को मजबूत करे। हर इंसान अपनी जिम्मेदारी खुद लेना सीखे, वह खुद अपने अच्छे-बुरे के बारे में सोच पाए। अपने लिए खुद ही अपने निर्णय और उन निर्णयों की जिम्मेदारी ले, चाहे आगे चलकर वे गलत ही क्यों न साबित हों। कहीं निर्णय गलत न हो, इस चीज का आपको अगर डर हो तो पहले छोटे-छोटे निर्णय लेना शुरू कर दें। ऐसा करते हुए जब आपको खुद पर यकीन होने लगेगा तो आगे चलकर बड़े निर्णय भी आसानी से लिए जा सकते हैं।

[6] **निर्णय न लेने का निर्णय लें :**

निर्णय न लेना भी एक तरह निर्णय है। अगर किसी कारण वश आप किसी ठोस निर्णय पर पहुँचने में असमर्थ हैं और जल्दबाजी में कोई निर्णय नहीं लेना चाहते हैं तो यह निर्णय लें कि 'अब कुछ समय मैं कोई निर्णय नहीं लेना चाहता हूँ क्योंकि इस वक्त मैं सही निर्णय नहीं ले पा रहा हूँ पर कुछ समय उपरांत मैं अपने लिए सही निर्णय निश्चित कर लूँगा।' अर्थात निर्णय न लेने का भी निर्णय लें। उस समय में आप अपने फैसले पर पूरी तरह से गौर करें, हर तरह से, बारीकी से, हर आयाम से परिस्थिति को देख लें, उसके बाद ही निर्णय लें।

इतिहास उन लोगों को माफ कर सकता है
जिन्होंने गलत निर्णय लिए लेकिन
उन लोगों को माफ नहीं कर सकता
जिन्होंने कभी निर्णय ही नहीं लिए
इसलिए निर्णय लेने का निर्णय आज ही लें।

भाग २

निर्णय न लेने के बहाने

बहानों में न बहें

इंसान निर्णय लेने को टालता रहता है क्योंकि निर्णय लेने के साथ उसे नई चीजें शुरू करनी पड़ेंगी। इंसान बदलाहट को स्वीकार नहीं करता। 'लॉ ऑफ इनरशीया' कहता है कि कोई चीज जैसे हो रही है, इंसान चाहता है कि वह वैसे ही होती रहे, अगर कोई चीज नहीं हो रही है तो इंसान चाहता है कि वह चीज न हो। जो इंसान लेटा हुआ है, वह लेटा ही रहना पसंद करता है। बीच में कोई अड़चन न आए इसलिए इंसान निर्णय लेने को टालता है क्योंकि निर्णय लेते ही उसे बदलना होगा।

जब तक उसने निर्णय नहीं लिया है तब तक वैसे ही जीवन चल सकता है। कोई कहता है, 'हमारे घर आइए', आप कहते हैं, 'ठीक है, मैं डिसाईड करता हूँ।' जब तक निर्णय नहीं लिया तब तक आप अपने जीवन में ऐसे ही चलते रहेंगे। जिस दिन आपने निर्णय लेना जान लिया उस दिन से आपका टाईम टेबल बदल जाएगा क्योंकि आप कुछ नया करने जा रहे हैं। आपको समय निकालना होगा, कुछ तैयारियाँ करनी होंगी।

इंसान नए से बचना चाहता है, बदलाहट से बचना चाहता है। वह बदलाहट को अस्वीकार करता है, बूढ़ा होना नहीं चाहता। हर नई बदलाहट से उसे तकलीफ होती है क्योंकि उसके शरीर में भी बदलाहट हो रही है। अगर आपने निर्णय लिया है कि मुझे स्वस्थ रहना है, व्यायाम करना है यानी दूसरे ही दिन सुबह उठकर आप वैसे ही काम नहीं कर सकते, जैसे आज तक करते आए हैं। फिर आपको दूसरे दिन से जल्दी उठना होगा यानी दूसरे दिन से सब बदल जाएगा।

इंसान निर्णय को इसलिए टालता है क्योंकि वह बदलाहट को टालता है। दरअसल वह अपने रोजमर्रा के कार्यक्रम में परिवर्तन नहीं चाहता। वह चाहता है कि

वह दफ्तर से आए, टी.वी. के सामने बैठे, उसे हाथ में चाय की प्याली मिले और फिर खाना खाकर वह नाईट वॉक करके सो जाए। ऐसे आरामदेह कार्यक्रम में इंसान नहीं चाहेगा कि वह कोई और निर्णय ले।

[7] **विश्वसनीय बनने के लिए** : NINE (No इल्जाम, No Excuse)

अकसर देखा गया है कि लोग अलग-अलग बहाने देकर काम को टालते रहते हैं। जिसकी वजह से उनके काम अधूरे रह जाते हैं। इससे उनका तो नुकसान होता ही है, साथ में दूसरों को भी तकलीफ होती है।

उदाहरण : मालिक नौकर से कहता है, 'अरे रामू! मछली पकाने से पहले उसे अच्छी तरह पानी में धोकर पकाना।' रामू मालिक से कहता है, 'मालिक मछली को पानी से धोने की क्या जरूरत है, वह तो पानी में ही रहती है!' बहाना काम न करने और निर्णय न लेने का कितना भी सही लगे लेकिन बहाना ही है। बहानों में बहना बंद करें।

पिता अपने बेटे से कहता है, 'बेटा, जरा बत्ती तो बुझा दो' तो बेटा पिताजी से कहता है, 'पिताजी, अपनी आँखें बंद कर लीजिए और समझ जाइए कि बत्ती बुझ गई है।' फिर पिताजी बेटे से कहता है, 'अच्छा बेटा जरा बाहर जाकर देखो तो कहीं बारिश तो नहीं हो रही है? बेटा पिताजी को जबाव देता है, 'पिताजी, आपके पलंग के नीचे बिल्ली आकर बैठी है, उसे छूकर देखिए, वह अभी-अभी बाहर से आई है, आपको पता चल जाएगा कि बाहर बारिश हो रही है या नहीं।' फिर से पिताजी बेटे से कहते हैं, 'बेटा जरा दरवाजा तो बंद कर दो।' इस पर बेटा पिताजी से कहता है, 'सब काम क्या मैं ही करूँ, कुछ काम आप भी कीजिए न!'

ऊपर दिए गए उदाहरणों से आपको समझ में आया होगा कि किस तरह काम से बचने के लिए लोग अलग-अलग बहाने देते हैं। हमें लगता है कि 'मेरे बहाने बहुत सही हैं' लेकिन कोई भी बहाने देने से पहले हर एक को अपने आपसे यह पूछना बहुत जरूरी है कि 'वाकई मैं जो बहाने दे रहा हूँ क्या वे सही हैं, क्या वे तर्क संगत हैं? या मैं काम से बचना चाहता हूँ?' यह पूछताछ करने के बाद आपको पता चलेगा कि हमें अपने आपको किस तरह का प्रशिक्षण देने की आवश्यकता है। अगर आप किसी काम में इस तरह के बहाने या प्रतिसाद देते हैं तो फिर आगे चलकर आपके हाथ से कोई भी बड़ा काम होने की संभावना बहुत कम है।

शरीर में अनुशासन लाने के लिए, अपनी नींव को मजबूत करने के लिए No इल्जाम, No excuse यह नीति अपनाएँ। इसका अर्थ है कि 'न किसी पर दोष लगाएँ न ही किसी कारणवश बहाने दें।' हम अकसर लोगों पर दोषारोपण करते रहते हैं, इल्जाम लगाते रहते हैं, 'इस इंसान ने ऐसे नहीं किया इसलिए मेरा काम नहीं हुआ... काम के समय पर लाईट चली गई वरना यह काम आज पूर्ण हो जाता...' इत्यादि। ऐसा कहकर हम अपना बचाव कर लेते हैं परंतु हम यह नहीं जानते कि ऐसे बहाने देकर हम अपनी विश्वसनीयता भी खो देते हैं।

यदि विश्वसनीय बनना है तो कभी भी अपनी गलतियों को छिपाने के लिए किसी पर इल्जाम न लगाएँ और यदि कोई कार्य नहीं हुआ है तो सच्चाई बताने के बजाय बहाने न बनाएँ। जितने समय में कार्य हो सकते हैं, उतना समय बताकर, कार्यों को निश्चित समय सीमा के अंतर्गत (वाईट लाईन) अंजाम दें। ऐसा करके ही हम विश्वसनीय बन पाएँगे।

एक इंसान अनेक दिक्कतों के बावजूद भी बिना बहाना दिए कठिन कार्य पूर्ण करता है तो वह कितना प्रशिक्षित होगा, यह आप जानते हैं। सोने को अगर तपाया जाए तो वह 'कुंदन' बनता है। जितना आप सोने को तपाएँगे उतनी उसमें चमक आएगी, ऐसा क्यों होता है? क्योंकि सोने को बार-बार तपाया गया है, उसने उतना कष्ट सहा है। इसी तरह हम भी यदि बिना बहानों के कोई कार्य पूरा करने की ठान लेते हैं तो कुछ समय बाद हम भी सोने की तरह कुंदन बन जाएँगे। इन बहानों और कारणों से बाहर आने के लिए और अपने शरीर से काम करवाने के लिए अपने शरीर की शक्ति को पहचानें, अपने मन को प्रशिक्षित करें व बुद्धि को तैयार करें।

कोई आकर किसी से कहे कि 'आत्मउन्नति (सेल्फ डेवलपमेंट) पर एक प्रोग्राम होने जा रहा है, वह एक हफ्ते में दो बार होता है, तुम्हें शाम को जाना होगा' तो वह निर्णय लेने के लिए टालेगा और कहेगा कि 'अगला प्रोग्राम कब है, वह बताओ।'

कोई किसी से कहता है कि 'सत्संग में चलो, फलाँ-फलाँ शिविर करना है, इसके लिए तीन-चार महीने तैयारी करनी होगी' तो इंसान सोचता है कि मेरा तो पूरा रूटीन बदल जाएगा यानी वह सुविधा में रहना चाहता है। उसे जहाँ भी सुविधा टूटती हुई दिखाई देती है, उसे वह आखिरी साँस तक टालना चाहता है। जब मजबूरी आती है कि अब और नहीं टाल सकते तब ही वह निर्णय लेता है इसलिए कहा जाता है कि

लोगों से निर्णय करवाना भी एक बड़ी सेवा है। बाद में वे ही लोग आकर आपको धन्यवाद देते हैं कि 'अच्छा हुआ आपने हमसे निर्णय करवाया, हम खुद तो निर्णय नहीं ले पा रहे थे क्योंकि मन कह रहा था बाद में करेंगे इतनी क्या जल्दी है... यह कार्यक्रम आगे भी तो होता ही रहेगा... हमारे शहर में भी तो होनेवाला है... कहीं और जाने की क्या आवश्यकता है।' इस तरह मन तो बहाने देते रहेगा और वह टालते रहेगा।

जिम्मेदारी या निर्णय लेने में, मन की यही टाल-मटोल करने की आदत बाधा बनती है। सुविधा, सुरक्षा, अस्थायी लाभ में मन रहना चाहता है। इससे हम यह सीखें कि हमें सुविधा का गुलाम नहीं बनना है और असुरक्षा से नहीं डरना है। असुविधा का डर न हो, सुविधा की चाहत न हो, सुविधा मिली तो उसे बोनस समझें। जहाँ कहीं मन टाल-मटोल करे, वहाँ उसे तुरंत पहचानें। अगर किसी को वाकई इतनी बड़ी जिम्मेदारी लेनी है, निर्णय लेने की कला सीखनी है, वचनबद्ध होने का महत्व जानना है तो उसे इन सब बातों से गुजरना होगा।

पढ़ाई करनी है और अगर मन बहाने देना चाहता है तो स्टडी टेबल के सामने, ऑफिस में, अपने ब्रश पर, हर सुबह जहाँ-जहाँ नजर जाए और जहाँ-जहाँ संभव है वहाँ 'कोई बहाना नहीं (No Excuse Please)' का बोर्ड लगाकर रखें। अपनी गाड़ी पर, घड़ी पर जहाँ-जहाँ नजर जाती है, वहाँ-वहाँ पर रिमाईंडर लगाकर रखें।

इस तरह आप देखेंगे कि जल्द ही आप अपने आपको प्रशिक्षित पाएँगे और अपने मन पर भी नियंत्रण रख पाएँगे।

भाग ३

आज का निर्णय

अनेक में पहला एक

[8] **निर्णय लेना कब उचित होता है :**

जिस तरह हर बात का, हर चीज का एक निर्धारित समय होता है, उसी तरह निर्णय लेने और न लेने का भी समय होता है और यह तब हो सकता है जब आपने अवसर को पहचान लिया है। उस समय यदि सही निर्णय लिया गया तो वह कारगर सिद्ध होता है। गलत समय पर लिया गया सही निर्णय उतना ही बेअसर होता है जितना कि सही समय पर गलत निर्णय लेना। दोनों ही सूरत में कभी भी सही परिणाम नहीं निकलता।

उदाहरण : कॉलेज का एक विद्यार्थी अगर सोचता है कि 'मैं पहले शादी कर लूँ फिर बाद में आराम से पढ़ाई करूँगा' आप जानते हैं कि उसके साथ क्या होनेवाला है। पहले उसे अपनी पढ़ाई पर ध्यान देना चाहिए, उसके बाद उसे आर्थिक रूप से स्वतंत्र होने का निर्णय लेना चाहिए। वह पहले जिम्मेदारी उठाने के काबिल तो हो जाए ताकि शादी जैसे बड़े निर्णयों के बारे में वह सोच पाए। अभी शादी का समय नहीं आया है। जो लक्ष्य उसके सामने है पहले उसे पूरा किया जाना चाहिए।

[9] **कौन सा काम पहले किया जाए :**

हर इंसान के सामने कई बार यह निर्णय लेने का समय आता है कि 'पहले कौन सा काम करें?' इसका सीधा सा जवाब है, जो बहुत महत्वपूर्ण कार्य है, पहले उसी से शुरुआत करें। जब इंसान के पास बहुत सारे विकल्प होते हैं तो उसके मन में यह सवाल उठता ही है कि पहले क्या करना चाहिए, कौन से कार्य को पहले पूरा करना चाहिए। उदाहरण के तौर पर यदि आपको बहुत सारे कार्य करने हैं लेकिन किस काम को पहले अंजाम दिया जाए यह निर्णय लेना मुश्किल लगता है तो इसके

लिए सबसे आसान तरीका है कि आप अपने कामों की कार्य सूची बनाएँ और ऐसे कुछ काम जो महत्वपूर्ण और तुरंत (अर्जंट) करने योग्य हैं तो उन्हें अलग लिखकर रखें। फिर ऐसे काम जो महत्वपूर्ण तो हैं लेकिन कुछ समय बाद (नॉट अर्जंट) किए जा सकते हैं, उन्हें भी अलग लिखें यानी आपके सभी कामों को आप नीचे दिए गए चार भागों में, एक ही कागज पर विभाजित कर सकते हैं।

१. **महत्वपूर्ण व अर्जंट (A प्राथमिक)** : ये काम महत्वपूर्ण और तुरंत करने योग्य होते हैं। इन कामों को करने में देरी न लगाएँ क्योंकि ये काम आपको ही करने होते हैं। आपकी जगह पर आपके घर का कोई और सदस्य नहीं कर सकता। इन कामों को अपनी डायरी में सबसे ऊपर लिखें। ये काम हमारे संपूर्ण विकास का कारण बनते हैं। उदा. स्कूल, कॉलेज या ऑफिस आपको ही जाना है, पढ़ाई तथा अपने ई मेल्स चेक करना आपको ही करना है इत्यादि।

२. **महत्वपूर्ण पर नॉट अर्जंट (B प्राथमिक)** : ये काम महत्वपूर्ण तो होते हैं लेकिन कुछ समय तक इन्हें रोका जा सकता है। इन कामों को डायरी में लिखकर रखें और समय मिलते ही उन्हें पूरा करें। उदा. आप व्यायाम सुबह में न कर पाए हों तो उसे शाम को भी किया जा सकता है। व्यायाम करना महत्वपूर्ण है लेकिन अर्जंट नहीं है। अपने समय को पहले और तीसरे तरह के कामों को पूर्ण करने के लिए लगाएँ। ये काम हमारे भविष्य को उज्ज्वल बनाते हैं।

३. **महत्वपूर्ण नहीं लेकिन अर्जंट (C प्राथमिक)** : ये काम महत्वपूर्ण नहीं हैं लेकिन तुरंत करने योग्य हैं। उदा. लाईट का बिल समय पर भरना, ट्रेन का टिकट निकलवाना इत्यादि। ये काम किसी और से भी करवाए जा सकते हैं। इन कामों के लिए अपना बहुमूल्य समय नष्ट न करते हुए किसी को ये काम सुपुर्द करें। ये काम केवल इसलिए महत्त्व रखते हैं क्योंकि ये अर्जंट हैं। इन कामों को आप ही करें ऐसा जरूरी नहीं है।

कोई चीज बाजार से मँगवानी है तो किसी और से, जो बाजार जा रहा है, आप वह चीज मँगवा सकते हैं। उसी तरह आप भी अपना कार्य करते-करते किसी और का कार्य पूरा करते हुए आ सकते हैं। इस तरह इंसान एक-दूसरे की मदद लेकर अपने समय की बचत कर सकता है। इस समझदारी को 'सही काम सही इंसान को सौंपने की कला' कहते हैं।

४. **न महत्वपूर्ण, न अर्जंट (D प्राथमिक):** ये काम न महत्वपूर्ण हैं और न ही तुरंत करने योग्य हैं। उदा. फिल्म देखने जाना, होटल जाना, क्रिकेट मैच देखना इत्यादि। इन कामों को हर रोज जितना कल पर टाल सकते हैं, उतना उत्तम है।

अगर आप ऊपर दी गई कामों की सूची नहीं बना पाए तो आप दिनभर काम करने के बाद भी यही सोचेंगे कि 'कुछ तो अपूर्ण रहा। इतने काम करने के बाद भी काम का बोझ (तनाव) कम नहीं हुआ।'

आज से ही बल्कि अभी से ही यह निर्णय लें कि आप अपने समय और कामों का प्रबंधन करना सीखेंगे। आज से ही अपने अंदर अच्छी आदतें डालकर अपने समय की बचत करें। आज से ही आज के युग की आधुनिक तकनीकें, कंप्यूटर, मोबाईल इत्यादि का इस्तेमाल करना सीखकर समय का सदुपयोग करें।

[10] समय का बहाना न दें :

'समय नहीं है' का बहाना कभी न दें क्योंकि आपके पास भी रोज उतना ही समय होता है, जितना बिजली के आविष्कारक एडिसन के पास था। आप यदि नया आविष्कार नहीं कर सकते तो कम से कम अपने जीवन के सारे कार्य समय पर तो कर ही सकते हैं। समय का मूल्य परखें। बीता हुआ समय फिर वापस लौटकर नहीं आता। समय बरबाद करना यानी जीवन नष्ट करना है। जितना बड़ा आपका लक्ष्य होगा, उतनी ज्यादा समय नियोजन की कला आपको आनी चाहिए।

समय के सदुपयोग का अर्थ है, 'सही समय पर निर्धारित काम पूरा करना।' जो लोग आज का काम कल पर और कल का काम परसों पर छोड़ देते हैं, वे वचन पर कायम भी नहीं रह पाते हैं।

समय पर उठनेवाले लोग सुबह की भाग-दौड़, हड़बड़ाहट, चिड़चिड़ाहट से तो बचते ही हैं, साथ ही साथ ऑफिस में समय पर पहुँचकर वे बिना वजह की दौड़-धूप, चिल्ला-चिल्ली, तनाव-परेशानी से भी बच जाते हैं। उसी तरह समय पर वचन अनुसार, काम खत्म करनेवाले लोग नये काम का बोझ पहले से ही महसूस नहीं करते। वे हर कार्य के पहले तैयार रहते हैं। जब एक कार्य खतम नहीं हुआ और दूसरा कार्य सामने खड़ा है तब इंसान विचलित होने लगता है। समय पर काम शुरू और खतम करने की भावना आपको हमेशा समय से आगे और समय से मुक्त रखती है।

समय नियोजन की तकनीकों का अभ्यास करें। रात को सोते वक्त आनेवाले दिन के कार्य मन में होते हुए देखें। उन कामों में आनेवाली अड़चनों का हल सोच लें। ऐसा करने से आप सचमुच अगले दिन हर कार्य समय पर होते हुए देखेंगे और अपने वचन पर कायम रह पाएँगे।

[11] **समय रहते निर्णय लेने की कला सीखें :**

जिन्हें बड़े लक्ष्य, बड़ी सफलता प्राप्त करनी है उन्हें बहुत पहले ही निर्णय लेने की कला सीख लेनी चाहिए वरना बाद में ऐसे हालात पैदा होते हैं कि प्यास लगी है और कुआँ खोदने की नौबत आ गई है। अगर आपको अपना लक्ष्य याद है, जो हर पल आँखों के सामने है तो आप हर मौके का फायदा लेना चाहेंगे। निर्णय लेकर ही हम यह फायदा ले सकते हैं।

हर इंसान के जीवन में कई सारे निर्णायक क्षण आते हैं पर वह बहुत कम बार सही तरीके से निर्णय ले पाता है। बहुत से लोग अपने पूरे जीवन काल में भी सही निर्णय लेना नहीं सीख पाते हैं। यही कारण है कि आज ऐसी संस्था और प्रशिक्षण की जरूरत है जो यह सिखाए कि सही निर्णय कैसे लिया जाए, हमारी सोच कैसे विकसित हो, हम नए दृष्टिकोण से किस तरह चीजों को देखें, हर घटना में क्या देखें?

हमारे निर्णय हमारे अनुभवों के आधार पर होते हैं या दूसरों की सलाह पर लिए हुए होते हैं, जो कई बार गलत परिणाम लाते हैं। बार-बार आपके सामने निर्णय लेने के ढेरों मौके आ ही रहे हैं। अगर हर मौके को हम पहचान पाएँ और उसका फायदा लेना सीख लें तो सही निर्णय लेने की कला हम जल्द ही सीख जाएँगे।

हमारे जीवन पर हमारे निर्णयों का असर होता है।
अगर हम आज कोई सही निर्णय लेते हैं
तो हमें भविष्य में उसका सुखद परिणाम दिखाई देता है।

भाग ४ : अखंड बनकर निर्णय लें

तेजस्थानी निर्णय

चार तरह की बातें हर इंसान के साथ हैं, विचार, भाव, वाणी और क्रिया। ये सभी बातें तेजस्थान के संपर्क में आती हैं, मौन के संपर्क में आती हैं। यदि इंसान इन चारों में तारतम्य रख पाता है, समानता रख पाता है कि जो विचार वह करे, उसी पर आधारित उसकी क्रिया हो और जो क्रिया वह कर रहा है, उसमें वही भाव है, जो उसके विचारों में है तब वह एक प्रभावशाली व अखंड इंसान कहलाता है, जो आसानी से सही निर्णय ले पाता है।

[12] **सही निर्णय लेने के लिए भाव, विचार, वाणी और क्रिया एक हों :**

अगर आप अखंड हैं तो सही निर्णय ले सकते हैं, अखंड नहीं हैं तो गलत निर्णय ही लेंगे। अखंड का अर्थ है – जो भाव आप रखते हैं, वे ही विचार आप सोचते हैं, आपके मुख से जो वाणी निकलती है, उसी सोच पर आधारित होती है, क्रिया भी आप वही करते हैं और निर्णय भी उसी समझ से लेते हैं वरना लोगों को देखेंगे और अपने आप पर भी गौर करेंगे तो पता चलेगा कि हमारा भाव अलग होता है और हम विचार कुछ अलग ही करते रहते हैं। हम सामनेवाले को बोलने के लिए कुछ और बोल देते हैं, क्रिया कुछ तीसरी हो जाती है। इसका अर्थ हम खंडित हैं और खंडित इंसान की शक्ति विभाजित हो जाती है। जो अखंड है, ईमानदार है, वह अपनी पूरी शक्ति इस्तेमाल करता है। ईमानदार कौन? जिसकी चारों बातें एक जैसी हैं, अलग-अलग नहीं हैं, उसे ईमानदार कहा गया है। वही इंसान बिना समय गँवाए निर्णय ले पाता है। उसे ज्यादा सोचना नहीं पड़ता है कि मैंने क्या विचार किया था, अब मैं क्या बोल रहा हूँ और मैं कौन सी क्रिया करनेवाला हूँ। उसे सीधे तेजस्थान (हृदय) से संपर्क मिलता है, कारण वहाँ पर अहंकार (व्यक्ति तत्त्व) कम होता है। इस वजह से उसका संपर्क तेजस्थान से आसानी से होता है।

उपरोक्त बातों से पता चलता है कि कुछ लोग सही समय पर सही निर्णय इसलिए ले पाते हैं क्योंकि उनका संपर्क तेजस्थान से होता है। यहाँ आपने समझा कि आपको अखंड रहना है क्योंकि तेजस्थान के संपर्क में आते ही आपके जीवन में ताल-मेल होता है, सहजता होती है और सरलता होती है, जैसे शब्द और संगीत के बीच में ताल-मेल होता है। उदा. कोई भजन गा रहा हो और उसके संगीत में ताल-मेल हो तो ही आप कहते हैं कि वह भजन, गाना और गीत हमें पसंद आया वरना संगीत की लय कुछ और हो, शब्दों की ताल कुछ और हो तो आपको वह गीत बेसुरा लगता है। वह गीत आपको पसंद नहीं आता। ठीक उसी तरह ये चारों अंग - भाव, विचार, वाणी और क्रिया, इनमें आपका ताल-मेल होना जरूरी है। जिन शरीरों में यह तालमेल आ गया, वहाँ बेहतरीन संगीत बजता है। वहाँ निर्णय क्षमता मजबूत होती है। जिम्मेदारी लेने का साहस जगता है व वचनबद्धता का पालन करने के लिए इच्छा भी प्रबल होती है।

आपको जीवन में अखंड रहना है। अखंड रहने के लिए आपको अपने आपको देखना होगा कि हम जो बोलते हैं और जो सोचते हैं, उनमें तारतम्य है या नहीं। हमारा बहुत पुराना अभ्यास रहा है कि हम सोचते एक हैं, बोलते दूसरा हैं, करते कुछ और ही हैं और पता भी नहीं चलता कि हमारे साथ ऐसा हो रहा है। जैसे कोई इंसान 'हाँ' कहता है मगर उसकी गरदन 'ना' में हिलती है। जब वह 'ना' कहता है तो उसकी गरदन 'हाँ' में हिलती है। इस तरह उसकी क्रिया और भाव में तालमेल नहीं है तो सामनेवाला दुविधा में पड़ जाता है कि यह इंसान कहना क्या चाहता है। उसकी गरदन कुछ अलग बता रही है और शब्द कुछ अलग बता रहे हैं। वह सोच कुछ अलग रहा है और उसकी भावना (इन्टेंशन) कुछ और है। उसका अजेन्डा किसी को पता नहीं है। जैसे कोई एक पार्टी के लिए नारा लगा रहा हो, झण्डा दूसरी पार्टी का हो और तीसरी पार्टी के बारे में सोच रहा हो तो वह अखंड नहीं है, खंडित है। जिस दिन लोग अपना खंडित जीवन पहचान जाते हैं, उस दिन से वे उससे बाहर आते हैं।

[13] तेजस्थान (हृदय) से निर्णय लें :

तेजस्थान एक ऐसा स्थान है जो हमारी मूल अवस्था (ओरीजन) है। कुछ लोग कई सारे लोगों के बीच में रहते हैं, उन्हें अलग-अलग लोगों के साथ व्यवहार करना पड़ता है। उनकी समस्या यह होती है कि 'कुछ लोग सही व्यवहार नहीं करते तो मैं कैसे व्यवहार करूँ, मैं ऐसा क्या करूँ जिस वजह से वे लोग मुझे सहयोग करें?' इस

पर लोगों के कई प्रश्न होते हैं कि किस तरह तेजस्थान के संपर्क में आएँ? वहाँ कैसे रहें? वहाँ से कैसे तरकीबें या योजनाएँ आती हैं? कैसे वहाँ से समस्याएँ सुलझाई जाएँ? वहाँ से कैसे निर्णय लिए जाते हैं? इत्यादि।

हृदय (तेजस्थान) के संपर्क में आते ही आप वह नहीं रहते जो आप मानकर जी रहे थे। वहाँ रूपांतरण, ट्रान्सफॉर्मेशन होता है। जो अपने तेजस्थान (अंतर्प्रेरणा Intuition) से मार्गदर्शन व प्रेरणा प्राप्त करता है वही इंसान सही निर्णय ले पाता है और जो इंसान सही निर्णय ले पाता है वही समस्याओं को पूर्ण रूप से, इस तरह सुलझा सकता है ताकि समस्या फिर वापस न आए। उस इंसान को समस्या, समस्या नहीं लगती, ट्यूशन टीचर लगती है, जो उसे कुछ सिखाने आती है। विश्व को आज ऐसे ही लोगों के मार्गदर्शन की आवश्यकता है, जो अंतर्प्रेरणा से मार्गदर्शित होकर कार्य करते हैं, मार्गदर्शन देते हैं। विश्व को वे ही लोग मार्गदर्शन दे सकते हैं जो तेजस्थान से मार्गदर्शन ले रहे हैं। Only those who are led by the heart can lead the world.

[14] निर्णय लेने के लिए हृदय से मार्गदर्शन लें :

हृदय से मार्गदर्शन लेना है, यह जानकर किसी के मन में आए कि हमें बुद्धि का उपयोग ही नहीं करना है तो ऐसा नहीं है। हृदय जब कहे बुद्धि का इस्तेमाल करो तब बुद्धि का उपयोग जरूर करें, भरपूर करें, जोरदार करें। मार्गदर्शन के लिए पहले हृदय का इस्तेमाल करें। इंसान जो काम कर रहा है उसमें पहले हृदय का इस्तेमाल हो। काम होनेवाले हैं, सेवाएँ होनेवाली हैं, अभिव्यक्ति होनेवाली है मगर जो लोग आपके साथ में हैं उनका भी विकास हो रहा है कि नहीं? जब आप इस भाव से अखंड होकर जीते हैं तब लोग आपसे मार्गदर्शन आसानी से ले पाते हैं। फिर आपके पास पद हो या न हो, ताकत हो या न हो, पैसा हो या न हो, लोग आपकी बात सुनते हैं वरना तेजस्थान (हृदय) पर जाने के बाद, आयडिया आने के बाद आपसे यह गलती हो सकती है कि आपकी बुद्धि कहे कि 'मैंने सोचा, मैंने निर्णय लिया इसलिए बहुत बड़ा लाभ मिला।' जब उसे पता चलता है कि आयडियाज कहाँ से आती हैं तब उसका भ्रम टूटता है। वह धीरे-धीरे समझने लगता है कि शरीर तो माध्यम बनता है, निमित्त बनता है। आपके शरीर को निमित्त बनाया गया है तो उसे कृपा समझा जाए, न कि उसे अभिशाप बना दिया जाए। सही समझ न होने की वजह से इंसान अहंकार में उलझ जाता है, वह वरदान को भी अभिशाप बना देता है।

[15] **ईमानदारी के सिद्धांत से निर्णय लें :**

निर्णय लेने के लिए पहला व महत्वपूर्ण गुण है अखंड होकर जीना और ईमानदारी को अंपायर बनाना। जब मैच खेलते हैं तो ईमानदारी को अंपायर बनाया जाता है वरना लोगों को जीवन में हमेशा यह दुविधा (कनफ्यूजन) रहती है कि कब क्या करना चाहिए। लोगों के जीवन में वे जो कर रहे हैं उसमें मन क्या चाहता है और क्या करना चाहिए, इसमें बहुत बड़ा फर्क होता है। यह उसे समझ में नहीं आता है, जिससे वह इंसान अपने आपको बड़ा कनफ्यूज महसूस करता है। हर पल वह सोचता है, 'मैं क्या करूँ?' उसे कहा जाता है कि क्या आपने अपने जीवन में यह निश्चित किया है कि आप ईमानदारी से जीएँगे, अखंड होकर जीएँगे? अगर यही फैसला नहीं किया तो आपको कनफ्यूजन मिलने ही वाला है। हर पल, हर पग (कदम), हर जगह पर आपको उलझन महसूस होने ही वाली है क्योंकि पहला कदम ही गलत उठाया गया है। अगर आपने आज तक यही निश्चित नहीं किया कि आप जो कहेंगे उसी पर टिके रहेंगे, जो वचन (कमिटमेंट) देंगे उसी पर काम करेंगे तो कैसे आपको अखंड जीवन प्राप्त होगा? शुरुआत ही गलत हो गई तो यह नहीं हो सकता। ईमानदारी को अंपायर बनाया गया है तो मैच फिक्सिंग नहीं होती है। फिर बहुत आसानी से आप खेल पाते हैं, उसका आनंद ले पाते हैं, खेल को खेल रख पाते हैं वरना खेल में भी पॉलिटिक्स आ जाती है। उसमें भी उलझन, द्वेष, नफरत जैसी बातें आ जाती हैं। जीवन में भी यह होता है। ईमानदारी को अंपायर नहीं बनाया गया है तो यह उलझन रहती है इसलिए स्वयं के लिए जीवन के सिद्धांत (प्रिंसीपल्स) बनाएँ कि 'मेरे जीवन में ऐसी परिस्थिति आएगी तब मैं क्या करनेवाला हूँ?' इसका निर्णय पहले से ही सोचकर रखें।

लोगों के साथ ऐसा देखा गया है कि कुछ घटना होने के बाद वे सोचते हैं कि 'अब मैं क्या करूँ? सामनेवाला रिश्वत दे रहा है तो मैं क्या करूँ?... मैंने तो सोचा था सौ रुपये मिल रहे होंगे तो नहीं लूँगा... दो सौ रहेंगे तो नहीं लूँगा... एक लाख रुपये पर क्या करना है, यह मैंने नहीं सोचा था।' वह उलझन में है क्योंकि उसने जीवन में कोई सिद्धांत ठीक से नहीं बनाया है। अगर सौ... दो सौ रुपये नहीं लेने हैं और एक लाख पर सोचना पड़ रहा है तो जीवन के सिद्धांत बने ही नहीं। अखंड जीवन अभी निश्चित हुआ ही नहीं है इसलिए यह बहुत आवश्यक है कि आपको सोच समझकर, अपने आपको समय देकर, अपने साथ बैठकर निश्चित करना है कि मेरे जीवन में ऐसी-ऐसी घटनाएँ भी आएँगी, जहाँ इस-इस तरह की लालच

भी मिलेगी, इस-इस तरह लोग रिश्वत देंगे, सब तरह के लोग मिलेंगे। कुछ लोग तेजस्थान के संपर्क में आए होंगे, कुछ लोग नहीं आए होंगे, वे अतेजस्थानी होंगे। ऐसे लोग जब मिलेंगे तब आप क्या करेंगे? अतेजस्थानी लोग मिलेंगे जो आकर आपसे कहेंगे, 'आप मेरे लिए ये-ये करेंगे तो मैं आपको ये-ये दूँगा।' तब आपका मन उलझ जाएगा कि 'मैं यह करूँ या न करूँ? कैसे निर्णय लूँ? इससे यह लाभ है, उसमें वह लाभ है।' जब आपको तुरंत यह याद आएगा कि 'मैंने पहले से ही अपने जीवन के सिद्धांत बनाकर रखे हैं, जिनमें ऐसी चीजों के लिए जगह नहीं है' तब आप सही मायने में अखंड जीवन जीने की तैयारी कर चुके हैं।

जैसे एक इंसान निश्चित कर लेता है कि मैं शराब नहीं पीऊँगा। फिर वह किसी पार्टी में जाता है और लोग उसे कहते हैं, 'अरे! शराब पीओ, मजा आ रहा है' तो वह उन्हें बहुत आसानी से मना कर पाता है। वह उसमें उलझता नहीं है। वह आसानी से कह पाता है, 'अरे! शराब पीने के जो फायदे हैं, उसके कई और फायदे मैं जानता हूँ मगर चूँकि पीना हमारे मुकद्दर में नहीं है इसलिए पीने का सवाल ही नहीं उठता।' इस इंसान का जो आत्मविश्वास है, उसे देखकर वे लोग आगे उसे पीने के लिए पूछते ही नहीं हैं मगर वह कमजोर इंसान जो शराब के लिए ना-ना कह रहा है, उसे देखकर लगता है कि वह नहीं...नहीं तो कह रहा है मगर पी सकता है तो लोग उसे और जबरदस्ती करते हैं और शराब पिलाकर ही छोड़ते हैं। उसकी 'ना' में दम नहीं होता है क्योंकि उसने अखंड जीवन जीने का निर्णय अभी तक नहीं लिया होता है। इस तरह आधा कच्चा, आधा पक्का रहकर जब इंसान आगे बढ़ता है तब कहीं न कहीं उलझ जाता है मगर जब वह निश्चित करता है कि मेरे जीवन के ये सिद्धांत हैं तब उसे कोई हिला नहीं पाता। इस तरह उस पहले इंसान की तरह आपको भी अखंड जीवन जीना है, ईमानदारी से जीना है। ऐसा जीवन जीने में समस्याएँ आएँगी मगर तेजस्थान से संपर्क करके निर्णय लेंगे तो आप एक आत्मविश्वासी तेजस्थानी इंसान बन सकते हैं।

सीमित सोच की वजह से इंसान कार्य की शुरुआत ही नहीं कर पाता। शुरुआत कर लेने के बाद उसे पता चलता है कि कार्य उतना कठिन नहीं था जितना उसने सोचा था। शुरुआत में कुछ दिक्कतें आती हैं मगर उन्हें पार करने की योग्यता इंसान में पहले से ही दी गई है।

भाग ५

उठी हुई चेतना से निर्णय लें

सही विकल्प का चुनाव

[16] **निर्णय लेने के लिए प्राप्त विकल्पों में से उपयुक्त चुनाव करें :**

आपके पास जो विकल्प होगा वही आप चुन पाएँगे। इंसान सोचता है कि मेरे पास ज्यादा विकल्प होने चाहिए तब वह सवाल पूछता है कि 'अगर हमारे पास ज्यादा विकल्प न हों तो हम क्या करें, कभी ऐसा हो जाए... वैसा हो जाए तो क्या करें?' कोई हमारे सामने गलत कार्य करे तो उस पर हाथ उठाएँ कि नहीं? तब उनसे कहा जाता है कि 'ऐसा या वैसा करने से पहले या सही और गलत कहने से पहले, हाथ उठने से पहले आपकी चेतना उठे। चेतना उठे यानी पूर्ण होश जगे। अगर निर्णय लेने से पहले होश जगता है, चेतना उठती है तो सही निर्णय होता है।'

जापान में ज़ेन मास्टर्स हुआ करते थे। वे अपने शिष्यों को एक विद्या सिखाते थे, जिसका नाम था 'कुंग-फू, जूडो-कराटे।' इसमें शिष्यों को लड़ना होता था। इस विद्या में उनका आधार लड़ाई नहीं बल्कि होश या जागरण होता था। वहाँ लड़नेवाले पहलवानों को सामुराई कहा जाता था। जब दो सामुराई एक-दूसरे के सामने होते थे तो उनका लक्ष्य यही होता था कि किसी भी क्षण उनकी चेतना का स्तर नीचे न गिरे, हर पल होश बना ही रहे।

एक बार ऐसे ही दो सामुराई लड़ रहे थे। दोनों ही पहलवान थे। उस प्रतिस्पर्धा के दौरान एक सामुराई हारने के करीब था और दूसरा सामुराई जीत रहा था। थोड़ी ही देर में जीतनेवाला पहलवान जीत जाता मगर हारनेवाले पहलवान ने जीतनेवाले के मुँह पर थूक दिया। जो जीत रहा था उसने तुरंत बाजी छोड़ दी। जब उससे पूछा गया कि 'तुम तो जीत रहे थे, केवल दो मिनट और लड़ते तो सामनेवाला निश्चित रूप से हार जाता। फिर तुमने लड़ाई क्यों छोड़ दी?' इस पर उसने जो जवाब दिया

वह मनन करने योग्य है। उसने बताया, 'जैसे ही हारनेवाले ने मुझ पर थूका तो मेरे अंदर उसके प्रति नफरत जग गई। उस पल मुझे लगा कि अब सामनेवाले को मारना गलत है।' तुरंत उसे अपने गुरु के द्वारा मिली शिक्षा याद आई कि 'गिरी हुई चेतना से जो भी करोगे वह गलत होगा। हालाँकि बाहर से वह जीत कितनी भी सही दिखे परंतु आंतरिक अवस्था महत्वपूर्ण है। नफरत से किसी को भी नहीं मारा जाए।' हालाँकि वह मार सकता था मगर उसे नफरत से नहीं मारना था। प्रतियोगिता थी इसलिए वह लड़ रहा था, सामनेवाले के प्रति उसके अंदर नफरत की नहीं, खेल की भावना थी वरना लोग खेल-खेल में नफरत पाल लेते हैं। खेल में उनके हाथ उठ जाते हैं। फलाँ देश से क्रिकेट मैच हो रहा है तो किसी के मन में नफरत जगने लगती है। उस नफरत के साथ कैसे कोई खेल पाएगा? ऐसे लोगों के लिए खेल जैसे राजनीतिक घटना बन जाती है। चेतना गिर जाती है तो बेहोशी में यह सब होगा ही। सातवें स्तर की चेतना से खेल खेला जाए तो हर निर्णय सही सिद्ध होगा।

बाहर से लोगों को कितना भी सही दिखे मगर आंतरिक अवस्था क्या है, यह जरूर अपने आपसे पूछें। अगर पहले चेतना उठी और फिर हाथ उठा तो उसमें दिक्कत नहीं है मगर बिना चेतना के कार्य हो रहे हैं तो उससे आगे चलकर तकलीफ होनेवाली है। वाकई चेतना उठी कि नहीं यह हर एक अपने आपसे पूछे। जिन लोगों ने ये बातें नहीं जानी हैं, वे लोग पुराने ढाँचे से ही हाथ उठाते हैं, निर्णय लेते हैं। फिर बाद में वे दूसरों पर दोष लगाते हैं और कहते हैं कि 'सामनेवाला इंसान वैसा व्यवहार कर रहा था इसलिए मैंने ऐसा किया।' फिर वे अपने आपको बचाने का बहाना देना शुरू करते हैं। बहाना देने से पहले अपने आपसे पूछें कि 'क्या चेतना उठी थी? क्या तुमने सामनेवाले को समय दिया? क्या तुमने सामनेवाले को बताया, कम्युनिकेट किया?'

[17] **सदा उच्च चेतना को महत्त्व दें :**

एक डॉक्टर अपने जीवन में ज्ञान प्राप्त कर रहा है, उसे यह सवाल आया कि 'अगर कोई गर्भपात करवाने के लिए आता है तो मैं गर्भपात करूँ या नहीं? कहीं यह मेरे ज्ञान प्राप्ति में रुकावट तो नहीं बनेगा? डॉक्टर होने के नाते गर्भपात करूँ या न करूँ?' ऐसे में उस डॉक्टर को यह देखना है कि उसके सामने क्या विकल्प है, कौन सी जानकारी है? अगर उसके पास नई भावना है, नया विचार है, नया शब्द है और नया दृष्टिकोण है तो इस सवाल का जवाब वह ढूँढ़ पाएगा वरना वह पुराने ढंग

से ही सोचेगा। उसका यह सवाल, सवाल ही रह जाएगा, वह हर बार यही सोचेगा कि 'मैं ऐसी अवस्था में क्या करूँ? वैसी अवस्था में क्या करूँ?'

दरअसल इंसान का मन फिक्स्ड (निश्चित) जवाब चाहता है कि हम ऐसा करें या न करें। हाँ या ना के अलावा कोई तीसरा जवाब इंसान को नहीं सूझता है मगर चेतना बढ़ाकर यह समझ में आएगा कि आपको सारे ऑप्शन, विकल्प देखने हैं। हर बार घटनाएँ ऐसी नहीं होतीं जिनमें केवल दो ही विकल्प हों। डॉक्टर को परिस्थिति के हिसाब से देखना है कि क्या गर्भपात करने के बाद उस माँ का लाभ होनेवाला है, कहीं गर्भपात न करने से माँ की मृत्यु तो नहीं होनेवाली है। बच्चे की क्या अवस्था है, बच्चे के पैदा होने पर क्या परिस्थितियाँ होंगी। अलग-अलग परिस्थितियों में अलग-अलग निर्णय लेने होंगे यानी सारे ऑप्शनस्, सारे पहलू, सारे फैक्टर्स् आपको देखने हैं, इसके बाद ही आप कह पाएँगे कि यह निर्णय ऐसा लेना चाहिए, इसका जवाब 'हाँ' या 'ना' में नहीं है। 'ना' कहा तो नहीं ही करना है, फिर चाहे कोई भी अवस्था हो, ऐसा नहीं है और 'हाँ' कहा तो करना ही है ऐसा भी नहीं है। यह देखना है कि कोई इंसान लालच में, कोई वासना में यह करवाना तो नहीं चाहता है? किस उद्‌देश्य से वह गर्भपात करना चाहिए, वह उद्‌देश्य समझा जाना चाहिए और जब उच्च चेतना से देख पाएँगे तब ही उसे समझ पाएँगे। एक ही बात न पकड़ें। हमें ऐसे सवालों के जवाब में यह देखना चाहिए कि गर्भपात किया या नहीं किया तो उसका क्या परिणाम होगा और इसके पीछे जो इंसान गर्भपात करवा रहा है उसके परिवार पर उस गर्भपात का क्या परिणाम होने जा रहा है। वह देखकर ही क्रिया होनी चाहिए।

कुछ लोगों के मन में सवाल उठता है कि क्या मच्छर मारना बुरा कर्म है? इसे ऐसे समझें कि यदि मच्छर बच्चे को काट रहा है तो मच्छर को मारना बुरा कर्म नहीं है। उस समय बच्चा मच्छर से ज्यादा महत्वपूर्ण है। मच्छर की चेतना से बच्चे की चेतना निश्चित ही उच्च है। आपको उसी आधार पर निर्णय लेना है। उच्च चेतना को बचाना ही महत्वपूर्ण है। हर निर्णय के पहले सभी पहलू देखकर ही निर्णय लेने चाहिए। हर घटना में फ्रेश, तेज और ताजा प्रतिसाद देना चाहिए। हर घटना में नये विकल्प पर सोचें। अगर कुछ अलग हो सकता है तो वही किया जाए। इस तरह हम अपनी वैचारिक शक्ति तैयार कर सकते हैं, जिससे जो भी निर्णय लिए जाएँगे, वे बहु आयामी होंगे।

इस खण्ड में सबसे महत्वपूर्ण बात यह समझें कि आप जो भी निर्णय लें उसमें

ज्यादा लोगों का भला होना चाहिए और वह निर्णय उच्च चेतना को ध्यान में रखते हुए होना चाहिए।

जब भी आपको विचार आए कि 'यह काम मैं नहीं कर सकता' तो वहाँ रुकें और उस विचार को बदलें कि 'यह काम मैं कैसे कर सकता हूँ?' इससे आपकी बुद्धि आपके लिए नये रास्ते खोलेगी और आप उच्चतम जिम्मेदारी लेने के लिए तैयार हो जाएँगे।

भाग ६

दूसरों से सहमति पाने की कला

इंसान की मनोवैज्ञानिक जरूरतें

[18] **बहस व वाद–विवाद में समय बरबाद न करें :**

कुछ लोग बहस करने के आदी होते हैं। वे यह नहीं जानते कि इस छोटे अवगुण की वजह से वे लोगों का सहयोग खो देते हैं। लोगों का सहयोग पाने और समय बचाने के लिए हर जिम्मेदार इंसान को इस अवगुण से बचना चाहिए।

कुछ लोगों का यह सवाल होता है कि हम कई बार सामनेवाले को अपने निर्णय से सहमत नहीं कर पाते, उसे समझा नहीं पाते कि हमने जो निर्णय लिया है वह कैसे सही है, इस वजह से कामों पर असर होता है। सामनेवाले के साथ क्या वार्तालाप करें जिससे वह हमसे सहमत हो जाए? दूसरों को सहमत कर पाने की कला कैसे लाई जाए? तब उन्हें यह बताया जाता है कि यह उम्मीद न रखें कि सामनेवाला हर बार आपकी बात पर सहमत होगा। सभी लोग भिन्न–भिन्न विचारधारा रखते हैं तो वे सहमत ही होंगे, ऐसा जरूरी नहीं है मगर कार्य को कर पाने के लिए सहमति जरूर मिल सकती है।

किसी कार्य को सफल बनाने के लिए तीन–चार मुद्दे, तीन–चार पहलू हों, उन पर मंजूरी (ऐग्रीमेंट) हो सकती है, जिसमें आपको अपनी संप्रेषण की कला (कम्युनिकेशन स्किल), लोक व्यवहार (ह्यूमन रिलेशन), मनोवैज्ञानिक बातें (ह्यूमन साइकोलॉजी) सीखनी है। ह्यूमन साइकोलॉजी कहती है कि लोगों की मानसिक (साइकोलॉजीकल नीड्स) जरूरतें हैं। आपके सहयोग से लोगों को क्या मिलनेवाला है? उनकी कौन सी जरूरत पूरी होनेवाली है? यदि आप उनकी जरूरत जान जाएँ और उसे पूरा कर पाएँ तो लोग आपको सहयोग करना चाहेंगे।

दूसरी तरफ आपको उनसे मिलनेवाले सहयोग का कारण उनके शूज में जा–

कर देखें (यानी अपने आपको उनकी जगह पर रखकर सोचें)। अगर आप उनसे सही ढंग से बात नहीं कर पाए और आपने उनसे कहा कि 'आप मुझे सहयोग देंगे तो मुझे आसानी होगी। मेरा काम जल्दी पूरा होगा और मुझे दो घंटे नींद ज्यादा मिलेगी।' इस तरह से बातचीत के बाद सामनेवाले को सहयोग करने में कोई रुचि नहीं आएगी। उसे लगेगा कि आपकी नींद पूरी होने के लिए आप उससे अपना काम करवा रहे हैं। आपके वार्तालाप से सामनेवाला किस चीज को प्राप्त करेगा? उसे क्या लाभ मिलनेवाला है? उसे मानसिक, शारीरिक, आर्थिक क्या फायदा मिलनेवाला है? सहयोग देना उसका कर्तव्य है, वह अपनी जिम्मेदारी पूरी कर रहा है, वह एक अच्छा नागरिक कहलाएगा? आपके कम्युनिकेशन से और सहमत (एग्रीमेंट) करवाने से पहले कुछ बातों को स्पष्ट करना जरूरी है, ऐसी बातें जिन पर वह पहले से ही सहमत है। ऐसी बातों पर पहले ही चर्चा होनी चाहिए कि आप और सामनेवाला इंसान, दोनों यही चाहते हैं कि काम समय पर समाप्त हो और बेहतरीन ढंग से हो। जब दोनों यही चाहते हैं तो एक-दूसरे के सहयोग से ही यह संभव है। जिन बातों पर सहमति है उन पर पहले से ही बात हो, ऐसी बातें जिन पर सहमति नहीं है, वहाँ पर थोड़ा सा सहयोग भी मिला तो भी चलेगा, यह आपको स्पष्टता से बताना होगा।

हर इंसान की मनोवैज्ञानिक जरूरतें अलग होती हैं। लोग अकसर यह चाहते हैं कि उन्हें मंजूरी (अप्रूवल) और सहमति (एग्रीमेंट) मिले। वे चाहते हैं कि लोग उसे मंजूरी दें, अप्रूव करें।

निर्णय न लेने का बड़ा कारण यह भी है कि इंसान चाहता है कि उसने जो निर्णय लिया उसे सभी लोग सहमति दें। कोई यह न कहे कि उसने सही निर्णय नहीं लिया है। मंजूरी नहीं मिलती तो इंसान दुःख महसूस करता है।

कोई लड़की अपने लिए कोई ड्रेस भी खरीदती है तो वह दस लोगों से पूछती है कि 'यह मुझ पर सूट करेगी या नहीं, यह अच्छी है कि नहीं?' वह ऐसा इसलिए पूछती है क्योंकि बाद में उसे कोई यह न कहे कि 'तुमने कैसी ड्रेस खरीदी है !' निर्णय लेनेवाले इंसान को यह कला सीखनी है कि उसे यह कदम उठाना चाहिए कि उसे कोई ड्रेस पसंद आई तो उसे खरीदनी चाहिए। खरीदने के बाद चाहे जो भी परिणाम हों, उन्हें भुगतने के लिए उसे तैयार रहना चाहिए। शुरुआत में असुविधा और असुरक्षा महसूस होगी, लाभ नहीं मिलेगा मगर धीरे-धीरे आप निर्णय लेना सीख जाएँगे। आगे चलकर लोग आपकी कॉपी (नकल) करने लगेंगे।

हर इंसान की मनोवैज्ञानिक जरूरतें क्या हैं, यदि आपको यह मालूम है तो आप उस आधार पर सही शब्दों में बातचीत कर सकते हैं। आप सामनेवाले इंसान को बता सकते हैं कि आपको सहयोग करके वह इंसान किसी पर एहसान नहीं कर रहा है। इससे उस इंसान के लक्ष्य में कैसे सहयोग होगा, आप उसे यह बता पाएँ। उस इंसान के दृष्टिकोण से जब आप देख पाते हैं तब सही ढंग से आप उससे बात कर पाते हैं। सही तरह से इंसान जब बातचीत करने जाता है तो उसे आसानी से सहयोग मिल पाता है।

आज विश्व के कई देशों को ऐसे लोगों की जरूरत है जो दूसरे देशों के पास जाकर एग्रीमेंट करवाकर आएँ क्योंकि उन्हें वह कला आती है। कंपनियाँ ऐसे लोगों को इसी बात की तनख्वाह देती हैं कि 'तुम हमारी तरफ से जाओ और बातचीत करके आओ।' ऐसे लोग जाकर क्या करते हैं? वे यही देखते हैं कि सामनेवाला इंसान सहयोग क्यों देना चाहेगा। कंपनियाँ ऐसे लोगों को नहीं भेजतीं जो लोग सब्र खो देते हैं या एग्रीमेंट के समय वे गुस्से में आ जाते हैं।

कई बार इंसान को दूसरे के काम में रुचि नहीं होती, दूसरे की चाहत क्या है उससे उसका कुछ लेना देना नहीं होता। वह सिर्फ अपनी बात लेकर ही बैठता है। वह सामनेवाले को समय देता है, उसे सुनता है। सामनेवाला इंसान क्यों सहमत नहीं है, उसका सहयोग न देने के पीछे क्या असुविधा है, उसकी असुविधा कैसे कम की जा सकती है इत्यादि बातें यदि हम सोच पाएँ तो सामनेवाले को जल्दी सहमत कर पाएँगे।

जो इंसान यह कला जानता है वह समाधान निकालता है। वह सामनेवाले से कहता है कि 'अगर आप यह काम कर देंगे तो हम आपका यह काम कर सकते हैं।' सामनेवाले की असहमति के पीछे क्या कारण है, वह उसे ढूँढ़ने की कोशिश करता है क्योंकि उसे पता होता है कि कई सारे कारण छिपे हुए हो सकते हैं क्योंकि सामनेवाला बता कुछ रहा होता है और हकीकत में कारण कुछ और होता है। सही कारण जानकर आप लोगों से सहमति, सहयोग प्राप्त करने की कला जानते हुए कार्य को अंजाम तक लेकर जा सकते हैं।

[19] **आलोचना व व्यंग न करें :**

इंसान दूसरों को नीचा दिखाकर अपने आपको श्रेष्ठ साबित करने का आसान तरीका चाहता है। दूसरा जब छोटा हो गया तब वह ऊँचा महसूस करता है इसलिए वह दूसरों की निंदा व आलोचना करने का मौका ढूँढ़ता रहता है। यह अवगुण कई दुश्मन पैदा कर देता है इसलिए सदा आलोचना करने से दूर रहें, दूसरों पर व्यंग न करें। यदि आप एक जिम्मेदार इंसान बनना चाहते हैं तो किसी भी इंसान की बुराई बताने से पहले उसे उसकी अच्छाइयाँ बताएँ और बाद में सकारात्मक शब्दों में बिना चोट पहुँचाए, माफी माँगते हुए उसका मार्गदर्शन करें। इस तरह सामनेवाला आपको अपना शुभचिंतक मानेगा और आपकी आलोचना को सही ढंग से ग्रहण करके अपने आपको बदल देगा।

इंसान में विश्वास की शक्ति सुप्त अवस्था में है, आप उस शक्ति को जगाने की जिम्मेदारी लें क्योंकि आप संकल्पशक्ति द्वारा जब चाहें तब उसे जगा सकते हैं।

भाग ७

उच्च निर्णय क्षमता के लिए सुझाव

अठारह संकेत और निर्णय ध्यान

जिस तरह लोग भिन्न-भिन्न होते हैं, उसी तरह उनके निर्णय लेने की शैली भी भिन्न होती है। हर इंसान ने आज तक अपने जीवन में जो भी निर्णय लिए हैं वे उसके पिछले लिए गए निर्णयों के फलस्वरूप होते हैं।

हर इंसान को अपने रोजमर्रा के जीवन में कई सारे निर्णय लेने पड़ते हैं, उनमें से कुछ निर्णय उसके लिए काफी मुश्किल होते हैं। कुछ निर्णय लेने में उसका समय व शक्ति बरबाद होती है तथा हर बार वे ही निर्णय लेना उसके लिए बोझ बन जाता है। जैसे, बच्चों के लिए यह निर्णय लेना कठिन होता है कि स्कूल छोड़ने के बाद वे किस क्षेत्र में आगे बढ़ें, वैसे ही नौजवानों के लिए भी यह निर्णय लेना कठिन हो जाता है कि वे कहाँ नौकरी करें। घर में महिलाओं के लिए हर दिन यह निर्णय लेना कठिन होता है कि 'आज क्या खाना बनाएँ?' निर्णय लेने में जो दिक्कतें आती हैं उन्हें ध्यान में रखते हुए नीचे कुछ सुझाव दिए गए हैं, जो आपकी निर्णय क्षमता को बढ़ाने में सहायता करेंगे :

१) जिन बातों पर निर्णय लेने की जरूरत नहीं है उन पर अपना समय बरबाद न करें। जो निर्णय आपके नहीं हैं, वे निर्णय लेने की आपको आवश्यकता नहीं है। अपने लक्ष्य को ध्यान में रखकर निर्णय लेना सीखें।

२) निर्णय लेते समय आप अपने पास उपलब्ध पर्यायों (विकल्पों) में से किसी एक पर्याय का चुनाव करना सीखें या कुछ पर्यायों को जोड़कर एक पर्याय बनाएँ यानी दो विकल्पों को जोड़कर मध्यम मार्ग बनाएँ, जो न सही होता है और न गलत। निर्णय लेते-लेते आप यह कला सीख जाएँगे। ऐसे निर्णय लेना बुद्धि का अच्छा व्यायाम है। व्यायाम करने से न घबराएँ।

३) कभी भी जल्दबाजी में निर्णय न लें। अगर कभी जल्दबाजी में निर्णय लेने भी पड़ें तो ऐसे निर्णय लें जिन्हें फिर से बदला जा सके। ऐसे निर्णय जिन्हें बदला नहीं जा सकता, उन्हें लेने में अपना पूरा समय, बल और सोच शक्ति दें। निर्णय लेने की कला में यह सुझाव एक चेतावनी भी है। कभी भी सोचने से बचने के लिए तथा समय नहीं है का बहाना देकर, सुस्ती में निर्णय न लें।

४) गलत समय पर सही निर्णय लेना उतना ही बेअसर होता है जितना कि सही समय पर गलत निर्णय लेना। दोनों ही निर्णय हानिकारक होते हैं इसलिए जब समय है तब ही मनन करके सही निष्कर्ष पर पहुँचें। सही समय पर सही निर्णय लें।

५) आप जो निर्णय लेने जा रहे हैं उससे संबंधित सारे पहलुओं को पहले कागज पर उतार लें। कागज पर माईन्ड मैप की शक्ल में मूल विचार चित्र (उदाहरण देखें पृष्ठ संख्या ६०) द्वारा सारे पहलू लिखें और पूरी तरह जाँच लें। इस तरह निर्णय में लाभकारी साबित होनेवाले पहलुओं, विरोधी पहलुओं, सारे मुद्दों और सारी जानकारी को अपने सामने रखें। इस तरह सारी योजनाएँ, कल्पनाएँ और संभावनाएँ आपके सामने लिखित रूप में होंगी और आप अपनी बुद्धि का पूर्ण उपयोग करके आसानी से सही निर्णय पर पहुँच पाएँगे।

६) निर्णय का अंजाम क्या होगा, यह सोचकर निर्णय लें। यह न सोचें कि यह निर्णय मैंने खुद लिया या मुझे किसी और की राय लेनी पड़ी। निर्णय किसके द्वारा लिया गया है, इस निर्णय का श्रेय किसे मिलेगा... यह सोचकर अपना सही निर्णय न बदलें। श्रेय किसी को भी मिले लेकिन परिणाम उचित होना चाहिए। अहंकार में फँसकर गलत निर्णय न लें।

७) निर्णय लेने से पहले उससे संबंधित सभी तरह की बातों को देख व परख लें। उन बातों का मूल्यांकन करें। मनन की हुई सोच और साफ दृष्टिकोण से ही आप उचित निर्णय ले पाएँगे।

८) छोटे-छोटे निर्णय रोज लेते रहें, उन्हें न टालें। छोटे निर्णय टालने से रुके हुए फैसले इकट्ठे हो जाते हैं और धीरे-धीरे उनका पहाड़ खड़ा हो जाता है। इन छोटे-छोटे इकट्ठे किये हुए निर्णयों का ढेर एक बड़े कठिन निर्णय से भी ज्यादा भारी पड़ सकता है।

९) यदि आप कर्मचारी अथवा व्यापारी हैं तब आपके निर्णयों का असर जिन लोगों पर होनेवाला है उन्हें भी अपने साथ शामिल कर लें ताकि वे आपके लिए और भी जिम्मेदारियाँ ले पाएँ। नये उपायों, नई बातों और सुझावों के लिए अपने साथियों तथा अपने कर्मचारियों को अपने साथ शामिल करें। घर के सदस्यों से मिलकर लिया गया निर्णय, सभी का सहयोग मिलने में सहायक होता है।

१०) यह याद रखें कि आपके निर्णय न लेने का मतलब है कि आपने कार्य न करने का निर्णय ले लिया है। यदि आप निर्णय न लेना चाहें तो निश्चित करके निर्णय न लेने का निर्णय लें। (Decide and do).

११) अपने आप पर पूरा भरोसा रखकर ही निर्णय लें। अपने आप पर भरोसा रखने से ही आप निर्णय से संबंधित सारी समस्याओं का मुकाबला करने के काबिल सिद्ध होंगे। भरोसा रखकर निर्णय लें और निश्चिंत रहें।

१२) अपने नजरिए से आपको जो निर्णय सबसे अच्छा लगता है उसमें आप खुद परीक्षण करें ताकि आपके निर्णय में हुई बदलाहट से कौन सा गलत परिणाम आ सकता है, यह आपको पता चले।

१३) नए और बड़े निर्णय लेने के लिए अपना समय और ऊर्जा बचाएँ। निर्णय लेना सीख लेने के बाद आप जो भी निर्णय लेते हैं उन में से ८०% निर्णय आप ही लें, यह अनावश्यक होता है, कोई और भी आपके ये निर्णय ले सकता है। कुछ निर्णय लेने की जिम्मेदारी औरों को भी दें। कभी-कभार आपके घर के लोग, ऑफिस के कर्मचारी या सेक्रेटरी वगैरह को निर्णय लेने के लिए कहें। इस तरह बड़े और महत्वपूर्ण निर्णय लेने के लिए आपके पास ऊर्जा व समय बचेगा।

१४) निर्णय लेने से पहले, भविष्य में उस निर्णय पर सही ढंग से किस तरह अमल करना है, यह सोचना भी निर्णायक की जिम्मेदारी का एक हिस्सा है। निर्णय और जिम्मेदारी साथ में चलते हैं।

१५) जिस क्षण आप जान जाते हैं कि इस विशिष्ट परिस्थिति में निर्णय लेना अनिवार्य है, उसी क्षण से सारी परिस्थितियों का निरीक्षण करना शुरू कर दें। निर्णय को थोड़ा समय दें और फिर से निरीक्षण दोहराएँ, सारे मुद्दों पर गौर करें। उन्हें अपने अंतर मन में जाने दें। जब तक निर्णय लेने का समय नहीं

आता तब तक बीच-बीच में समय का अंतराल लेकर निर्णय पर काम करते रहें।

१६) एक बार निर्णय ले लेने पर उससे पीछे न हटें। यह जरूर जानें कि इसका असर आप पर किस तरह से होने जा रहा है। अपने निर्णय पर कभी भी पछतावा न करें बल्कि यह सोचें कि उस समय यह निर्णय लेना सही था। एक बार निर्णय लेकर रुकें नहीं और न ही आधे में कार्य छोड़ दें। आगे के बारे में सोचना शुरू करें। अगर, मगर, किंतु, परंतु को मन से निकालकर अपने निर्णय को पूर्णता तक ले जाएँ।

१७) अपने मन में निर्णय लेने के बाद की पूरी कार्य योजना को कल्पना द्वारा चलाकर देखें (Flow Chart बनाएँ) कि मेरे निर्णय का क्या और कैसे अंजाम आ सकता है।

१८) निर्णय लेने के बाद उसका जो भी परिणाम आए उसे अपनी डायरी में लिख (कलमबद्ध) कर रखें ताकि अगली बार वैसा निर्णय लेने के पहले आप और भी बेहतर ढंग से सोच पाएँ।

यहाँ तक आपने निर्णय के बारे में बहुत कुछ जाना। निर्णय का एक और महत्वपूर्ण पहलू है, जिसे जानने के बाद आप उच्चतम निर्णय ले पाएँगे। यह एक आध्यात्मिक पहलू है। इसे एक ध्यान के द्वारा समझे।

'निर्णय ध्यान' के द्वारा यह जानने का प्रयास करें कि आज तक आपने जो भी निर्णय लिए वे खुद को क्या मानकर लिए तथा इसके आगे के निर्णय किस तरह से लें।

निर्णय ध्यान

इस वक्त आप निर्णय ध्यान करने जा रहे हैं। हर इंसान बचपन से लेकर शरीर की मृत्यु तक हर क्षण कोई न कोई निर्णय ले ही रहा होता है। उसके कुछ निर्णय सही साबित होते हैं तो कुछ गलत। सबसे महत्वपूर्ण सवाल यही है कि वह खुद को क्या मानकर निर्णय लेता है? इंसान कहता है, 'देखों मैं हायटेक हूँ... इतने बड़े-बड़े निर्णय लेता हूँ... कंपनी चलाता हूँ... विदेश जाता हूँ... अमेरिका में रहता हूँ... ऑस्ट्रेलिया में रहता हूँ...।' बाहर से तो वह कितना कुछ साबित कर सकता है कि

मैं ऐसा हूँ, मुझ पर माया का असर नहीं है। मगर जब गहराई में जाएँगे, ध्यान में बैठेंगे तो साफ-साफ दिखाई देने लगेगा कि अलग-अलग निर्णय लेते समय किस बात का प्रभाव था, माया का कि सत्य का। ध्यान में हर एक को दिखाई देगा कि हमने आज तक जो भी निर्णय लिए, वे खुद को क्या मानकर, क्या जानकर लिए।

१. ध्यान में बैठने से पहले नियोजित समय का बजर लगाएँ। उसके बाद ध्यान के लिए चुने हुए आसन और मुद्रा में, आँखें बंद करते हुए बैठें।

२. आँखें इस उद्देश्य से बंद हैं कि मुझे ध्यान करना है। ध्यान में वह कार्य नहीं होता, जो संसार में कार्य करते हुए इंसान कर पाता है। अपनी आँखें बंद रखते हुए ध्यान के महत्त्व को समझें।

३. ध्यान में सबसे पहले खुद से कहें, 'मैं जहाँ भी बैठा हूँ, अकेले बैठा हूँ। इस वक्त मैं वह कर रहा हूँ, जो दिनभर में सभी कार्य करते हुए नहीं कर पाता। इस वक्त मैं उन गलतियों को सुधार रहा हूँ, जो आँख खोलने के बाद सुबह से लेकर रात तक अलग-अलग निर्णय लेते हुए करता हूँ। ध्यान में उन्हें सुधारने का समय है। ध्यान में हर निर्णय प्रकाश में आए। मैं जो भी निर्णय ले रहा हूँ, वह खुद को शरीर मानकर ले रहा हूँ या मैं जो हूँ वह बनकर ले रहा हूँ? मैं अब तक खुद को क्या मानकर निर्णय लेते आया हूँ? शरीर मानकर या या मैं जो हूँ वह होकर?' खुद से ये सवाल पूछकर आज तक लिए गए अपने निर्णयों को जाँचें।

४. आज तक लिए गए अपने अलग-अलग निर्णयों को जाँचने के लिए शुरू से शुरुआत करें। सबसे पहले जब आप छोटे थे, उस समय की घटनाओं को देखें। जब आप बहुत छोटे थे, तब पालने में थे। पालने से बाहर निकलकर धीरे-धीरे आपने चलना सीखा। फिर आप घर से बाहर निकलकर अपने मित्रों के साथ खेलने जाने लगे। उन सभी घटनाओं को देखें, साथ ही यह भी देखें कि आपने जीवन में पहला निर्णय कब लिया। चाहे वह छोटे से छोटा निर्णय ही क्यों न हो। खेलने का निर्णय, पढ़ाई का निर्णय, किसी को हराने का निर्णय, किसी खेल में जीतने का निर्णय, अपने जीवन में आपके द्वारा लिया गया पहला निर्णय कौन सा था, देखें।

५. पहला निर्णय देखने के साथ स्वयं से पूछें, 'क्या कोई ऐसा निर्णय था, जो

उसके भी पहले लिया गया था?' जैसे, आज दिनभर खेलेंगे या आज दिनभर पढ़ाई करेंगे, आज दादी के पास जाएँगे, आज नानी के पास जाएँगे, आज खाना बनाना सीखेंगे।'

६. पहला निर्णय देख लेने के बाद देखें कि आपने पहली प्रार्थना कौन सी की थी? पास होना, खेल में जीतना, ऐसी ड्रेस मिले, मित्र मिले, भाई मिले, बहन मिले। याद करें, आपकी पहली प्रार्थना कौन सी थी? आपके माता-पिता ने आपसे कौन सी पहली प्रार्थना करवाई?

७. इसके बाद देखें कि आगे के जीवन में आपने कौन-कौनसे निर्णय लिए। स्कूल से पहले नर्सरी में, पहली कक्षा में, दूसरी कक्षा में, छुट्टियों में, घर में, बाजार में, मित्रों के साथ, भाई-बहनों के साथ, पिकनिक पर, सारे निर्णय देखें। छोटे से छोटे निर्णय को भी देखें। अपने निर्णयों को देखते जाएँ, अगली सीन में जाएँ। आपने अपने निर्णय खुद लिए या लोगों ने आपके लिए निर्णय लिए? जो भी सीन आती है, देखते जाएँ। कभी-कभार आपने निर्णय न लेने का निर्णय लिया, वह निर्णय आपका ही था। बचपन गुजरने के बाद किशोर अवस्था में क्या-क्या दिख रहा है, किशोर अवस्था में लिए गए अपने हर निर्णय को देखें और आगे बढ़े।

८. पंद्रह-सोलह साल के बाद, दसवीं कक्षा के बाद खुद को हर सीन में देखें। घर पर, स्कूल-कॉलेज में, मित्रों के साथ, शॉपिंग करते समय, पिकनिक पर, बच्चों के साथ, बड़ों के साथ, लोगों को मदद करते हुए, घर के कार्य करते हुए, आज तक जो भी निर्णय लिए गए, उन्हें देख लें। आज तक लिए गए जो-जो निर्णय याद आते हैं, देखें और खुद से सवाल पूछें, 'वे निर्णय मैंने खुद को क्या मानकर लिए? खुद को शरीर मानकर या सेल्फ जानकर? उन निर्णयों पर किस बात का प्रभाव था, माया का कि सत्य का? खुद को शरीर मानकर निर्णय लिए गए तो मेरी कौन सी वृत्ति ने वे निर्णय करवाएँ? मेरे कौनसे विकार, कौनसे संस्कारों ने निर्णय करवाएँ?' सारे निर्णय इस प्रकाश में देखें कि आज तक हर निर्णय कैसे लिया गया। गलत-सही का लेबल न लगाते हुए जो हुआ, जैसे हुआ पूरा जीवन देख लें। अब तक का निर्णयों का सार देखें।

९. अब खुद से यह सवाल पूछें, 'दरअसल मैं कौन हूँ?', स्वयं को जवाब भी

दें कि 'दरअसल मैं आकार नहीं, विचार नहीं, मैं शरीर नहीं बल्कि इस शरीर को आइना बनाकर स्वयं को महसूस कर रहा हूँ। शरीर को सामने रखते हुए मैं अपना अनुभव कर रहा हूँ, शरीर की पीड़ाओं को देखते हुए भी मैं अपना अनुभव कर रहा हूँ।'

आपको शरीर के साथ उतना ही चिपकाव है, जितना शरीर को चलाने के लिए आवश्यक है। दीवार पर आइना टाँगने के लिए कील न हो, हुक न हो तो आप आइने को हाथ से पकड़कर अपना मेकअप करेंगे तो कैसे करेंगे, अपना दर्शन करेंगे तो कैसे करेंगे, उतना ही चिपकाव आइने के साथ रखना है। उसे अच्छे से पकड़ना है लेकिन इस तरह ताकि आपका दर्शन होता रहे, हाथ बीच में न आए, शरीर बीच में न आए, आपका दर्शन साफ-साफ हो। आपके हाथों के निशान आइने को धुँधला न करे। ध्यान में शरीर रूपी आइने की सफाई होती है।

१०. शरीर रूपी आइना आपको आपका दर्शन करवाने के साथ-साथ और भी कई चीजों का दर्शन करवाता है। इस वजह से दूसरी चीजें ज्यादा महत्वपूर्ण हो जाती हैं। आइने के सामने आप खड़े हैं, आइने में खुद के दर्शन के साथ-साथ आपको पूरे कमरे का दर्शन भी हो रहा है तो आप खुद को छोड़कर बाकी चीजें देखने लग जाए और पूरा दिन इस तरह गुजर जाए, तो आइने का उद्देश्य पूरा नहीं हुआ। ध्यान में आप इस गलती को देख लेते हैं इसलिए सत्य का ध्यान से, ध्यान का सत्य से गहरा रिश्ता है। ध्यान में, मौन में ही आप इन बातों का अनुभव करते हैं।

११. निर्णय ध्यान चल रहा है। आपका हर निर्णय आपको बताए कि आप क्या बनकर, क्या होकर, क्या जानकर निर्णय ले रहे हैं। आगे कौन से निर्णय लेने हैं और वे निर्णय क्या बनकर, क्या सोचकर, क्या होकर लेंगे? ध्यान में यही तो बात पता चलती है कि आप कौन हैं, अब तक कैसे निर्णय लिए और आगे कैसे निर्णय लें।

१२. अपने अनुभव पर रहकर खुद से बातचीत करें कि 'अब आगे के निर्णय कैसे लिए जाएँ? आगे का जीवन कैसे बीते? हर दिन की शुरुआत कैसे हो? अगर वाकई मैंने सत्य जाना है तो मुझे कैसे जीना चाहिए?' कुछ निर्णय आपको

साफ-साफ दिखाई देंगे, कुछ पर मनन करना होगा। कुछ बातें रोज निरंतरता से ध्यान करने के बाद स्पष्ट होती जाएँगी। आगे जो भी निर्णय लिए जाएँगे, उन पर कौन सी वृत्ति, कौनसे विकारों का प्रभाव न हो, कौन सी बातों का खयाल रखा जाए, सारी बातें धीरे-धीरे स्पष्ट होते जाएँगी।

१३. अब तक के जीवन में लिए गए हर निर्णय को आपने देख लिया। साथ ही यह भी देख लिया कि निर्णय लेते समय कौन सा हिस्सा अँधेरे में था, किस तरह का अज्ञान था, कौन सी वृत्ति, कौनसे विकार हावी थे, किस तरह की बेहोशी थी और आगे उनका प्रभाव नए निर्णयों पर न हो।

१४. जब आप स्वयं को जानकर, आप जो हो वह बनकर निर्णय लेंगे तो ये नए निर्णय नया जीवन लाएँगे, माया के शिकंजे से मुक्त जीवन।

१५. सभी निर्णय देख लेने के बाद धीरे-धीरे आँखें खोलें।

परिस्थिति से भविष्य नहीं बनता,
भविष्य बनता है वर्तमान के निर्णयों से।

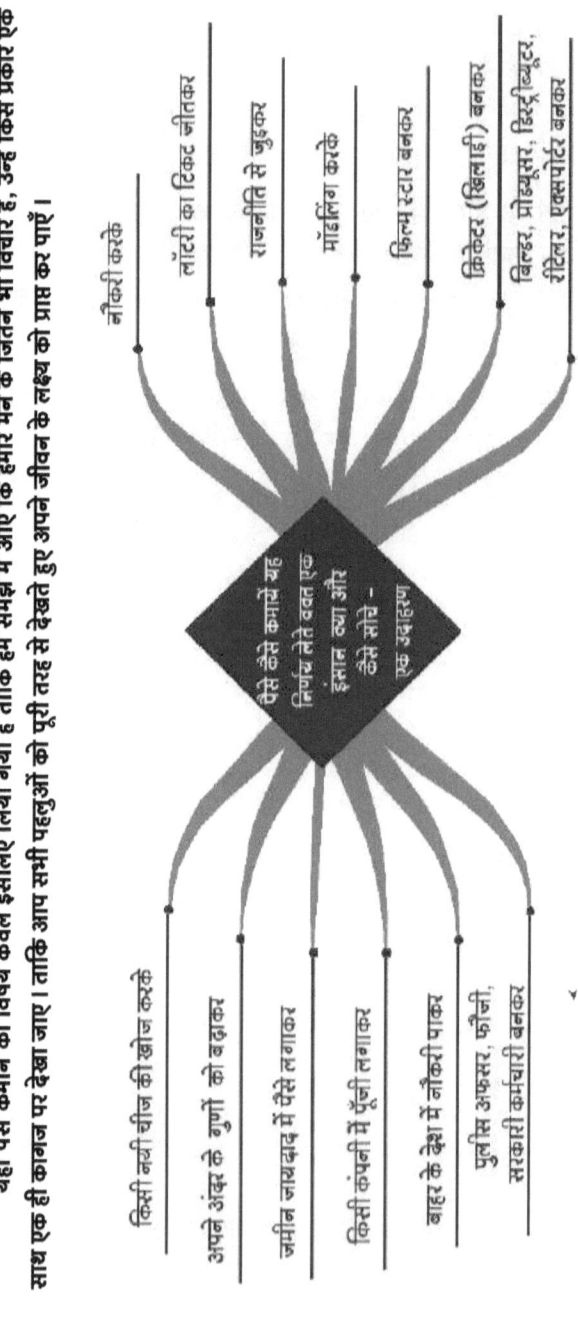

इस माईंड मैप में पैसे कमाने के कई तरीके दिए गए हैं। इन तरीकों को माईंड मैप में इस प्रकार डाला गया है ताकि आप एक साथ सभी तरीकों को देख पाएँ और उन पर सोच पाएँ। ध्यान में रखने योग्य बात यह है कि पैसे कमाने के चाहे कितने भी आसान तरीके क्यों न हों, आप वही तरीका चुनें, जो आपके जीवन के लक्ष्य और चरित्र से मेल खाता हो।

यहाँ पैसे कमाने का विषय केवल इसलिए लिया गया है ताकि हमें समझ में आए कि हमारे मन के जितने भी विचार हैं, उन्हें किस प्रकार एक साथ एक ही कागज पर देखा जाए। ताकि आप सभी पहलुओं को पूरी तरह से देखते हुए अपने जीवन के लक्ष्य को प्राप्त कर पाएँ।

वचनबद्ध निर्णय और जिम्मेदारी कैसे लें

वचनबद्ध निर्णय और जिम्मेदारी कैसे लें

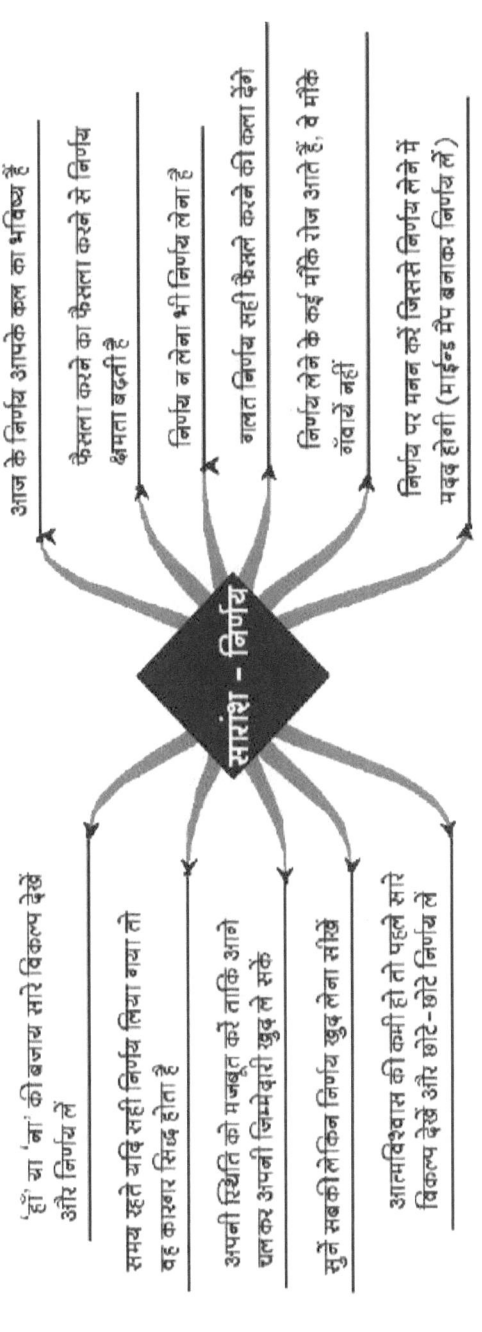

हर इंसान बचपन से लेकर शरीर की मृत्यु तक हर क्षण कोई न कोई निर्णय ले ही रहा होता है। उसके कुछ निर्णय सही साबित होते हैं तो कुछ गलत। सबसे महत्वपूर्ण सवाल यही है कि वह खुद को क्या मानकर निर्णय लेता है?

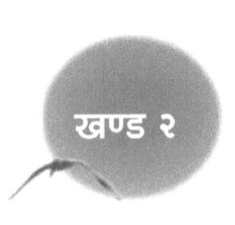

खण्ड २

जिम्मेदारी लेने की योग्यता

Ability to take responsibility

भाग १ जिम्मेदारी लेना सीखें

आपकी जिम्मेदारी क्या है

हर इंसान के लिए जिम्मेदारी का मतलब भिन्न-भिन्न हो सकता है। कुछ लोगों के लिए सफलता प्राप्त करना, उपलब्धियाँ हासिल करना ही जिम्मेदारी लेना है। कोई अपने घर परिवार के लिए सुख-सुविधाएँ इकट्ठा करने को अपना दायित्व मानता है। कुछ लोग दूसरों के जीवन को सुखमय बनाने के लिए प्रयत्नशील रहते हैं, जैसे बेसहारा और अनाथ बच्चों व स्त्रियों के लिए आश्रम बनवाना, नेत्रहीनों, विकलांगों की आर्थिक सहायता करना इत्यादि। वे समाज कल्याण को महत्व देते हैं और समाज की जिम्मेदारी लेना अपना कर्तव्य समझते हैं। कुछ लोग राष्ट्र की सेवा में जुड़े हुए होते हैं और वे उस तरह की जिम्मेदारी को महत्व देते हैं। बहुत कम लोग होते हैं जो पूरे विश्व, पूरी मानव जाति की जिम्मेदारी लेते हैं।

[20] **किस जिम्मेदारी से शुरुआत करें :**

आप अपने आस-पास होनेवाली गतिविधियों को देखें और उनके बारे में अपने आपसे पूछें कि 'इनमें से मैं कौन सी जिम्मेदारी ले सकता हूँ?' यदि अड़ोस-पड़ोस में कूड़ा-कचरा दिखाई दे रहा है तो आप किसी दिन मुहल्ला साफ करने की जिम्मेदारी लेकर देखें। उस दिन के बाद आप देखेंगे कि आपका मुहल्ला साफ रहने लगा है। यदि आप यही शिकायत करते रहेंगे कि लोग ऐसे हैं... सरकार ऐसी है... कॉर्पोरेशन ऐसी है... तो सफाई का काम कभी नहीं होगा। सभी अगर अपनी-अपनी जिम्मेदारी लेने लग जाएँ तो विश्व में वे सब काम हो जाएँगे जो आज समस्या बनकर खड़े हैं।

[21] **जिम्मेदारी स्वयं स्वीकार करें :**

जिम्मेदारी दो तरह से ली जा सकती है, एक है कि किसी ने आपके ऊपर जिम्मेदारी डाल (लाद) दी है, चाहे किसी भी कारण वश आप उसके लिए तैयार नहीं

हैं। वह जिम्मेदारी आपको बोझ लगने लगती है, उसे आप बड़ी मजबूरी से स्वीकार करते हैं। दूसरा तरीका यह है कि आपने खुद जिम्मेदारी ली है। खुद ही जिम्मेदारी स्वीकार करना यह बताता है कि आप एक सजग, समझदार और आत्मविश्वास से भरे हुए इंसान हैं। अगर सचमुच हमें अपनी जिम्मेदारियों का एहसास हुआ है तो यह परिपक्वता की तरफ अग्रसर होने का सबसे बड़ा कदम है। जिम्मेदारी लेना और उसे निभाना, यह एक सुदृढ़, निष्ठावान और अखंड इंसान की खूबी है। यह बात सदा याद रहे कि सही समझ और पूर्ण होश ही हर जिम्मेदारी की मजबूत नींव होती है।

अगर जिम्मेदारी लेने का डर आपमें है तो आप जीवन भर गुलाम ही रहेंगे। जिम्मेदारी न लेकर सबसे बड़ा नुकसान यह होगा कि आप अपनी आज़ादी गँवा देंगे।

भाग २

गैर जिम्मेदारी के परिणामों से बचें

जिम्मेदार लोग ही पसंद किए जाते हैं

कुछ लोग जिम्मेदारी लेने से कतराते हैं। कहीं आप भी तो उन लोगों में से नहीं? अगर इस सवाल का जवाब 'हाँ' है तो आपको इन बातों पर गौर करना होगा। जो लोग अपनी जिम्मेदारी नहीं समझते वे गैर जिम्मेदार कहलाते हैं। वे ज्यादातर दूसरों की गलतियाँ निकालते हुए नजर आते हैं क्योंकि वे खुद कामयाब नहीं होते। ऐसे लोग अपने जीवन में हुई घटनाओं, दुःखों, असफलताओं, तकलीफों का जिम्मेदार दूसरों को और किस्मत को मानते हैं। यह आदत उनमें जिंदगीभर रहती है। वे हमेशा अपनी किस्मत को कोसते हैं और दूसरों की सफलता उनकी आँखों में काँटे की तरह चुभती है। ऐसे लोग अगर कोई दायित्व लेने के लिए कभी सोचते भी हैं तो भी उसे अंत तक नहीं ले जा पाते क्योंकि लापरवाह होने के साथ-साथ उनमें आत्मविश्वास, निरंतरता से कार्य करने की आदत और क्षमता नहीं होती है। यह जानते हुए वे नए बहाने पहले से तैयार रखते हैं। अगर उन्हें लगने लगता है कि कार्य जितना सरल लगता था उतना नहीं है या यह कार्य बहुत समय ले रहा है या इस कार्य का लक्ष्य प्राप्त करना कठिन होता जा रहा है तो वे तुरंत अपना इरादा बदल देते हैं। यही कारण है कि गैर जिम्मेदार लोग अपने जीवन में आगे नहीं बढ़ पाते।

[22] **क्या आप गैर जिम्मेदार लोगों के साथ रहना पसंद करेंगे :**

जो लोग मेहनत के दुश्मन और भोजन के दोस्त होते हैं तथा जिनका 'काम को आराम दो', यह नारा होता है, वे लोग कभी भी सफलता प्राप्त नहीं कर सकते, ऐसे लोग ही गैर जिम्मेदार होते हैं। ऐसे लोगों की समझ यह कहती है कि 'काम से सेहत खराब होती है।' जब तक काम उनके सिर पर आकर न खड़ा हो जाए तब तक वे काम नहीं करना चाहते। जबकि सच्चाई यह है कि हमें सफलता तभी मिलती है

हैं। वह जिम्मेदारी आपको बोझ लगने लगती है, उसे आप बड़ी मजबूरी से स्वीकार करते हैं। दूसरा तरीका यह है कि आपने खुद जिम्मेदारी ली है। खुद ही जिम्मेदारी स्वीकार करना यह बताता है कि आप एक सजग, समझदार और आत्मविश्वास से भरे हुए इंसान हैं। अगर सचमुच हमें अपनी जिम्मेदारियों का एहसास हुआ है तो यह परिपक्वता की तरफ अग्रसर होने का सबसे बड़ा कदम है। जिम्मेदारी लेना और उसे निभाना, यह एक सुदृढ़, निष्ठावान और अखंड इंसान की खूबी है। यह बात सदा याद रहे कि सही समझ और पूर्ण होश ही हर जिम्मेदारी की मजबूत नींव होती है।

अगर जिम्मेदारी लेने का डर आपमें है तो आप जीवन भर गुलाम ही रहेंगे। जिम्मेदारी न लेकर सबसे बड़ा नुकसान यह होगा कि आप अपनी आज़ादी गँवा देंगे।

भाग २

गैर जिम्मेदारी के परिणामों से बचें

जिम्मेदार लोग ही पसंद किए जाते हैं

कुछ लोग जिम्मेदारी लेने से कतराते हैं। कहीं आप भी तो उन लोगों में से नहीं? अगर इस सवाल का जवाब 'हाँ' है तो आपको इन बातों पर गौर करना होगा। जो लोग अपनी जिम्मेदारी नहीं समझते वे गैर जिम्मेदार कहलाते हैं। वे ज्यादातर दूसरों की गलतियाँ निकालते हुए नजर आते हैं क्योंकि वे खुद कामयाब नहीं होते। ऐसे लोग अपने जीवन में हुई घटनाओं, दुःखों, असफलताओं, तकलीफों का जिम्मेदार दूसरों को और किस्मत को मानते हैं। यह आदत उनमें जिंदगीभर रहती है। वे हमेशा अपनी किस्मत को कोसते हैं और दूसरों की सफलता उनकी आँखों में काँटे की तरह चुभती है। ऐसे लोग अगर कोई दायित्व लेने के लिए कभी सोचते भी हैं तो भी उसे अंत तक नहीं ले जा पाते क्योंकि लापरवाह होने के साथ-साथ उनमें आत्मविश्वास, निरंतरता से कार्य करने की आदत और क्षमता नहीं होती है। यह जानते हुए वे नए बहाने पहले से तैयार रखते हैं। अगर उन्हें लगने लगता है कि कार्य जितना सरल लगता था उतना नहीं है या यह कार्य बहुत समय ले रहा है या इस कार्य का लक्ष्य प्राप्त करना कठिन होता जा रहा है तो वे तुरंत अपना इरादा बदल देते हैं। यही कारण है कि गैर जिम्मेदार लोग अपने जीवन में आगे नहीं बढ़ पाते।

[22] **क्या आप गैर जिम्मेदार लोगों के साथ रहना पसंद करेंगे :**

जो लोग मेहनत के दुश्मन और भोजन के दोस्त होते हैं तथा जिनका 'काम को आराम दो', यह नारा होता है, वे लोग कभी भी सफलता प्राप्त नहीं कर सकते, ऐसे लोग ही गैर जिम्मेदार होते हैं। ऐसे लोगों की समझ यह कहती है कि 'काम से सेहत खराब होती है।' जब तक काम उनके सिर पर आकर न खड़ा हो जाए तब तक वे काम नहीं करना चाहते। जबकि सच्चाई यह है कि हमें सफलता तभी मिलती है

जब हम आलस्य, सुस्ती, तमोगुण से मुक्ति पाकर काम करते हैं क्योंकि सफलता की पहली शर्त है 'जिम्मेदारी के साथ कार्य समापन करना।'

आप उन्हीं लोगों से व्यवहार रखते हैं, जो जिम्मेदारी लेते हैं। कल्पना करके देखिए कि –

१) क्या आप ऐसे दुकानदार से सामान खरीदना चाहेंगे जो वादा तो करता है कि वह अमुक समय पर, आपके घर पर सामान पहुँचा देगा मगर वह नहीं पहुँचाता।

२) क्या आप ऐसे दोस्तों से दोस्ती रखना चाहेंगे जो आपको कहते हैं कि वे आपका काम कर देंगे मगर समय होने पर भूल जाते हैं और कहते हैं, 'यह तो मैं भूल गया, यह मैं नहीं कर पाया।'

गैर जिम्मेदार लोगों से आप बातचीत, व्यवहार, व्यापार नहीं करना चाहते हैं, इसी तरह आपसे भी लोग तब ही व्यवहार करना चाहेंगे, जब आप जिम्मेदार बनेंगे। अपने आपसे पूछें कि आज आपकी आवश्यकता क्या है? शायद आपके अंदर कुछ ऐसे अवगुण हैं जिन्हें खतम करने की जिम्मेदारी आपको लेनी है। अपने कार्य पूरे करने हैं, जिसे पूरा करने के बाद आप बहुत अच्छा महसूस करेंगे।

[23] गैर जिम्मेदारी का सबसे बड़ा परिणाम :

विश्व में चारों तरफ देखें, जिन लोगों ने जिम्मेदारी नहीं ली, वे कैसे जी रहे हैं। जिम्मेदारी न लेने के बहुत बुरे परिणाम आते हैं। ऐसे लोगों का गुलामीभरा जीवन ही बताता है कि क्या परिणाम आते हैं यानी वे लोग गुलामी में जीने लगते हैं। उस इंसान के लिए बुरा परिणाम यही है कि वह गुलामी में जीता है। जिस देश ने जिम्मेदारी नहीं ली वह आज भी गुलामी में जी रहा है। कुछ लोगों ने जिम्मेदारी ली तो देश आज़ाद हुआ। उनके मन में यह नहीं आया कि देश को कौन सँभालेगा, कौन इसमें काम करेगा। अगर जिम्मेदारी लेने का डर है तो आप जीवनभर गुलाम ही रहेंगे। सबसे बड़ा नुकसान यह होगा कि 'यू विल लूज फ्रीडम' आप आज़ादी गँवा देंगे। आज़ादी जो आपका जन्म सिद्ध अधिकार है, आप उसे ही खो देंगे।

जिम्मेदारी लेते ही आप आज़ादी प्राप्त करते हैं। जिम्मेदारी लेते ही लोग आपको सहयोग देना शुरू कर देते हैं। उसके पहले लोग इंतजार करते हैं कि आप कोई जिम्मेदारी लें तो हम सहयोग करें। जिन्होंने भी जिम्मेदारी ली है, उन्हें लोगों

ने सहयोग किया है। जिसकी वजह से वे और ज्यादा आज़ाद हुए। इतने लोगों का सहयोग पाकर वे और बड़े कदम उठाने के लिए आज़ाद हुए। पाँव में बेड़ियाँ हों तो आप छोटे कदम ही उठा पाते हैं मगर फिर भी आपने चलने की जिम्मेदारी ली, मंजिल तक पहुँचने की जिम्मेदारी ली तो लोग आपको सहयोग करने लगते हैं। जिससे वह जंजीर बड़ी होती जाती है और आप बड़े कदम उठाने लगते हैं। आगे चलकर ऐसा समय आने लगता है जब वे बेड़ियाँ टूट जाती हैं।

जिम्मेदारी अगर नहीं ली जाती तो लोग भी सहयोग नहीं करते इसलिए फिर इंसान सुरक्षा, सुविधा में जीता रहता है कि कहीं बड़ा कदम उठाने से पाँव की बेड़ी न चुभे इसलिए वह मंजिल की तरफ बढ़ता ही नहीं। आज़ादी खोना अगर आपको बहुत बड़ी बात लगती है, बहुत बड़ा नुकसान लगता है तो जिम्मेदारी न लेकर सबसे बड़ा नुकसान होता है।

[24] असली जिम्मेदार इंसान कौन होता है : अव्यक्तिगत समझकर कार्य करें

दुनिया में ऐसे कई लोग हैं जिनमें दूरदर्शिता का गुण और आत्मविश्वास तो होता है मगर इन गुणों का इस्तेमाल वे अपने निजी स्वार्थ के लिए ही करते हैं। असली जिम्मेदार इंसान वह है जो भविष्य को देखते हुए वर्तमान में क्रांति लाता है। वह क्रांति बड़ी और अव्यक्तिगत (इम्पर्सनल) होती है। जो अव्यक्तिगत कार्य करता है वही इंसान सही मायने में जिम्मेदार इंसान कहलाता है। ऐसे इंसान का दृष्टिकोण पूरे विश्व में क्रांति लाता है। यदि अव्यक्तिगत कार्य करने की समझ आपमें नहीं है तो आप केवल एक अच्छे बिजनेसमैन (व्यापारी) ही कहलाएँगे, जिम्मेदार इंसान नहीं। असली जिम्मेदार इंसान को काम कभी बोझ नहीं लगता क्योंकि उसे पता है वह अव्यक्तिगत काम कर रहा है। वह कभी भी दूसरों पर इल्जाम नहीं लगाता, शिकायत नहीं करता बल्कि काम को अंजाम देता है। वह अपनी जिम्मेदारी खूब समझता है, उसे अपनी जिम्मेदारी का एहसास सबसे पहले होता है क्योंकि उसे पता है कि जिम्मेदारी लेनेवालों को ही आज़ादी मिलती है।

जिम्मेदारी से भागने की आदत से इंसान के जीवन में इतनी बड़ी घटनाएँ हो जाती हैं कि फिर पछतावे के अलावा कुछ नहीं बचता। ऐसी परिस्थिति आने से पहले जिम्मेदारी लेना, वचनबद्धता और निर्णय लेने की कला सीख लें।

भाग ३ : जिम्मेदारी और आत्मविश्वास

प्रयोग करना शुरू करें

बड़ी जिम्मेदारी उठाने के लिए उतना ही बड़ा आत्मविश्वास इंसान तब निर्माण कर पाता है जब वह कुछ करके देखता है। नदी के किनारे बैठकर यदि कोई यह सोचे कि 'मैं तैरना कैसे सीखूँ?' तो उससे आप कहेंगे कि 'पहले पानी में उतरना शुरू करो, पानी को महसूस करो, बहते पानी में खड़े होना सीखो, पानी से दोस्ती करो। उसके बाद ही अगला कदम आएगा।'

विश्वास बढ़ाने के लिए इंतजार न करते रहें तुरंत नए प्रयोग की शुरुआत करें। जैसे आपको साइकिल चलाना सीखना है मगर आपमें आत्मविश्वास नहीं है कि मैं चला पाऊँगा/पाऊँगी कि नहीं तो आपको यही समझाया जाएगा कि आप साइकिल चलाना शुरू करें, आत्मविश्वास अपने आप, धीरे-धीरे बढ़ने लगेगा।

आपको आत्मविश्वास बढ़ाना है, बड़ी जिम्मेदारी लेने का विश्वास अपने अंदर लाना है तो पहले छोटा प्रयोग करना शुरू करें।

आत्मविश्वास बढ़ाने के लिए दूसरी बात आपको यह जाननी है कि जो जिम्मेदारी आप लेने जा रहे हैं क्या उसके बारे में आपके पास पूरी जानकारी है? जब तक पूर्ण जानकारी नहीं होती तब तक आपका विश्वास नहीं बढ़ता।

जितना ज्ञान इंसान को मिलता है उतना आत्मविश्वास के साथ वह उस क्षेत्र की, जहाँ वह रहता है, जिम्मेदारी ले पाता है। अपने क्षेत्र की कितनी जानकारी आपके पास होनी आवश्यक है? यह जरूर जाँचें क्योंकि जानकारी होने की वजह से सही निर्णय भी लिए जा सकते हैं और उनका फल देखकर विश्वास बढ़ता है कि 'हमने जिस दिशा में काम किया था वह सही निकला, ठीक वैसा ही परिणाम आया जैसा हम चाहते थे।' ऐसा करने से हमारा विश्वास बढ़ता है और अगला कदम उससे

बड़ी जिम्मेदारी लेने का लिया जा सकता है।

आत्मविश्वास बढ़ाने की एक तकनीक नीचे दी गई है। इसका उपयोग करके आप आत्मविश्वास बढ़ा सकते हैं और जिम्मेदारी उठा सकते हैं।

[25] **ट्रायल ऐन्ड एरर और शैडो बॉक्सिंग :**

इस तकनीक में पहले आप ट्राय करें यानी कोशिश शुरू करें, फिर उसमें अपनी गलती यानी एरर ढूँढ़ें। इसे कहते हैं,'ट्रायल ऐण्ड एरर तकनीक।'

ट्रायल ऐण्ड एरर करने के बाद आप 'शैडो बॉक्सिंग' भी कर सकते हैं। शैडो बॉक्सिंग यानी आपको यदि साइकिल चलाने से डर लगता है तो अपनी कल्पना में स्वयं को साइकिल चलाते हुए देखें। इस तरह आप सफलता की कल्पना करते हैं और यह पिक्चर (फिल्म) आपको मदद करती है। अगले दिन आप साइकिल चलाते वक्त और बेहतर ढंग से चला पाते हैं, जिससे आपका आत्मविश्वास बढ़ता है कि यह संभव है। फिर आपको कोई भी काम जो पहले असंभव लग रहा था, वह संभव लगने लगता है यानी आपका विश्वास बढ़ने लगता है। इस तरह आप देखेंगे कि कुछ समय के बाद आपको साइकिल चलाना आ गया। फिर आपको इस बात का तो विश्वास आ चुका होगा कि आप दो पहियों पर साइकिल चला ही सकते हैं। अगर आपकी अगली अभिव्यक्ति सर्कस में है तो आप चाहेंगे कि अब एक पहिये पर भी साइकिल चलाएँ।

शुरुआत में आपको विश्वास नहीं आएगा कि एक पहिए पर भी साइकिल चलाई जा सकती है मगर फिर आप सर्कस में जाकर देखेंगे कि एक इंसान एक पहिए पर भी साइकिल चला रहा है। उसे देखकर भी आपका विश्वास बढ़ेगा।

इसका अर्थ है कि आप उन लोगों के बीच में रहें जो ऐसे कार्य कर रहे हैं, जो आप करना चाहते हैं, जिसमें आप अपना विश्वास बढ़ाना चाहते हैं।

विश्वास को बढ़ाने का यह एक और तरीका है। आप उन लोगों को देखें जो कार्य सही तरीके से, कार्यकुशलता के साथ, प्रवीणता के साथ कर रहे हैं। अगर वे लोग कर पा रहे हैं तो आप भी वह कर सकते हैं। इस तरह आपका विश्वास बढ़ने लगेगा।

कोई इंसान जलते कोयलों पर चल सकता है तो आपको एक विचार आ

सकता है कि 'मैं भी चलकर देखूँ', यह विचार बड़ा काम करता है। ऐसा विचार आने के लिए स्वयं को ऐसा कुछ दिखाएँ, जिससे वह विचार आपके अंदर भी आए। आप अपना संघ भी ऐसा ही बनाएँ जो ऐसे कार्य कर रहा हो, जिनमें विश्वास हो।

इन सभी बातों को जोड़कर अगर आपने पानी में तैरने की शुरुआत कर दी तो बहुत जल्दी आप देखेंगे कि तैरना सीखते-सीखते आप पानी में बिना हाथ-पाँव मारे भी तैर रहे हैं। उस वक्त आपमें कितना बड़ा विश्वास होगा! फिर आपको पता चलेगा कि कुदरत खुद ही हमारी मदद कर रही है, सिर्फ हमें उपस्थित रहना नहीं आता था। केवल उपस्थिति से काम हो सकते हैं, यह विश्वास पाने के लिए आपको इस पद्धति से गुजरना होगा। पहले ही अंतिम चीज सोचकर कोई कहे कि 'अब मैं कुछ भी नहीं करूँगा, मैं पानी में हाथ-पाँव नहीं मारूँगा' और वह पानी में लेट जाए तो वह डूबने ही वाला है इसलिए आज से ही पहले कदम पर कुछ प्रयोग शुरू करें। जल्दबाजी (शॉटकट) में न उलझें, पूरी पद्धति से गुजरकर ही आप आत्मविश्वास के उच्च स्तर पर पहुँच पाएँगे।

विश्व के कई आविष्कार इसलिए नहीं हुए क्योंकि लोगों के मन में 'लोग क्या कहेंगे' यह डर था। इस डर की वजह से ही कई आविष्कार आज तक नहीं हुए, जो हो सकते थे। लोगों के डर से अपने निर्णय न बदलें।

भाग ४

क्या आपने स्वयं की जिम्मेदारी ली है

जिम्मेदारी : विकास का द्वार

अपने आपसे पूछें कि क्या मैंने अपनी जिम्मेदारी ली है? इसके लिए अपने आपको रोजमर्रा की गतिविधियों में जाँचना, परखना जरूरी है। इसी से आप जान पाएँगे कि आप कितने जिम्मेदार हैं? सजगता और जिम्मेदारी न रहने के कारण ही इंसान बिन बुलाई मुसीबतों का सामना करता है। अगर आप भी अपने सभी कार्य होशपूर्वक और जिम्मेदारी लेकर करते हैं तो आपको कोई परेशानी नहीं होगी।

[26] **होशपूर्वक जिम्मेदारी लें :**

अपने आपसे ईमानदारी से पूछें कि आपका लोगों के साथ कैसा व्यवहार है? आप कितने जिम्मेदार हैं और कितने लापरवाह हैं? आपके अपने मित्रों, परिवार के सदस्यों, अपने ऑफिस के सहकर्मियों के साथ कैसे संबंध हैं? आप अपने रोज के कार्यों को किस तरह करते हैं, पूर्ण होश के साथ या बेहोशी में? आप अपने कार्यों को उनके अंजाम तक ले जाते हैं या उन्हें आधे में ही छोड़ देते हैं? आप अपने स्वास्थ्य के प्रति कितने सजग रहते हैं? यह याद रखें कि 'समझ' और 'होश' ही हर जिम्मेदारी की मजबूत नींव होती है। अपने जीवन के किसी एक भाग के प्रति आप अगर गैर जिम्मेदार रवैया रखते हैं तो उसका असर आपके जीवन के हर भाग पर होता है इसलिए अपने जीवन के हर भाग के विकास की जिम्मेदारी लें।

[27] **अपने शारीरिक और मानसिक विकास के लिए जिम्मेदारी लें :**

हम किस तरह की जिम्मेदारी लेने के लिए तैयार हुए हैं? क्या हम जिम्मेदारी ले सकते हैं? जिम्मेदारी इस बात की कि हम जीवन में जो लक्ष्य चाहते हैं उसे पूरा करेंगे। क्या आप यह जिम्मेदारी लेने के लिए तैयार हुए हैं, अगर नहीं हुए हैं तो अपने आपसे यह सवाल पूछें कि 'जब भी आपने जिम्मेदारी ली है तो आपने कैसा महसूस किया है?'

जब भी आप जिम्मेदारी लेते हैं तो आपको अच्छा लगता है। याद करके देखिए जब आपने जिम्मेदारी ली कि आनेवाले कठिन परीक्षा में हम खूब पढ़ाई करके अच्छे अंक लेनेवाले हैं और वह आपने पूरी की तो आपको कैसा लगा? आपको बहुत अच्छा लगा। जब तक अज्ञान है तब तक जिम्मेदारी लेना दुःखद लगता है, लोग जिम्मेदारी लेने से कतराते हैं मगर गहराई से देखेंगे कि जब भी आपने जिम्मेदारी ली है, उसे पूरा किया है तब आपने पूर्णता का एहसास महसूस किया है और हर इंसान चाहता है कि वह पूर्णता महसूस करे।

अगर आपका वजन ज्यादा है तो जिम्मेदारी लें कि कुछ महीनों के बाद इतने-इतने पौंड वजन कम होना चाहिए। जैसे ही आप जिम्मेदारी लेते हैं आपके अंदर शक्ति का संचार होने लगता है और आप देखेंगे कि सिर्फ यह विचार ही आपसे काम करवाएगा। यह आपके लिए एक बहुत बड़ी प्रेरणा बनेगा।

[28] **अच्छे गुणों को आत्मसात करने की जिम्मेदारी लें :**

सिगेरट पीनेवाला इंसान जब जिम्मेदारी लेता है कि वह सिगरेट पीने की आदत को तोड़ेगा तब उस आदत को तोड़ने के बाद उस इंसान को इतना आनंद प्राप्त होता है, जितना आनंद वह सिगरेट पीकर भी नहीं पाता था। आप अपने आपसे पूछें कि 'मुझ में ऐसे कौन से अवगुण हैं जो हटाने हैं, कौन से गुण अपने अंदर लाने हैं?' जैसे विश्वास, धीरज, संप्रेषण (कम्युनिकेशन), लोगों से मिलकर लोक व्यवहार करना इत्यादि। ये सारे गुण अपने अंदर आत्मसात करने के लिए जिम्मेदार बनें। जिम्मेदारी से भागें नहीं।

[29] **जिम्मेदारी लेने से सब संभव हो जाता है :**

इंसान अगर अपनी पुरानी आदतों, वृत्तियों से मुक्त हो पाए, अपनी पुरानी सोच को छोड़ पाए तो उसे आगे बढ़ने से कोई नहीं रोक सकता क्योंकि गलत आदतों के रहते इंसान वह नहीं कर पाता जो वह संसार में करने आया है। लापरवाह या गैर जिम्मेदार कहे जानेवाले लोग भी यदि अपने जीवन में परिवर्तन लाना चाहते हैं और यदि वे ठान लें तो वे भी सफलता की ऊँचाइयों को छूने में कामयाब हो पाएँगे। आज इतिहास में ढेरों ऐसे उदाहरण मौजूद हैं कि कैसे लोगों ने अपने लिए जिम्मेदारी ली और बड़ी से बड़ी कठिनाइयों के बावजूद वे कामयाबी के नए मुकाम हासिल कर पाए।

[30] जिम्मेदारी लें, विकास के द्वार खोलें :

जिम्मेदारी कैसी भी हो उसे लेने के बाद ही इंसान जान सकता है कि उसके अंदर कितनी सारी संभावनाएँ छिपी हुई हैं। आप जब कोई जिम्मेदारी लेते हैं तब आप अपने लिए विकास के नए द्वार खोल देते हैं। दायित्व लेना, यह सफलता पाने का सबसे आसान उपाय है पर यह तब ही होगा जब आप उसे अंजाम तक ले जाएँगे क्योंकि जिम्मेदारी ली है लेकिन उसे अंत तक नहीं ले गए तो जिम्मेदारी ली, नहीं ली दोनों एक बराबर ही है। यदि अपने आपको सफल देखना है तो आपको यह दायित्व लेना होगा।

समस्या देने से पहले ही उसका समाधान हमारी जेब में डाल दिया गया है। आप सिर्फ विश्वास के साथ अपनी जेब में हाथ डालते तो आपको पता चलता कि समाधान आपके साथ है, आपके हाथ में ही है।

भाग ५

जिम्मेदारी को पूर्ण करने में आनेवाली बाधाएँ

जिम्मेदारी लेने की तैयारी

[31] **जिम्मेदार कौन है :**

जब आप दूसरों पर गैर जिम्मेदारी का दोष लगा रहे हैं तो अपने आपसे पूछें कि 'क्या मैं जिम्मेदार हूँ?' एक माता-पिता स्कूल के मुख्य-अध्यापक से स्कूल की शिकायत कर रहे हैं, जिनका लड़का लायब्रेरी में चोरी करते हुए, खिड़की से कूदते समय, काँच टूटा होने की वजह से जख्मी हो गया था। माता-पिता की यह शिकायत थी कि 'खिड़कियों पर शीशे टूटे हुए क्यों थे?' मगर शिकायत करने से पहले वे अपने आपसे पूछें, 'हमारा बच्चा चोरी कर रहा है इसके लिए कौन जिम्मेदार है?' शिकायत करने से पहले हमारी जिम्मेदारी क्या है और वह हम पूरी कर रहे हैं या नहीं? हम इस पर जरूर मनन करें, इससे हमारी दोषारोपण करने की आदत टूट जाएगी, फिर आप जिम्मेदार बन जाएँगे। आपको कुछ बातों के लिए जिम्मेदार बनना है जैसे...

१) आपमें गलत आदतें न हों

२) अपनी आजीविका के लिए कुछ पैसे जमा करने हों

३) अपने लिए घर बनाना हो

४) किसी मित्र को मदद करनी हो तो आप जिम्मेदारी उठाएँगे।

इंसान शौक-शौक में बहुत सारी बुरी आदतों (शराब, सिगरेट, जुआ इत्यादि) को अपनाता है। फिर वे ही शौक आदत बन जाते हैं, जिन्हें तोड़ना उसके लिए कठिन हो जाता है। आदत लगते ही उस आदत का अंतिम दुष्परिणाम निर्धारित हो जाता है इसलिए बुरे व्यसनों को छोड़ने के साथ-साथ नीचे दी गई बातों को तुरंत

त्याग दें ताकि आप बिना रुकावट के अपनी जिम्मेदारियों को सफलतापूर्वक निभा पाएँ। नीचे दिए गए पैटर्नस् को तोड़ने की जिम्मेदारी लें जैसेः

१) लापरवाही से काम करना : आधे मन से काम करना, काम को फिर से करने का निमंत्रण है। लापरवाही से किया गया काम कई बार फिर से करना पड़ता है। कुछ लोग 'चलता है' पैटर्न (वृत्ति) का शिकार होते हैं। काम को ठीक ढंग से न करके वे मन ही मन में कहते हैं - चलता है, कोई फर्क नहीं पड़ता, बाद में देख लेंगे इत्यादि।

२) दूसरों पर इल्जाम लगाना : जब इंसान कोई काम नहीं कर पाता तब वह अपनी कमजोरी छिपाने के लिए किसी और पर इल्जाम लगाता है। जब एक जिम्मेदार इंसान ईमानदारी से इस बात पर मनन करता है तब उसे अपनी कमजोरी का पता चलता है। जिम्मेदार इंसान यह बात भली-भाँति जानता है कि दूसरों पर इल्जाम लगाकर वह सामनेवाले की डाँट से बच तो जाता है लेकिन भविष्य के लिए वह एक बहुत बड़ी गलत आदत का निर्माण कर लेता है। दूसरों पर इल्जाम लगाने की आदत कामों को पूर्ण होने से रोक देती है और असफलता का कारण बनती है।

दूसरों को दोष देनेवाले लोग सदा दूसरों पर इल्जाम लगाकर बहाने बनाते हैं। इस वृत्ति के लोगों को आप कुछ भी बताएँगे तो वे कहेंगे, 'उसने ऐसा किया इसलिए मुझसे ऐसा हुआ... इसलिए तो मैंने यह काम नहीं किया... उसने वैसा किया इसलिए मेरा काम आधा खतम हुआ... आज बारिश आ गई इसलिए वैसे नहीं हुआ जैसे होना चाहिए था... लाईट बंद हो गई थी... मेहमान आ गए थे... आज ठंढ ज्यादा पड़ी इसलिए ऐसा हुआ! मेरे दुःख का कोई और कारण है... कुछ और हो रहा है, जिसकी वजह से मैं दुःखी हूँ।' इन लोगों को कोई भी बहाना मिला नहीं कि वे काम बंद कर देते हैं। पढ़ाई करने बैठे, लाईट बंद हो गई, बहाना मिल गया- पढ़ाई बंद हो गई। ऐसे लोगों का कोई भी काम रुकने के लिए मन का एक बहाना ही काफी होता है। वे किसी न किसी पर काम न कर पाने का दोष लगाते ही रहते हैं। वे सदा यही सोचते रहते हैं कि जीवन में हम कोई जिम्मेदारी नहीं ले पाए क्योंकि कोई और उसके लिए दोषी था। उनके पास हमेशा जिम्मेदारी न लेने का कारण होता है। 'कोई और है जिसकी वजह से मैं सफलता प्राप्त नहीं कर पाया', वे सदा यह

कहते रहते हैं।

किसी बात के लिए दूसरों को दोष देना बीमारी है। आपके जीवन में होनेवाली घटनाओं के लिए कोई और नहीं आप स्वयं ही जिम्मेदार हैं। इंसान जितनी जल्दी यह बात समझ जाता है, उतना जल्दी और ज्यादा विकास वह कर पाता है। दूसरों को दोष देने से समस्याएँ हल नहीं होतीं बल्कि बढ़ जाती हैं इसलिए जीवन में होनेवाली घटनाओं के लिए कभी दूसरों को दोष न दें।

जो लोग दूसरों को दोष देने की बीमारी से ग्रस्त होते हैं, उन्हें लोकव्यवहार की कला पर ज्यादा ध्यान देने की आवश्यकता होती है। ऐसे लोगों के रिश्तों में दरार आने की पूरी संभावना होती है। लोगों पर भरोसा करना ऐसे लोगों को संभव नहीं होता, जिसकी वजह से इनके रिश्तों में तनाव और टकराव होता है।

इन लोगों की आदत होती है कि वे अपने काम कल पर टालते हैं। वे हर काम को यह कहकर टाल देते हैं कि 'यह बाद में करेंगे, समय निकालकर करेंगे' इस कारण उन पर बहुत से कामों का बोझ रहता है। ऐसे लोग तब तक काम पूरे नहीं करते जब तक कोई उनके सिर पर नहीं बैठता।

३) काम न करने का बहाना ढूँढ़ना : कुछ लोग काम को शुरू करना ही नहीं चाहते। वे सदा काम से बचने के लिए बहाने ढूँढ़ते रहते हैं। जितना समय बहाना ढूँढ़ने में लगाया जाता है कई बार उतने समय में काम हो जाता है। एक जिम्मेदार इंसान इस अवगुण को पहचानता है और अपने जीवन से इसे सदा के लिए निकाल देता है।

लोग जिम्मेदारी तो लेते हैं मगर उसे पूर्ण नहीं कर पाते, वे काम को अपूर्ण ही रखते हैं। उन्हें हर काम अधूरा रखने की आदत पड़ जाती है। जिस कारण वे नया काम नहीं सीख पाते, हमेशा पुराने काम पूर्ण करने में लगे रहते हैं। उनका हर काम बहाना मिलने की वजह से खंडित होता है।

४) इंद्रिय सुख की लालसा में फँसना : इंसान मन के द्वारा पाँच इंद्रियों का मालिक है लेकिन वह इंद्रियों के सुख के लिए, अनुशासन के अभाव में भटकता रहता है। आग में जितना घी डाला जाएगा आग उतनी ही भड़केगी। इंसान सोचता है कि इंद्रियों की इच्छाएँ पूरी करके संतुष्टि मिलेगी लेकिन अंत में वह यह

पाता है कि इंद्रियों को हर सुख देने के बाद भी लालसा नहीं मिटती इसलिए अति में न जाते हुए सदा मध्यम मार्ग अपनाएँ। हर इंद्री को समता में चलाएँ। नींद न ज्यादा हो, न कम... खाना न ज्यादा हो, न कम... काम और आराम को सही मात्रा में, सही अंतराल के बाद उपयोग में लाएँ। इस तरह आप इंद्रियों के गुलाम नहीं, मालिक बनेंगे और इतना ही नहीं आप अपनी जिम्मेदारियों को सहजता से निभा पाएँगे।

५) **निरुद्देश्य होकर टी.वी. और इंटरनेट इस्तेमाल करना :** आज के युग में सबसे बड़ा टाईम किलर (समय नष्ट करनेवाला) है टी.वी. और इंटरनेट। समय की बरबादी का साधन बेहोशी बढ़ाता है। निरुद्देश्य होकर टी.वी. के सारे कार्यक्रम न देखें बल्कि अपनी जिम्मेदारियों को ध्यान में रखते हुए कुछ निर्धारित कार्यक्रम ही देख, जो आपके लक्ष्य में सहायक बनेंगे। केवल मनोरंजन में अपने विकास को भूल न जाएँ।

६) **जिम्मेदारी में बड़ी बाधा 'अगर, मगर' की आदत :** विकास न करनेवाले लोगों के पास पाँच 'अगर' होते हैं। ये 'अगर' वे बहाने हैं, जो सही लगते हैं लेकिन विकास में रुकावट हैं। आपके पास इनमें से कौन सा 'अगर' है, जो मगरमच्छ बनकर बैठा है और आपको जिम्मेदारी लेने में बाधा डालता है :

१) अगर हम अमीर घर में पैदा हुए होते तो विकास करना बहुत आसान था।

२) अगर हमारी पॉलिटिक्स में जान-पहचान होती तो हम उच्च पद पर पहुँच चुके होते।

३) अगर हम छोटे शहर में पैदा न होकर अमेरिका में पैदा हुए होते तो हम उच्च ज्ञान प्राप्त कर चुके होते।

४) अगर हम स्त्री (लड़की) न होकर पुरुष (लड़का) होते तो हमने हर क्षेत्र में कामयाबी पा ली होती।

५) अगर मेरी राशि मकर की जगह पर सिंह होती तो मैंने पूर्ण विकास किया होता। मेरी राशि अगर तुला की जगह पर मला होती, कन्या की जगह पर कन्हैया होती, मिथुन की जगह पर शाहरुख होती, मीन की जगह पर

आमीन होती, मेष की जगह पर ओमेष होती इत्यादि। इसका अर्थ है कि यदि हमें कोई और राशि मिलती तो हमने तहलका मचाया होता। ऊपर दिए पाँच अगर के मगरमच्छ को मार डालें। जिम्मेदारी से बचने के लिए ये 'अगर' केवल अच्छे बहाने हैं।

ऊपर दिए गए अवगुण रखनेवाला इंसान तेजविकास तो क्या, विकास भी नहीं कर पाता, उलटा नर्क की खाई में गिरता है। ऐसी आदतों का यही अंत होता है परंतु अगर इंसान इन आदतों को छोड़ने की जिम्मेदारी ले तो वह हर कार्य में सफलता प्राप्त कर सकता है।

बड़ी जिम्मेदारी उठाने के लिए उतना ही बड़ा आत्मविश्वास इंसान तब निर्माण कर पाता है जब वह कुछ करके देखता है। विश्वास बढ़ाने के लिए इंतजार न करते रहें तुरंत नये प्रयोग की शुरुआत करें।

भाग ६

जिम्मेदारी लेने के लिए आवश्यक गुण

आठ स्तंभ

[32] **अपने गुणों को आत्मसात और विकसित करने की जिम्मेदारी लें :**

इंसान पहले आदतों को बनाता है फिर आदतें इंसान को बनाती हैं इसलिए अपने अंदर सदा अच्छे गुण आत्मसात करने चाहिए। जिम्मेदारी उठाने में आनेवाली बाधाएँ आपके अवगुण हैं, अपने अवगुणों का जितना जल्दी हो सके त्याग कर दें और आगे दिए गए आठ गुणों को अपनाएँ।

[33] **पहला स्तंभ : ईश्वर पर दृढ़ विश्वास**

दृढ़ विश्वास यानी किसी भी परिस्थिति में इंसान का विश्वास विचलित नहीं होना चाहिए। यह विश्वास किसी अज्ञान के कारण नहीं बल्कि समझ की वजह से है। एक जिम्मेदार इंसान हर घटना को समझ द्वारा देखते हुए, उसका फायदा उठाता है। वह जानता है कि जिस अस्तित्त्व (ईश्वर) ने, प्रकृति ने उसे जन्म दिया है, वही उसका अंत तक खयाल रखेगी इसलिए उसकी प्रार्थना में शक्ति है। यही विश्वास उसे हर पल, हर क्षण सही मार्गदर्शन, सही सूचनाएँ देता है। अगर कोई दुःख उसके जीवन में आता है तो उसका विश्वास डगमगाता नहीं बल्कि वह जानता है उस दुःख के पीछे क्या रहस्य है और क्या सीख है। जब विश्वास नहीं हिलता तब समस्या हिल (टल) जाती है। जब विश्वास हिल जाता है तब समस्या टिक जाती है।

[34] **दूसरा स्तंभ : ज्ञान प्राप्त करें, शंका मिटाएँ**

निडर होकर जिम्मेदारी लें। जो काम करने से डर लगता हो उसे जरूर करें, इस तरह कुछ समय के बाद हर डर खतम हो जाएगा। असफलता से डरना अज्ञान है इसलिए ज्ञान प्राप्त करें। ज्ञान प्राप्त करते ही आप जान जाएँगे कि असफलता के

गर्भ से, सफलता का जन्म होता है। हर समस्या में उपहार होता है। परछाइयों से यदि मन डरता है तो यह ज्ञान रखें कि नजदीक कहीं रोशनी है इसलिए परछाईं बन रही है, बिना रोशनी के परछाईं नहीं बनतीं।

शंका, शक इंसान में तब आता है जब उसने वे कार्य करके नहीं देखे हैं जो उसे कठिन लगते हैं। जब नये कार्य करने की, जिम्मेदारी उठाने की आदत नहीं है या जब वह अपने आपको नहीं जानता तब इंसान शंकाओं में फँस जाता है। अधूरी जानकारी से शंकाएँ ही आती हैं। ऐसे समय में ज्ञान आपकी शंकाओं को खतम करता है। आप कौन हैं? जब आप यह जानने लगते हैं तब आपको स्वयं की योग्यताओं के बारे में पता चलता है। अज्ञान है तो हम अपने आपको शरीर मानकर ही योग्यता के बारे में सोचते हैं। अयोग्य का अर्थ ही जहाँ योग नहीं है। योग्य का अर्थ ही जहाँ स्वयं के साथ योग है, वहाँ शंका नहीं है। जहाँ स्वयं के साथ अयोग है, वहाँ अयोग्यता की शंका आती है।

शंका आने के पीछे यही कारण है कि इंसान स्वयं को नहीं जानता। इंसान के अंदर विश्वास पहले से ही डाल दिया गया है, जो हर समस्या का समाधान ला सकता है। विश्वास की शक्ति से सारे चमत्कार हो सकते हैं, जब यह ज्ञान नहीं है, यह समझ नहीं है तो शंकाएँ आने ही वाली हैं। जीवन में घटनेवाली सभी घटनाएँ तेजविश्वास को जगाने के लिए, विश्वास को प्रकट करने के लिए हो रही हैं। जिन लोगों का विश्वास प्रकट (रिलीज) होता है, वे कहते हैं कि 'अब हमारे लिए सब कुछ संभव है, असंभव कुछ भी नहीं है।' ऐसे लोग बड़ी जिम्मेदारियाँ उठा पाते हैं।

शंकाएँ कैसे मिटें? विश्वास कैसे प्रकट हो? इस पर काम किया जाए। विश्वास की शक्ति क्या है, इस पर पठन, श्रवण और मनन किया जाए। विश्व में जो भी चमत्कार हो रहे हैं, उनकी जानकारी हासिल की जाए। जब इतना कुछ संभव है तो आपके लिए यह बात (कार्य योजना) असंभव कैसे हो सकती है। आप यही सोचेंगे कि 'विश्व का एक इंसान कुछ कर सकता है तो मैं भी कर सकता हूँ' क्योंकि वही शक्ति आपके अंदर भी डाल दी गई है जो उस इंसान में है। वह शक्ति सुप्त अवस्था में है, आप जब चाहें तब उसे जगा सकते हैं। अपने आपसे पूछें कि क्या वाकई में हम चाहते हैं कि ऐसा हो। कई बार इंसान खुद भी ऐसा नहीं चाहता केवल शंकाएँ करता है। वह खुद पर और दूसरों पर शंका करता रहता है, उसके जीवन में शंका ही चलती रहती है, वह शकुनी बनकर जीता है।

जानकारी न होने की वजह से ही शंकाएँ बढ़ती हैं इसलिए पूर्ण जानकारी हासिल करें। काबिलीयत बढ़ाने का अभ्यास करें। यदि आप क्षमता बढ़ाने का अभ्यास करेंगे तो शंकाएँ दूर होती जाएँगी। जो काम आप १० मिनट ही कर पा रहे थे उसे ११, १२, १५ मिनट करना शुरू करें, इससे शंकाएँ कम होती जाएँगी। असफल होने पर भी कार्य जारी रखना है, असफलता बहाना न बने।

[35] **अपूर्ण जानकारी :**

अपूर्ण ज्ञान के कारण लोग मरने से पहले मरते हैं। उदा. विद्यार्थी को अगर स्कूल में कल इंजेक्शन लगवानी है तो वह आज से ही डर के मारे चिंतित रहता है। इंजेक्शन का दर्द कल तब होगा, जब इंजेक्शन दी जाएगी परंतु इंजेक्शन का दर्द वह विद्यार्थी बार-बार सह रहा है, वह स्कूल न जाने के बहाने ढूँढ़ने लगता है। यह है अपूर्ण ज्ञान।

[36] **माँ-बाप से अपूर्ण जानकारी :**

माता-पिता चाहते हैं कि बच्चे जीवन में होनेवाली हर घटना और असलियत से वाकिफ हों। उन्हें मालूम होना चाहिए कि एरोप्लेन का अपहरण (हायजॅक) हो सकता है, रेलगाड़ी की दुर्घटना हो सकती है, कभी भी कोई बीमारी फैल सकती है। इन वास्तविकताओं का ज्ञान होना बच्चों को आवश्यक है।

बच्चों को ये सारी जानकारी देनी है तो उन्हें जरूर बताएँ परंतु अपूर्ण जानकारी न दें, पूर्ण जानकारी दें वरना बच्चे दुनिया में खुशी से जी नहीं पाते।

माता-पिता बच्चों को सच्चाई बताते हैं परंतु कौन सी सच्चाई, जो उन्होंने अनुभव की है, जो पीड़ा उन्होंने सही हैं, जिन तकलीफों से वे गुजरे हैं, जिन घटनाओं का उन्होंने सामना किया है। उसकी पुनरावृत्ति अपने बच्चों के साथ न हो, इस आशंका और डर के कारण माता-पिता बच्चे को बताना चाहते हैं परंतु वे यह नहीं जानते कि अपूर्ण जानकारी देकर अनजाने में वे बच्चों का नुकसान ही कर रहे हैं। यह महत्वपूर्ण बात बच्चों को यदि नहीं सिखाई जाती तो हम उन्हें अधूरा ज्ञान देते हैं इसलिए जरूरी है कि हमारे पास पूर्ण ज्ञान हो ताकि हम आनेवाली पीढ़ी को भी पूर्ण ज्ञान दे पाएँ। पूर्ण जानकारी होने से उनके मन में शंकाएँ नहीं आएँगी और वे खुलकर अभिव्यक्ति कर पाएँगे।

[37] तीसरा स्तंभ : साहस के साथ नये प्रयोग और पहल करें

जिम्मेदारी उठाने के लिए नपे तुले जोखिम उठाने का साहस इंसान को विकसित करता है। इंसान जिम्मेदारी क्यों नहीं लेना चाहता क्योंकि उसके अंदर डर छिपा हुआ होता है। उस डर के कारण ही वह कोई भी कार्य सही तरीके से नहीं कर पाता। डर की वजह से ही इंसान खुलकर सामने नहीं आ पाता। डर के कारण वह अपने अंदर छिपी हुई शक्तियों को खोलने से वंचित रह जाता है। ऐसे इंसान का विकास अधूरा विकास कहलाता है इसलिए आप कभी भी डरपोक बनकर न जीएँ, डरे हुए लोगों की न सुनें। नए प्रयोग करने से घबराएँ नहीं चाहे लोग कुछ भी कहें। कुछ लोग होते हैं जो डरे हुए, कमजोर इंसान की तरह हमेशा आसमान के गिरने की बातें करते हैं। उनके लिए हर नई जिम्मेदारी नाकामयाबी का डर लाती है। जब आप छोटे थे तो रोज डेढ़ सौ नए प्रयोग करते थे मगर बड़े होकर आप यह भूल गए इसलिए अब फिर से कुछ तो नए प्रयोग शुरू करें, सदा साहस का साथ देकर सफलता प्राप्त करें, अपने आपमें निर्भयता का गुण लाएँ। यदि आपको बड़ी जिम्मेदारियाँ उठानी हैं तो अपने अंदर आपको निर्भयता का गुण लाना ही होगा।

लोग क्या कहेंगे, यह डर आपमें कितना है? आपमें नया काम करने का साहस कितना है? डरकर जीने से आप क्या-क्या खोएँगे? निडर होकर जीने से आप क्या-क्या पाएँगे? इन सवालों के जवाब मिलते ही आपमें पहल करने के साहस का संचार होगा और आप जिम्मेदारी लेकर वचनबद्धता का निर्णय ले पाएँगे।

जीवन रूपी समुंदर में डूबने और मछलियों (शार्क) के डर से आप हमेशा अविकसित रहेंगे। किनारे पर बैठकर समुंदर के अंदर जो खजाना है उसका लाभ आप कभी नहीं ले पाएँगे। कूदेंगे तो तैरना अपने आप आ जाए, समुंदर की गहराई नापनी आ जाएगी। जितना तैरने से डरते रहेंगे, उतना कूदने में देरी होगी और उतना ही पानी की गहराई देखकर आपको डर लगेगा। तैरने के लिए पहले बहुत हाथ-पैर चलाने पड़ेंगे लेकिन फिर तैरना सीख लेने के बाद आप आराम से तैर सकेंगे। पानी ही आपको तैरने के लिए मदद करेगा। वैसे ही जब आप कोई नई जिम्मेदारी लेंगे तो पहले बहुत डर आएगा, नकारात्मक विचार आएँगे, तकलीफ होगी पर एक बार पहल की तो बाद में आनंद और संतुष्टि का अनुभव होगा।

[38] चौथा स्तंभ : अपने कान खुले रखें और निडर नायक बनें

जब भी आप कोई नई जिम्मेदारी लें तब अपने कान खुले रखें। जीवन आपको सिखाने के लिए संदेश भेजता रहता है। इस संदेश को परखने की आँख निर्माण करें। सही समय पर, सही संदेश पर, काम करने से आश्चर्यजनक कामयाबी मिलती है। जो लोग अंदर के अंधे और बाहर के बहरे हैं, वे कभी भी अपनी अज्ञान की सीमा को तोड़कर बाहर नहीं आ पाते इसलिए नायक बनें, नकलची नहीं। विचारी बनें, अविचारी नहीं। जाग्रत बनें, बेहोश नहीं, असाधारण बनें, साधारण नहीं। आगे चलनेवाले बनें, पीछे चलनेवाले नहीं। डरकर नहीं, निडर बनकर जीएँ। साहसी इंसान अपने जीवन में सिर्फ एक बार मरता है, डर की वजह से वह बार-बार नहीं मरता। अपने लिए जिम्मेदारी लें, अपने अंदर सोई हुई आत्मविश्वास की शक्ति को फिर से जगाएँ।

कई लोग ऐसे होते हैं जिन्हें जिम्मेदारी लेने से डर लगता है, उस डर को कैसे निकाला जाए, यह बतानेवाला उन्हें कोई नहीं होता है। ऐसे में जिम्मेदारी के डर को निकालने के लिए सभी को यह पंक्ति मंत्र के रूप में यहाँ बताई गई है कि 'फेस द फीयर ऐण्ड यू विल फाईन्ड देयर इज नो फीयर।' (Face the fear and you will find there is no fear). इस पंक्ति का अर्थ है कि डर का मुकाबला करें तो आप पाएँगे कि वहाँ डर नाम की कोई चीज नहीं थी। डर का मुकाबला करने के तीन कदम हैं। आइए इन तीन कदमों को जानें।

इन तीन मुख्य कदमों में डर का मुकाबला करना सीखें। जब भी डर दरवाजा खटखटाए तो डर को अंदर प्रवेश न करने दें बल्कि विश्वास को दरवाजा खोलने दें। विश्वास ने जब भी दरवाजा खोला है तब दरवाजे के बाहर कोई नहीं होता। कारण डर, विश्वास का अभाव है। विश्वास आते ही डर नहीं रहता, वैसे ही जैसे रोशनी होने से, अंधेरा नहीं रहता क्योंकि रोशनी और अंधेरा साथ नहीं रह सकते।

१) पहले कदम में यह सीखें कि जो कार्य करने का डर लग रहा हो, उसे करें। जब भी यह करेंगे तब पाएँगे कि डरने जैसी कोई बात नहीं है। उदा. रात में पानी पीने के लिए रसोईघर में जाने से डर लग रहा हो तो पानी पीने रसोईघर में जरूर जाएँ। जिस घटना में डर लग रहा हो, वही क्रिया करने से देखेंगे कि डर का प्रभाव कम होने लगता है। सामान्य ज्ञान कहता है कि अगर वाकई कोई रसोईघर में है तो क्या वह हमारे कमरे तक नहीं आ सकता! इसलिए आपको धीरज व धैर्य से डर

का मुकाबला करना है।

उपरोक्त उदाहरण से आपने समझा कि जब भी हम डर का सामना करते हैं तब वह नहीं रहता। ठीक इसी तरह जब भी आपको निर्णय लेने या जिम्मेदारी उठाने से डर लगे तब आप उस डर का सामना करें यानी जिस जिम्मेदारी से डर लग रहा है उस जिम्मेदारी को उठाकर देखें। आप ऐसा करेंगे तो पाएँगे कि जिम्मेदारी लेना मुश्किल नहीं बल्कि आसान है। ऐसा करने से आपका जिम्मेदारी लेने का डर निकल जाएगा और आप आसानी से बड़ी जिम्मेदारियाँ भी ले पाएँगे।

यह कदम केवल वे ही लोग उठा पाते हैं, जिनमें डर से मुक्त होने की चाहत है या डर का सामना करने के लिए साहस और धीरज है इसलिए पहला कदम मुख्य है। पहले कदम से शुरुआत करें। अगर हमारे अंदर थोड़ा सा भी साहस और विश्वास जगता है तो डर की शक्ति निश्चित रूप से खतम होगी।

२) दूसरे कदम में हमें डर से संवेदन शून्य होना है। जिस चीज से हमें डर लगता है, हमें वह चीज बार-बार करनी है। इस तरह हर बार के प्रयोग में आप देखेंगे कि डर धीरे-धीरे खतम होता जा रहा है। उदा. हमारे हाथ-पैर के तलवे बाकी त्वचा से ज्यादा संवेदन शून्य हैं, कारण बार-बार पत्थर, जमीन, फर्श से टकराकर वे ज्यादा मजबूत हो गए हैं।

यही सिद्धांत हमें डर के साथ भी अपनाना है। आपको जिस चीज का डर लगता हो उसे बार-बार दोहराने से, उस चीज का असर कम हो जाता है और डर के प्रति संवेदन शून्यता आती है।

जिस चीज का डर लग रहा हो उसे पुनः-पुनः करें, उसके प्रति संवेदन शून्य बनें। आपको जिन चीजों का डर है - निर्णय लेने का डर, जिम्मेदारी उठाने का डर, काम को अंजाम न दे पाने का डर इत्यादि का बार-बार सामना करें। जब भी डर भगाने का मौका मिले तब मौके का फायदा उठाएँ, आपको सफलता जरूर मिलेगी।

३) तीसरे कदम में हमें अपने डर पर, अपनी मूर्खताओं पर हँसना सीखना होगा। हँसना हर रोग पर मरहम का काम करता है। बहुत कम लोग ऐसे हैं, जो अपने डर पर हँसना जानते हैं।

अपने डर पर हँसने से डर का वातावरण शुद्ध और हलका हो जाता है। मन

की अनुकूल परिस्थिति में तो सभी हँस सकते हैं, एक मूर्ख भी हँस सकता है, उसमें कोई बड़ी बात नहीं लेकिन मन मुताबिक कुछ भी नहीं हो रहा हो, फिर भी आप हँस रहे हैं तो उसके लिए साहस चाहिए। अगर बत्तीस के बत्तीस दाँत सही-सलामत व सुंदर हैं और आप हँस रहे हैं तो कोई बड़ी बात नहीं मगर आगे के दाँत टूटे हों फिर भी आप जोर से हँस रहे हों तो यह साहस की बात है।

अब तक हम दूसरों पर हँसना जानते थे। यह उतना ही आसान है, जितना अपने आप पर हँसना कठिन है परंतु दूसरों के डर पर हँसने का हक भी केवल उन्हीं को है, जो अपने डर पर और अपनी गलतियों पर हँसना जानते हैं।

यदि आपने कोई निर्णय लिया और वह गलत हो गया तो आप निर्णय लेना छोड़ देते हैं। यह सही नहीं है। जब भी ऐसी स्थिति आए तो अपनी गलतियों पर हँसना सीखें। निर्णय गलत होने के डर से कई लोग निर्णय ही नहीं ले पाते, इससे उनका नुकसान हो जाता है।

कई लोग जिम्मेदारी उठाने से कतराते हैं क्योंकि उन्हें गलती करने का डर होता है। यह तकनीक आपको अपनी गलतियों पर हँसने का साहस देगी, जिससे आप देखेंगे कि आसानी से जिम्मेदारी उठाई जा सकती है।

तो आइए आज से ही हम यह संकल्प करें कि जब भी निर्णय लेने या जिम्मेदारी उठाने के डर का आभास हो तब हम अपने डर पर हँसेंगे। अपनी गलतियों और अपनी मूर्खताओं पर हँसेंगे क्योंकि हँसी मरहम का काम करती है।

किसी भी इंसान का कोई भी डर निकालने के दो तरीके हैं, एक तरीका यह है कि वे स्वयं प्रयोग करें। दूसरा तरीका यह है कि उनके सामने ऐसी परिस्थिति आकर खड़ी हो जाए कि उस इंसान को डर का सामना करना ही पड़े। दूसरी परिस्थिति में किसी ने उस इंसान को जबरदस्ती उस परिस्थिति में ढकेल दिया और फिर उस इंसान ने देखा कि वहाँ उतना बुरा नहीं हुआ जितना उसका मन सोच रहा था। मन को लग रहा था जिम्मेदारी आने के बाद यह हो जाएगा... वह हो जाएगा मगर जब जिम्मेदारी लेकर देखा तो पता चला कि ऐसा कुछ था ही नहीं क्योंकि कुदरत ने पहले से ही व्यवस्था कर दी थी।

आज अगर आपको कोई कहे कि 'आपको आगे का जीवन रेगिस्तान में जीना है, वहीं पर घर बनाकर दे दिया जाएगा' तो इस वक्त आपको यह नामुमकिन लगेगा

मगर जब इंसान को वहाँ पर डाल दिया गया तो कुछ सालों के बाद लोग आकर उससे पूछेंगे कि यहाँ तुम कैसे रह पाए, यह तो संभव नहीं था तब आप उन्हें बता पाएँगे कि 'नहीं, वैसा कुछ नहीं था जैसा हम सोच रहे थे' क्योंकि जो आंतरिक अवस्था, व्यवस्था कुदरत ने बनाकर रखी है वह हमसे ट्यून्ड होने लगती है। मन उसका विकराल रूप बना सकता है, डरावना रूप दिखा सकता है।

विश्व के कई सारे कार्य इसलिए नहीं हुए क्योंकि लोगों ने मन की सुनी है। डर की वजह से ही कितनी बातें अभी तक दबी हुई हैं, छिपी हुई हैं। कितने आविष्कार हो सकते थे, आज नहीं हो पाए सिर्फ लोगों को डर था कि 'लोग क्या कहेंगे? क्या हम यह कर पाएँगे?'

लोगों को इस बात का विश्वास नहीं था कि उनका शरीर उस चीज को पृथ्वी पर लाने के लिए निमित्त बन सकता है। सीमित सोच की वजह से इंसान शुरुआत ही नहीं कर पाता मगर शुरुआत कर लेने के बाद उसे पता चलता है कि कार्य उतना कठिन नहीं था। शुरुआत में कुछ दिक्कतें आईं मगर उन्हें पार करने की योग्यता इंसान में पहले से ही थी। हमारे लिए व्यवस्था पहले से ही की गई थी। समस्या देने से पहले ही उसका समाधान हमारी जेब में डाल दिया गया था। सिर्फ विश्वास के साथ जेब में हाथ डाला तो पत्ता (समाधान) हाथ में आ गया, जवाब हाथ में आ गया।

दरअसल इंसान शुरुआत नहीं करता है, उससे कोई कहे कि 'अरे! जेब में हाथ तो डालो' तो वह कहेगा कि 'मेरी जेब में कुछ नहीं है, मुझे मालूम है कि मेरी जेब खाली है।' वह तो समस्या आने के बहुत पहले आपने जेब को देखा था। अब समस्या आई है यानी जवाब जेब में आ चुका है और समय के साथ व्यवस्थाएँ बदलती रहती हैं। बचपन में आपने जो सोचा था अगर आज भी वही मानकर बैठे हैं तो इसका अर्थ है कि 'री-थिंक' करना चाहिए। पुनर्विचार करें कि 'क्या आज भी मैं उतना ही कमजोर हूँ जितना पहले हुआ करता था?' तो पता चलेगा आज सब बदल गया है। एक कदम आगे बढ़कर तो देखें। जिन्होंने भी यह किया, उन्होंने जाना कि सब कुछ संभव है।

किसी ने यहाँ तक भी कहा कि 'पूरे जोश के साथ पत्थर उठाकर आकाश में फेंका तो आकाश में भी छेद हो सकता है' यानी दिल लगाकर, मन लगाकर

कार्य किया तो सब संभव है। अगर आपने पहले से ही मान लिया यह नहीं होगा तो शुरुआत ही नहीं होगी। यह पंक्ति प्रेरणा देने के लिए कही गई थी, शब्दों पर न जाएँ कि आकाश में कैसे छेद होगा? यह सिर्फ प्रेरणा देने के लिए कहा गया मगर हमें यह जानना है कि उसके पीछे क्या उद्देश्य है। एक पत्थर तो पूरे जोश से फेंकें यानी पूरे दिल से कुछ तो करके देखें।

जिम्मेदारी लेने के साथ जो डर है, जिसकी वजह से कभी शुरुआत नहीं होती है, अब वह शुरुआत करके देखें।

[39] पाँचवाँ स्तंभ : अपनी कमियों को प्रकाश में लाएँ

एक सच्चा जिम्मेदार इंसान अपने अवगुणों को प्रकाश में लाता है। वह अपनी जिम्मेदारी निभाने में तथा अपनी कमियों को ढूँढ़कर उन्हें सुधारने में कोई कसर नहीं छोड़ता, वह अपने नुक्स निकालने में प्रोफेशनल (Professional) बन जाता है, जबकि अपनी तारीफ करने में वह मट्ठ व नौसीखिया ही रहता है। अपनी गलतियाँ अपने आपसे छिपाकर कोई भी इंसान सफल नहीं हो सकता। सफल इंसान लोगों से अपने बारे में, अपनी गलतियों के बारे में जानना चाहता है। दूसरों से अपनी गलतियाँ सुनना किसी को भी अच्छा नहीं लगता लेकिन अपनी गलतियाँ जाने बिना उन्हें सुधारा नहीं जा सकता। कुछ गलतियाँ ऐसी होती हैं जो आपको स्वयं पता नहीं चलतीं लेकिन आपके शुभचिंतक उन्हें देख सकते हैं। जब आप अपनी गलतियों से सीखना चाहेंगे तब ही आप दूसरों से अपनी जानकारी (फीडबैक) माँगेंगे। जब गुणों की तारीफ हो रही हो और अवगुणों की जानकारी दी जा रही हो तब पहले अवगुणों की जानकारी इकट्ठी करें। गुणों की तारीफ तो होती रहेगी, कभी भी तारीफ के चक्कर में अपने अवगुणों पर परदा न डालें। यही है सफलता का रहस्य।

एक जिम्मेदार इंसान सदा अपना ध्यान समस्या के निवारण पर, कठिनाई के हल पर, सवाल के जवाब पर रखता है। वह समस्याओं का कारण बाहर नहीं, अपने अंदर खोजता है। दूसरों पर दोष लगाकर वह कभी भी अपनी जिम्मेदारी से मुँह नहीं मोड़ता। वह तकदीर, पिछले जन्म के कर्मों, वातावरण और लोगों को कभी दोष नहीं देता। दोष देना उसने होश आते ही बंद कर दिया है। गैर जिम्मेदार इंसान हमेशा तकदीर को दोष देता रहता है। 'पिछले जन्म में मैंने कुछ गलत किया था, जिसका फल अब मैं भुगत रहा हूँ', यह सोचकर वह अपने आपको राहत देता रहता है।

[40] **छठवाँ स्तंभ : सकारात्मक दृष्टिकोण अपनाएँ**

हमारी भावनाएँ जैसी होंगी, वैसे हमारे कर्म होने लगते हैं इसलिए जिम्मेदारी लेने के बाद विश्व के प्रति अपनी भावना परखें और अपना नजरिया (दृष्टिकोण) बदलें।

हमारा दृष्टिकोण (नजरिया) इस बात को तय करता है कि हम असफलता को किस तरह लेंगे। सकारात्मक दृष्टिवालों के लिए असफलता, सफलता प्राप्त करने की एक सीढ़ी है इसलिए वे हारकर भी जीतने की कला जानते हैं इसलिए दुनिया के हर क्षेत्र में उनका स्वागत होता है। ऐसे जिम्मेदार लोग ही समाज में भाईचारा, तनावरहित जीवन व कपटमुक्त रिश्तों को बढ़ावा देते हैं। वे लगातार ज्ञान व तेजज्ञान हासिल करने की कोशिश में रहते हैं, जिससे वे सिगरेट, गुटका, शराब, गाली-गलौज, दूसरों की बुराई, सेकण्ड हैण्ड हैपिनेस जैसी बुरी आदतों से कोसों दूर रहते हैं।

हमारे आस-पास के वातावरण में कुछ लोग सकारात्मक और कुछ नकारात्मक विचारों के होते हैं। यदि हमारे संपर्क में नकारात्मक विचारोंवाले लोग आते हैं तो उनके प्रति हमें अपना दृष्टिकोण बदलना चाहिए। जैसे सोने की खुदाई करते हुए, उसमें से मिट्टी ज्यादा निकलती है, बाद में सोना निकलता है। हमारा ध्यान सोने की तरफ ज्यादा होना चाहिए और मिट्टी की तरफ कम होना चाहिए।

ऐसे ही जब आप नकारात्मक लोगों को गहराई से जानेंगे तो उनमें भी कोई न कोई बात हमें सकारात्मक जरूर नजर आएगी। हमें ऐसा दृष्टिकोण मिले कि हमारी नजर भी सोने पर हो, न कि मिट्टी या धूल पर। जैसे कोई इंसान बंद घड़ी को भी देखकर कहे कि 'यह घड़ी दिन में कम से कम दो बार तो सही समय दर्शाती है' यानी उसने नकारात्मक चीजों से भी, सकारात्मक बात ढूँढ़ निकाली है। ऐसा ही नजरिया हर जिम्मेदार इंसान का होना चाहिए ताकि उसके संपर्क में आए लोगों में वह सकारात्मक बातें ढूँढ़ पाए। जिससे नकारात्मक विचार, घटनाएँ, क्रियाएँ खतम हो जाएँ।

[41] **सातवाँ स्तंभ : सकारात्मक क्रिया करें**

केवल सकारात्मक दृष्टिकोण से कार्य संपन्न नहीं होंगे। हमारी छोटी से छोटी क्रियाएँ भी सकारात्मक होनी चाहिए, जिससे हम अपने आपको और दूसरों को

बदलने में सफल होंगे तथा अपना लक्ष्य आसानी से हासिल कर पाएँगे। जैसे तीन मित्र आपस में बातें कर रहे थे। उनमें से एक मित्र ने उन्हें अपने घर के किसी कार्यक्रम में आमंत्रित किया। वहाँ का वातावरण, खूबसूरत घर, मोहक परिसर देखकर दूसरे मित्र ने पहले मित्र से पूछा,

'कैसे बनाया इतना सुंदर घर?'

पहले मित्र ने जवाब दिया, 'मैंने नहीं बनाया, मेरे बड़े भाई ने बनवाया है, उन्होंने यह घर मुझे उपहार में दिया है।'

दूसरे मित्र ने आश्चर्य से कहा, 'काश! मेरे पास भी ऐसा घर होता।'

तब पहले मित्र ने समझाया, 'ऐसा मत कहो क्योंकि आप थोड़े में ही खुश हो रहे हैं, यह कहो कि 'काश! मेरे पास भी ऐसा भाई होता।'

तब तीसरा मित्र, जो उनकी बातें सुन रहा था, उसने कहा, 'ऐसा भी मत कहो, यह कहो कि काश! मैं ऐसा भाई होता।'

ऐसा कहनेवाले लोग बहुत हैं- 'काश! मेरे पास ऐसा बंगला होता, काश! मेरे पास ऐसा भाई होता' परंतु बहुत कम ऐसे हैं, जो कहें कि 'काश! मैं ऐसा भाई होता।' जो दूसरों को देने की जिम्मेदारी लेते हैं, जो दूसरों को देने का दृष्टिकोण रखते हैं, जो दूसरों के लिए स्वर्ग बना रहे हैं, वे स्वयं स्वर्ग में ही हैं। आनेवाली पीढ़ियों के लिए या इस विश्व में खुशहाली लाने के लिए, हम कौन सी जिम्मेदारियाँ ले रहे हैं? हम जो क्रियाएँ करते हैं उनसे ही विश्व में परिवर्तन आता है इसलिए हर दिन छोटी-छोटी क्रियाएँ पूर्ण करने की जिम्मेदारी लें। काम को अंजाम दें। (Do it now).

[42] आठवाँ स्तंभ : उच्चतम जिम्मेदारी लें

रामकृष्ण परमहंस ने स्वामी विवेकानंद को राह दिखाई, सुकरात ने प्लैटो को शिक्षा दी, निवृत्तिनाथ ने ज्ञानेश्वर को ज्ञान दिया, उसी तरह हम यह सोचें कि हमने आनेवाली पीढ़ी को क्या देने की जिम्मेदारी ली है? हम ऐसा कुछ करें, जिस पर आनेवाली पीढ़ियाँ हम पर गर्व कर सकें।

छोटी जिम्मेदारियों की समाप्ति पर ही बड़े काम संपूर्ण होते हैं। छोटी जिम्मेदारियों को छोटा न समझें बल्कि उन्हें तुरंत पूर्ण करने की आदत डालें। जीवन में जो प्राप्त

करना चाहते हैं, वह देना सीखें।

एक इंसान कहता है कि 'मैं ऑफिस जाता हूँ तो कोई नहीं मुस्कराता, मुझे कोई हॅलो भी नहीं कहता।' तब उसे कहा जाता है कि 'आप मुस्कराना शुरू कर दें।' अगर आप चाहते हैं कि लोग आपको 'हॅलो !' कहें तो आप 'हॅलो !' कहना शुरू कर दें। आप 'हॅपी थॉट्स' कहना शुरू कर दें, फिर देखें क्या होता है !' जब आप ऐसा करने लगेंगे तब आपको आश्चर्य होगा कि कुछ ही दिनों में आपके चारों तरफ मुस्कराते हुए चेहरे नजर आएँगे। यह कैसे हुआ? आपके इस छोटे से कार्य ने चमत्कार किया इसलिए इसे करने में देर मत लगाइए।

जीवन का यह नियम सदा याद रखें – 'जो आप देनेवाले हैं वह आपके पास लौटकर आनेवाला है, कई गुना बढ़कर आनेवाला है। हर किसान यह नियम जानता है, मानता है और इस पर काम करता है मगर इंसान यह नहीं जानता। किसान खेत में अच्छे व बेहतरीन बीज डालता है और फसल आने तक धीरज से इंतजार करता है। हर इंसान यदि किसान और बुद्धि से यह नियम जानकर छोटे-छोटे सकारात्मक जिम्मेदारियाँ लेकर कार्य करे तो वह जल्द ही सफलता के शिखर पर होगा।

जब भी आपको विचार आए कि 'यह काम मैं नहीं कर सकता' तो वहाँ रुकना नहीं है, फुलस्टॉप नहीं लगाना है बल्कि उस विचार को बदलना है। 'यह काम मैं नहीं कर सकता' के बजाय कहें, 'यह काम मैं कैसे कर सकता हूँ?' अगर आपने यह सोचा कि 'यह काम मैं कैसे कर सकता हूँ' तब आपने अपनी बुद्धि को सोचने का मौका दिया। इस तरह आपकी बुद्धि आपके लिए नए रास्ते खोलेगी जिससे लक्ष्य मिलने के अलावा आपकी बुद्धि का विकास भी होगा और आप उच्चतम जिम्मेदारी लेने के लिए तैयार हो जाएँगे।

निर्णय लेते ही इंसान को बदलना पड़ता है और
इंसान बदलाहट को स्वीकार नहीं करता
इसलिए वह निर्णय लेना टालता है।

भाग ७

जिम्मेदारी लेने के लिए कार्यक्षमता बढ़ाएँ

अपने कामों में कार्यकुशलता प्राप्त करें

कार्यक्षमता बढ़ाने के लिए आपको एक कार्य कई बार करना है। हर बार कार्य करके यह सोचें कि इसे और बेहतर कैसे किया जा सकता है। फिर अगली बार वही कार्य करके उसे और भी बेहतर करने के लिए जो सुधार आपने सोचे थे, उन पर कार्य करें।

जैसे टायपिंग सीखनेवाला इंसान पहले कुछ टाईप करेगा और अपने आपसे पूछेगा कि 'टाईप करने में मुझसे जो गलतियाँ हुई हैं, वे कम समय में और कम कैसे हो सकती हैं?' वह सोचेगा कि 'अगर मेरी इस अंगुली में थोड़ी दिक्कत आती है, अगर मैं इस अंगुली पर इस तरह ध्यान देता हूँ, उसे थोड़ी प्रैक्टिस देता हूँ तो उस अंगुली में जो कमी है उसे दूर किया जा सकता है।' वह फिर से टाईप करके देखेगा, फिर थोड़ी प्रैक्टिस करेगा। इस तरह उसकी कार्यकुशलता बढ़ती जाती है। उसके सामने कार्य की और भी बारीकियाँ आती जाती हैं।

किसी भी कार्य में कुशल होने के लिए आपको उस कार्य के साथ रहना पड़ता है। जब आप किसी चीज के साथ रहते हैं, उससे भले ही आप कुछ नहीं सीख रहे हैं लेकिन सिर्फ उस चीज के साथ बैठते हैं तो धीरे-धीरे रहस्य खुलने लगते हैं। लुकमान हकीम के लिए कहा जाता था कि वे पौधों के साथ बैठते थे। विश्व के रहस्य कैसे खुले होंगे? कौन सा पौधा किस बीमारी के लिए है, यह कैसे पता चला होगा? लुकमान हकीम के काम करने की यही तकनीक थी कि वे उन पौधों के साथ घंटों बैठते थे। ऐसी अवस्था में इंसान अकसर अपना सब्र खो देता है और सोचता है कि 'मैं इतनी देर से बैठा हूँ मगर कुछ समझ में ही नहीं आ रहा है, दूसरा कुछ कार्य करता हूँ' मगर लुकमान हकीम बैठे ही रहते थे। जब तक उस पौधे के सारे रहस्य

सामने नहीं आते तब तक वे उस पौधे के पास बैठते थे। फिर बैठे-बैठे उन्हें कुछ समझ में आने लगता, कुछ विचार आते, फिर कुछ प्रयोग उनके द्वारा किए गए। वे यह सब कर पाए क्योंकि वे उन पौधों के साथ बैठे रहे।

किसी पौधे के बारे में जो बातें जानना नामुमकिन लगती थीं, वे बातें कोई कैसे जान सकता है? वे बातें भी प्रकाश में आईं। यह लोगों के सामने चमत्कार था। वे इतनी गहरी बातें जान पाए क्योंकि उस चीज के साथ वे रहे। आप जब किसी चीज के साथ रहते हैं तब कार्य कुशलता आती है, कुछ समय के बाद वही चीज खुद रहस्य खोलने लगती है।

कई घटनाएँ ऐसी हुईं, वैज्ञानिक प्रयोगशाला में किसी चीज पर बार-बार प्रयोग करते रहे मगर हर बार उन्हें असफलता मिली। फिर उन्हें उस बात का समाधान उनके सपने में दिखाई दिया। ऐसे कई उदाहरण हैं। जिस वैज्ञानिक ने सुई का आविष्कार किया था, उसने सुई में धागा पिरोने के लिए पीछे छेद बनाया। पुराने वक्त में यह समस्या थी कि सिलाई का काम कैसे किया जाए? कई प्रयोग करने के बाद एक वैज्ञानिक को सपने में गन्ने के खेत दिखाई दिए। उस खेत में उसे ऐसे गन्ने दिखाई दिए जिन में छेद था। उस वैज्ञानिक को उस सुबह अपनी समस्या का समाधान मिल गया। ऐसे आविष्कार हुए क्योंकि वे लोग घंटों उस बात को लेकर बैठे, जिस पर उन्हें कार्यकुशल बनना था। इससे आपने समझा कि किस तरह रहस्य खुल सकते हैं।

आज लोग ऐसे लोगों को कैसे जानते हैं? वैज्ञानिक यानी कार्यकुशल, उन लोगों में कार्यक्षमता बहुत ज्यादा है। प्रवीण (एक्सपर्ट) होने के लिए आपको बारीकियों पर ध्यान देना सीखना होगा। इसके लिए आपको एकाग्रता शक्ति बढ़ानी होगी। आपको बोरडम और तमोगुण को जीतना होगा और फल में अटकने की आदत छोड़नी होगी। उसके बाद ही आप एक जगह बैठकर कार्यकुशल बन पाएँगे।

जो लोग पहले से ही कुशल हैं, उनके साथ रहने से भी प्रेरणा मिलती है। सामनेवाले का कार्य देख-देखकर ही पता चलता है कि यह कार्य इस तरह भी किया जा सकता है, इतने कम समय में भी किस तरह कार्य किया जा सकता है।

सर्कस में जगलर एक साथ चार-पाँच गेंदों को उछालता है। वह यह सब कैसे कर पाता है? उसमें वह कुशलता कैसे आई? वह जगलर गेंद लेकर ही बैठता है,

वह पूरा दिन उन गेंदों के साथ खेलता है। रात को सोते वक्त भी वह गेंद को अपने बाजू में रखकर सोता है। उसे उस कला के साथ प्रेम हो जाता है। इस तरह वह अपने कार्य में प्रवीणता हासिल करता है।

[43] **कार्यक्षमता बढ़ाने के लिए धीरे-धीरे शारीरिक क्षमता बढ़ाना शुरू करें :**

एक गाँव में एक माँ अपने बेटे के साथ रहती थी। वह अपने बेटे की आदतों की वजह से बहुत दु:खी थी। उसका बेटा तंबाकू का सेवन बहुत करता था, जिस वजह से माँ परेशान थी। अपने बेटे को उसने लाख समझाया। बहुत समझाने के बाद उसका बेटा तंबाकू खाना छोड़ देता था मगर कुछ दिनों के बाद वह फिर से खाना शुरू कर देता था। दिन-ब-दिन उसकी आदत पहले से ज्यादा बिगड़ती जा रही थी। एक दिन उसकी माँ ने सोचा कि 'क्यों न उसे किसी महात्मा के पास ले जाऊँ, उनका कहा मेरा बेटा जरूर मानेगा।'

यह सोचकर अगले ही दिन वे दोनों एक महात्मा के पास पहुँचे। महात्मा ने समस्या को समझा और लड़के से कहा कि 'यह लो चॉक (खड़िया)।' लड़के ने चॉक लिया, महात्मा ने उस लड़के से कहा कि 'अब इस चॉक को इस छोटी सी तराजू में डालो।' लड़के ने महात्मा का कहा माना, उसने तराजू के एक पलड़े में चॉक रखा और दूसरे पलड़े में महात्मा ने उसकी माप जितना तंबाकू रखा। दोनों एक समान नापने के बाद महात्मा ने उस चॉक से दीवार पर एक लकीर खींची और लड़के से कहा कि 'कल जब तुम तंबाकू खाओगे तो इस चॉक की नाप जितना ही तंबाकू खाना, कल फिर से मुझसे मिलने आना।' यह कहकर महात्मा चले गए।

लड़के की माँ को यह बात समझ में नहीं आई मगर महात्मा ने कल फिर बुलाया है तो वह दूसरे दिन फिर अपने बेटे के साथ महात्मा के पास आई। दूसरे दिन महात्मा ने उस चॉक से एक और लकीर दीवार पर खींची और उसकी नाप जितना तंबाकू लड़के को खाने के लिए दिया। हर बार लकीर खींचने की वजह से धीरे-धीरे चॉक घिसते गया और उसका वजन कम होते गया। हर दिन वह लड़का महात्मा के पास जाता और हर दिन कम नाप का तंबाकू महात्मा से लेता और खाता। ऐसा करने की वजह से एक दिन ऐसा हुआ कि चॉक पूरी तरह से घिस गया और इसी बहाने लड़के का तंबाकू खाना भी छूट गया।

उपरोक्त उदाहरण से समझने योग्य बात यह है कि हर वह कार्य जो करने में

कठिन लगता हो, उसे धीरे-धीरे क्षमता बढ़ाते हुए करना चाहिए। हर वह आदत जिसे आप चाहते हैं कि आपके अंदर आए या फिर कोई बुरी आदत जिसे आप अपने अंदर से निकाल देना चाहते हैं, उस पर उपरोक्त तरीके से काम करें। लोग जोर-शोर से काम करना शुरू तो कर देते हैं मगर उसे जारी नहीं रख पाते हैं इसलिए क्षमता बढ़ाते हुए कार्य करना ही उत्तम है।

जब कोई इंसान कसरत करना शुरू करता है तो पहले दिन वह बड़े जोश में होता है। थोड़े दिनों में ही वह कसरत में निपुणता हासिल करने की कोशिश में ज्यादा कसरत करता है। उसके शरीर को कसरत करने की आदत नहीं थी इसलिए कुछ ही दिनों में उसके शरीर में तकलीफ होनी शुरू हो जाती है। बाद में वह तकलीफ इतनी ज्यादा बढ़ जाती है कि फिर वह कई सालों तक कसरत नहीं कर पाता। यह जरूरी है कि यदि आप किसी नई चीज को करना शुरू करते हैं तो उसे धीरे-धीरे बढ़ाना शुरू करें ताकि आपकी क्षमता एक-एक कदम करके आगे बढ़े। ठीक वैसे ही यदि किसी बुरी आदत को छोड़ना है तो एकदम से न छोड़ते हुए, उसे धीरे-धीरे छोड़ें। यदि आपकी संकल्प शक्ति ज्यादा है तो आप बुरी आदतों को एक निश्चय में भी छोड़ सकते हैं।

अगर आप सुबह जल्दी उठना चाहते हैं तो दूसरे दिन अलार्म सेट करके रखें मगर अचानक चार-पाँच घंटे पहले न उठें। पहले आधे घंटे से शुरुआत करें, फिर धीरे-धीरे समय का अंतर बढ़ाएँ।

अगर आप विद्यार्थी हैं और किसी विषय में रुचि नहीं रखते तो उस विषय को एक ही दिन में पूरा न पढ़ें। विषय कितना भी बोर (उबाउ) क्यों न हो, अगर उस पर धीरे-धीरे क्षमता बढ़ाते हुए काम करते जाएँ तो उसमें रुचि लाई जा सकती है।

भाग ८

जिम्मेदारी आज़ादी की घोषणा है

आज़ाद कौन

बहुत से लोग जो आज अपने कार्यक्षेत्रों में, कंपनियों में उच्च पदों पर आसीन (विराजमान) हैं, उनसे यदि पूछा जाए तो वे बताएँगे कि बड़ी जिम्मेदारियाँ लेने के साथ उन्हें उतनी बड़ी स्वतंत्रता मिली है और उसके साथ उतना ही बड़ा आनंद मिला है। स्वतंत्रता मिलने के साथ उनके अधिकारों में बढ़ोतरी हुई है। जो लोग बड़े दायित्व निभाने से नहीं डरते वे लोग अपने भाग्य के निर्माता बनते हैं। आप यदि यह कर पाते हैं तो आप अपने जीवन को सुंदर और समृद्ध तो बनाएँगे ही, साथ ही अपने वरिष्ठ अधिकारियों की नजरों में आपका सम्मान भी बढ़ेगा। अपने कार्यक्षेत्र में आपका प्रभुत्व बढ़ेगा, फिर आप दूसरों के अधीन होने के बजाय अपने अधीन कार्यकर्ताओं का नेतृत्व कर पाएँगे। इतना ही नहीं आप अपने काम से संबंधित सभी बातों पर, लोगों पर और घटनाओं पर भी नियंत्रण रख पाएँगे। आप पहले से ज्यादा खुश, आत्मविश्वास से भरपूर और संतुष्टि का एहसास महसूस करने लगेंगे। यदि आपको अपने जीवन में विकास करना है, आगे बढ़ना है तो अपने जीवन को सुखमय, सुंदर बनाने के लिए आपको जिम्मेदारी लेनी होगी क्योंकि जीवन में सबसे ज्यादा महत्वपूर्ण है परम संतुष्टि और सच्चे आनंद का अनुभव करना।

अपने कार्य क्षेत्र में आगे बढ़ने के लिए सबसे आसान तरीका है अपने दफ्तर के बड़े और महत्वपूर्ण कार्यों की जिम्मेदारी लेना और उन्हें समय पर पूरा करना। यदि आप विश्वसनीय हैं, अपने दफ्तर में महत्वपूर्ण भूमिका निभाते हैं तो निश्चित ही आपकी अपने कार्यालय में बड़ी ही सम्मानजनक स्थिति बन जाएगी। जितनी बड़ी जिम्मेदारी आपने ली है उतने ही आप निर्णय लेने के लिए स्वतंत्र हो जाते हैं। फिर आप जैसे चाहें अपनी मर्जी (आज़ादी) से कार्यों को अंजाम दे सकते हैं।

[44] **जिम्मेदारी लेना बोझ नहीं, आज़ादी है :**

इंसान जब अज्ञान, बेहोशी और सुस्ती से आज़ाद हो जाता है तब वह उस आज़ादी के एहसास से जिम्मेदारी उठाना चाहता है। इस अवस्था में जिम्मेदारी बोझ नहीं लगती। एक मुक्त इंसान दूसरों के विकास के लिए जिम्मेदारी लेना, अपना कर्तव्य व अभिव्यक्ति समझता है। आप जितने आज़ाद हुए हैं, उतनी जिम्मेदारी आप लेना चाहेंगे इसलिए आज से ही जिम्मेदारी लें, अपने अंदर जिम्मेदारी का एहसास जगाएँ।

[45] **आज़ादी और जिम्मेदारी दोनों एक हैं :**

आपको इस तरह आज़ाद होना है जिससे आप ज्यादा से ज्यादा जिम्मेदारियाँ ले पाएँ तभी आपको समझ में आएगा कि आज़ादी और जिम्मेदारी दोनों अलग नहीं हैं, दोनों एक ही सिक्के के दो पहलू हैं। आज़ादी आपकी ही अभिव्यक्ति के लिए है। बंधन अभिव्यक्ति को प्रकट करने के लिए ही बनाया गया है। अगर बंधन न होता तो आप अभिव्यक्ति नहीं कर पाते।

जब आप आज़ादी का असली अर्थ समझेंगे तब आप जानेंगे कि असली और सबसे बड़ी आज़ादी तब है जब आपको प्रतिसाद/ रिस्पॉन्स चुनाव करने की आज़ादी है। प्रतिसाद का अर्थ है प्रतिक्रिया, रिस्पॉन्स, प्रति उत्तर। आप हर घटना के बाद जो प्रतिसाद/ रिस्पॉन्स देते हैं उसे चुनने की आज़ादी अगर आपको मिल जाए तो यह सबसे बड़ी आज़ादी है। यह आज़ादी इंसान के पास नहीं है इसलिए वह कमजोर है। आप लोगों को किस तरह का प्रतिसाद/रिस्पॉन्स दे रहे हैं, यह चुनाव आप कर पाएँ तो इसी को 'प्रतिसाद चुनाव आज़ादी' कहेंगे। अगर यह आज़ादी आपको मिल गई तो आप वाकई आज़ाद हुए वरना आप कुछ और करना चाहते हैं मगर मन कुछ और कहता है तो आप सही चुनाव नहीं कर पाएँगे और सही प्रतिसाद/रिस्पॉन्स नहीं दे पाएँगे। आपने लोगों को कहते हुए सुना होगा कि

'मैं यह काम करना नहीं चाहता था मगर हो गया।'

'मैं तो सुबह जल्दी उठना चाहता था मगर चाहते हुए भी उठ ही नहीं पाया।'

'मैं तो सही प्रतिसाद/रिस्पॉन्स देना चाहता था, फिर भी नहीं दे पाया।'

'मैं तो सामनेवाले का दिल दुखाना नहीं चाहता था लेकिन मैं नाकाम रहा।'

'मैं आज उपवास रखना चाहता था लेकिन उपवास रख नहीं पाया।'

'मैं तो गुस्सा नहीं करना चाहता था लेकिन गुस्से पर नियंत्रण नहीं रख पाया।'

'मैं तो सामनेवाले से प्रेम से बात करना चाहता था लेकिन वह नाराज हो गया।'

'मैं तो आज ही काम खतम करना चाहता था लेकिन नहीं कर पाया।'

'मैं तो मिठाई कल खानेवाला था लेकिन अपने आपको रोक नहीं पाया और आज ही मिठाई खा ली ।'

'मैं तो तुरंत बाजार जानेवाला था लेकिन सुस्ती की वजह से देर से बाजार गया और दुकान बंद हो गई ।'

'मैं तो दुःख में भी हँसना चाहता था लेकिन आँसू आ गए।'

'मैं तो टी.वी. बंद करना चाहता था लेकिन घंटों टी.वी के सामने बैठा रहा।'

'मैं तो कंप्यूटर पर केवल दस मिनट के लिए विडियो गेम खेलना चाहता था लेकिन एक घंटा कैसे बीत गया पता ही नहीं चला इत्यादि।'

विद्यार्थी चाहता है कि मैं बहुत पढ़ाई करूँ मगर वह पढ़ाई नहीं कर पाता। बिजनेस मैन कहता है, 'मैं इस-इस तरह का बिजनेस बढ़ाऊँ' मगर वह बिजनेस नहीं बढ़ा पाता क्योंकि उसमें तमोगुण और सुस्ती है। अतः वह सही प्रतिसाद चुन नहीं पाया इसलिए वह गुलाम है, आज़ाद नहीं हुआ है। सुबह आपकी आँखें खुलीं और आपके मन में विचार आया कि 'आज जल्दी उठेंगे' मगर फिर एक और आवाज आई 'पाँच मिनट और सोएँगे' और आपकी आज़ादी छिन गई, आप नहीं उठ पाए। इसका अर्थ आप मन के गुलाम बन गए, आप अपना सही प्रतिसाद/रिस्पॉन्स नहीं दे पाए।

[46] **जिम्मेदारी लेने का सबसे बड़ा लाभ –आज़ादी :**

जीवन का लक्ष्य पाने के लिए हमें अपनी जिम्मेदारियों को समझना होगा तब ही हम अपनी क्रियाओं को होशपूर्ण दिशा दे पाएँगे और हमें असली आज़ादी मिलेगी।

लोग यही सोचते हैं कि हम जैसा चाहते हैं यदि हमें वैसा करने को मिले तो

ही हमें आज़ादी है वरना हम आज़ाद नहीं हैं मगर सोचकर देखें कि यदि ट्रेन का इंजन यह कहे कि 'मुझे पटरी पर ही क्यों चलने दिया जाता है? मुझे भी आज़ादी होनी चाहिए ताकि मैं जहाँ चाहूँ वहाँ जा सकूँ' तो आप जानते हैं कि इंजन का ऐसा चाहना उसके लिए और दूसरों के लिए भी मुसीबत साबित हो सकता है। ऐसी आज़ादी आपको गड्ढे में ही ले जाएगी। आपको ऐसी आज़ादी प्राप्त नहीं करनी है।

आप जब जो प्रतिसाद देना चाहते थे, वह दे पाए तो आपको मिली है सबसे बड़ी आज़ादी इसलिए जिम्मेदारी लेकर अपने अंदर सारे गुण भरकर, सभी दुर्गुणों को खतम करें और बड़ी से बड़ी जिम्मेदारी उठाएँ जो है 'अपने आपको जानना।' यह जिम्मेदारी भी आज नहीं तो कल, हर एक को उठानी है। उसके बाद ही होगा पूर्ण तेजविकास।

जिम्मेदारी लेते ही आप आज़ादी प्राप्त करते हैं, लोग
आपको सहयोग देना शुरू कर देते हैं। इतने लोगों का
सहयोग पाकर आप और बड़े निर्णय और जिम्मेदारी
उठाने के लिए आज़ाद हो जाते हैं।

भाग ९ अपनी जिम्मेदारी खुद लें

स्वयं को परखने के दस नुक्ते

अपने व्यवहार की जिम्मेदारी को विकसित करने के लिए ठोस सिद्धांतों की जरूरत होती है। अपने हर बरताव, व्यवहार और उसके परिणाम के जिम्मेदार आप खुद हैं। हम सभी लोग आज जिस प्रकार का जीवन जी रहे हैं उसके लिए हम खुद ही जिम्मेदार हैं पर शायद यह सच्चाई कई लोग बरदाश्त नहीं कर पाते।

हर इंसान को अक सर यही लगता है कि हमारे दुःखों का, तकलीफों का कारण हमारे जीवन में होनेवाली घटनाएँ हैं या कोई और इंसान है। हर इंसान यही सोचता है कि 'मेरे जीवन में जो घट रहा है उसका जिम्मेदार मैं नहीं हूँ, मैं अपने आपको कैसे तकलीफ दे सकता हूँ?' हकीकत तो यह है कि हम सजग नहीं होते हैं। अनजाने में कई बार जीवन के महत्वपूर्ण फैसले या तो ले लिए जाते हैं या फिर नहीं लिए जाते हैं। फिर जब उन फैसलों का नतीजा सामने आता है तब हम सोचते हैं कि 'ऐसा तो मैंने नहीं चाहा था, यह मेरे साथ ही क्यों हुआ?' केवल महत्वपूर्ण फैसलों के साथ ही नहीं बल्कि रोजमर्रा के जीवन में भी ये बातें आपके साथ होती हैं इसलिए यह जरूरी है कि हम अपने जीवन में हो रही घटनाओं की जिम्मेदारी खुद लें। चाहे घटनाएँ सकारात्मक परिणाम लाएँ या नकारात्मक। हर घटना की जिम्मेदारी का एहसास स्वयं को होना आवश्यक है।

जिम्मेदारी दो प्रकार की हो सकती है, एक जो आपको किसी और ने सौंपी हो और दूसरी जो आपने खुद अपने ऊपर ली हो। यह याद रखें कि 'समझ' और 'होश' ही हर जिम्मेदारी की मजबूत नींव होती है।

दरअसल हर इंसान को अपने आपसे यह सवाल पूछना चाहिए कि क्या वाकई में उसने अपनी जिम्मेदारी ली है? हर दिन अपने साथ जुड़ी गतिविधियों में अपने

आपको जाँचना और परखना जरूरी है। हर दिन अपने आपको कैसे परखें? आइए यह जानें :

१) आप अपने कार्य होश में करते हैं या बेहोशी में - जैसे दफ्तर जाना, कार चलाना, अपनी पत्नी या अपने पति के साथ आपका व्यवहार, अपने घर-परिवारवालों के साथ आपके संबंध इत्यादि। इन सबमें यदि आप लापरवाही करते हैं यानी आए दिन आप अपने ऑफिस से छुट्टी लेते हैं, तेजी से कार चलाते हैं, अपने घर में सबको बेवजह परेशान करते हैं तो इन सब बातों का परिणाम भी आपको ही भुगतना पड़ेगा।

२) आप अपने काम, अपने निर्णय और अपने द्वारा किए गए चुनावों के जिम्मेदार आप खुद हैं। अगर आप यह सोचकर बैठे रहे कि कोई आकर जादू से आपके सारे काम खतम कर देगा, कोई आकर आपको तकलीफों से निजात दिलाएगा या कोई आकर आपको गड़े हुए खजाने की चाभी दे देगा तो आप बड़ी गलती कर रहे हैं।

३) आप अपनी खुशी और दु:ख का जिम्मेदार दूसरों को समझते हैं लेकिन वास्तव में ऐसा नहीं है। अगर कोई दु:ख आया है तो उससे बाहर निकलने का रास्ता भी है। अपने आपसे सहानुभूति करना बेवकूफी ही नहीं कायरता है। अपने आप पर तरस खाने की आदत यदि आपको पड़ गई हो तो आप खुश और सफल जीवन की नई संभावनाएँ कभी भी नहीं देख पाएँगे इसलिए जल्द से जल्द अपनी जिम्मेदारी लेना सीखें।

४) जब आप अपने लिए खुद को जिम्मेदार मानते हैं तब आप अपने आपको बहुत ही शक्तिशाली महसूस करते हैं। आपको इस बात का विश्वास होने लगता है कि आप खुद अपनी किस्मत बदल सकते हैं। आप हर वह काम कर सकते हैं जो आपके जीवन को खुशहाल बनाने में उपयोगी साबित हो सकता है।

५) अपनी इच्छाओं, शुभ इच्छाओं को पूर्ण करने के लिए भी आप खुद ही जिम्मेदार हैं। अगर आपको कार, घर, सुखी परिवार, मन की शांति चाहिए तो उसके लिए आपको कोशिश करनी होगी।

६) आप जो भी सोचते हैं उसके जिम्मेदार भी आप ही होते हैं। अगर आप यह सोचते हैं कि आप बहुत काबिल, नेक और लायक इंसान हैं तो आप

अपने आपको भविष्य में इसी सच्चाई के रूप में देख पाएँगे। आपके मन में चलनेवाले विचार, आपके जीवन के हर भाग पर असर डालते हैं क्योंकि आप जिन बातों पर यकीन रखते हैं, वैसे ही सबूत आपको मिलते हैं।

७) आप अपना समय कैसे व्यतीत करते हैं या किस काम को आप पहले करते हैं वह चुनाव भी आपकी खुद की जिम्मेदारी है क्योंकि उसका फायदा और नुकसान दोनों ही आपको होनेवाला है।

८) आप अपने मित्रों और सहयोगियों का चुनाव अपनी इच्छा से करते हैं। आपके मित्र जैसे भी हैं, उनके साथ आपका जो भी व्यवहार है, उसका नतीजा भी आपको ही मिलनेवाला है क्योंकि मित्रों का चुनाव आपने खुद किया है, यह भी आपकी जिम्मेदारी है।

९) परिवार के सदस्यों व बाकी रिश्तेदारों के साथ आपका व्यवहार कैसा हो यह तय करना भी आपकी खुद की जिम्मदारी के अंतर्गत आता है।

१०) आपके भाव भी आपके अपने हैं। जो भावनाएँ आपके अंदर उठती हैं, उनका असर आपके तन, मन और धन पर होता है, उसके जिम्मेदार भी आप खुद हैं इसलिए दूसरों को दोष देना बंद करें, दूसरों की जिम्मेदारी लेने से पहले खुद की जिम्मेदारी लें। दूसरों को मदद करने से पहले खुद हर मदद से बाहर आ जाएँ।

आज़ादी खोना अगर आपको बहुत बड़ी बात लगती है,
सबसे बड़ा नुकसान लगता है तो जिम्मेदारी न लेकर
हमारा सबसे बड़ा नुकसान होता है।

सारांश –

निरंतर विकास करें, इससे जिंदगी की सारी नियामतें आपके कदम चूमेंगी, कुदरत के सारे रहस्य आपकी बुद्धि में होंगे और सत्य का अनुभव आपके हृदय में होगा।

जब इंसान स्वयं को जान जाता है तब उसके लिए सबसे बड़ी जिम्मेदारी होती है विश्व की जिम्मेदारी लेना।

आज़ादी और जिम्मेदारी एक ही सिक्के के दो पहलू हैं।

एक मुक्त इंसान दूसरों के विकास के लिए जिम्मेदारी लेना, अपना कर्तव्य व अभिव्यक्ति समझता है।

इंसान जब अज्ञान, बेहोशी और सुस्ती से आज़ाद हो जाता है तब वह उस आज़ादी के एहसास से जिम्मेदारी उठाता है। इस अवस्था में जिम्मेदारी बोझ नहीं लगती।

जिम्मेदार इंसान समस्याओं का कारण बाहर नहीं, अपने अंदर खोजता है। दूसरों पर दोष लगाकर वह कभी भी अपनी जिम्मेदारी से मुँह नहीं मोड़ता।

जो काम करने से डर लगता हो उसे जरूर करें, इस तरह कुछ समय के बाद हर डर खत्म हो जायेगा।

यदि आप कुछ बातों के लिए दूसरों पर निर्भर हैं तो धीरज के साथ वे गुण अपने अंदर लाना शुरू करें।

जिम्मेदारी ले पाने के लिए धीरज और निरंतरता से कार्य करने की क्षमता बढ़ायें।

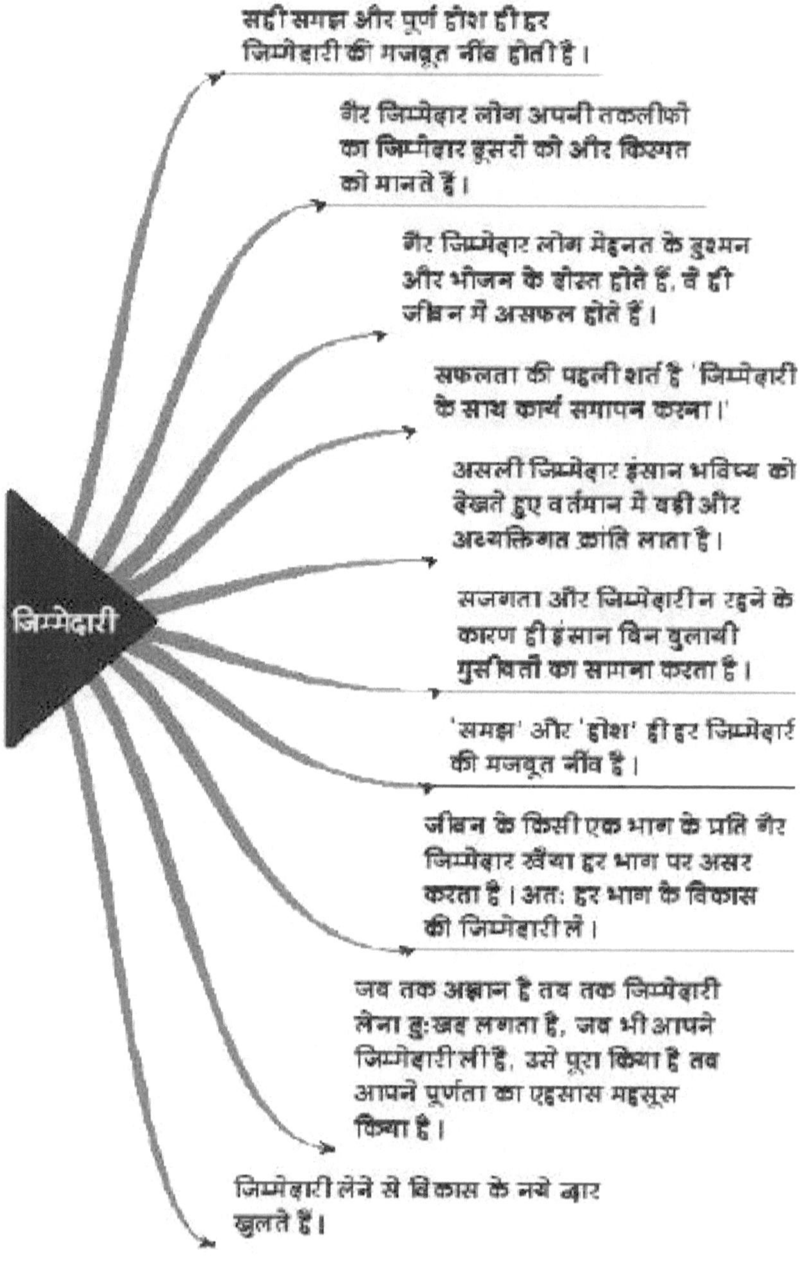

जिम्मेदारी
सही समझ और पूर्ण होश ही हर जिम्मेदारी की मजबूत नींव होती है।
गैर जिम्मेदार लोग अपनी तकलीफों का जिम्मेदार दूसरों को और किस्मत को मानते हैं।
गैर जिम्मेदार लोग मेहनत के दुश्मन और भोजन के दोस्त होते हैं, वे ही जीवन में असफल होते हैं।
सफलता की पहली शर्त है 'जिम्मेदारी के साथ कार्य समापन करना।'
असली जिम्मेदार इंसान भविष्य को देखते हुए वर्तमान में सही और अव्यक्तिगत क्रांति लाता है।
सजगता और जिम्मेदारी न रहने के कारण ही इंसान बिन बुलायी मुसीबतों का सामना करता है।
'समझ' और 'होश' ही हर जिम्मेदारी की मजबूत नींव है।
जीवन के किसी एक भाग के प्रति गैर जिम्मेदार रवैया हर भाग पर असर करता है। अतः हर भाग के विकास की जिम्मेदारी लें।
जब तक अज्ञान है तब तक जिम्मेदारी लेना दुःखद लगता है, जब भी आपने जिम्मेदारी ली है, उसे पूरा किया है तब आपने पूर्णता का एहसास महसूस किया है।
जिम्मेदारी लेने से विकास के नये द्वार खुलते हैं।

आप जब किसी चीज के साथ रहते हैं तब आपमें कार्य कुशलता और पूर्ण जानकारी आती है, कुछ समय के बाद वही चीज खुद अपना रहस्य खोलने लगती है।

खण्ड ३

वचन पर कायम रहने का निश्चय
Commitment

भाग १

वादे निभाने की शक्ति

वचन पर कायम रहें

जब लोगों से पूछा जाता है कि 'क्या आप वचनबद्ध हैं?' तब लोग अपने अंदर अलग तरह की भावनाओं को महसूस करते हैं। वे अपने अंदर थोड़ी सी उलझन या दुविधा महसूस करते हैं। उलझन या दुविधा तब होती है जब हमारा दिल कुछ और कहता है, हमारा दिमाग कुछ और सोचता है।

'हम जीवन में वचनबद्ध हैं या नहीं?' इस सवाल का जवाब देने से पहले हमें वचनबद्धता का महत्व अच्छी तरह से समझना होगा। वचनबद्धता को जीवन का एक मुख्य पहलू क्यों कहा गया होगा, इसका एक कारण यह भी है कि पूरी पृथ्वी पर जितने भी कार्य हो रहे हैं, जितने भी रिश्ते निभाए जा रहे हैं, जितने भी वादे किए जा रहे हैं, उन सभी में वचनबद्धता का सबसे बड़ा योगदान है। किसी देश का नेता हो या किसी कंपनी का मजदूर, पति-पत्नी का रिश्ता हो या माँ-बाप का कर्तव्य। हर इंसान अपनी जिम्मेदारी के लिए वचनबद्ध होता है। जिन रिश्तों में वचनबद्धता नहीं होती उन रिश्तों की नींव कमजोर होती जाती है। जिस कंपनी के मालिक या मजदूर यदि वचनबद्ध नहीं होते तो वह कंपनी बहुत जल्दी बंद हो जाती है।

जब भी वचनबद्धता की बात आती है तब मन में यह सवाल उठता है कि 'हमें किसके प्रति वचनबद्ध होना है?' आपको स्वयं के प्रति, अपने कर्म के प्रति और अपने घर के प्रति वचनबद्ध होना है। यह विश्व आपका घर है। इसका अर्थ आपको अपना विकास, अपने कार्यस्थल का विकास, अपने परिवार, अपने समाज, देश और अपने विश्व का विकास करने की जिम्मेदारी लेनी है।

रिश्तेदारी में वचनबद्धता का जीता जागता उदाहरण है 'शादी'। शादी एक ऐसा रिश्ता है जिसमें जिंदगीभर साथ निभाने के लिए दो लोग वचनबद्ध होते हैं। ऐसा रिश्ता

जिसमें बंधने के लिए सबसे ज्यादा रस्मों को शामिल किया जाता है। उसी रिश्ते के लिए यह कहा जाता है कि 'शादी एक पवित्र बंधन है' क्योंकि जिंदगीभर वचनबद्ध होने के लिए आपसी समझ, एक-दूजे के प्रति प्रेम व आदर होना महत्वपूर्ण है।

शादी के लिए अनेकों रस्में दी जाती हैं और उन्हें निभाने का वचन लिया जाता है। इन रस्मों का असली उद्देश्य यही है कि रस्मों द्वारा दुल्हा-दुल्हन को वचनबद्ध होने का गहरा एहसास हो। इस रिश्ते के लिए यह भी कहा जाता है कि शादी की डोर कमजोर होती है, यह एक नाजुक रिश्ता है, अगर पति-पत्नी वचनबद्ध नहीं होंगे तो यह रिश्ता असफल हो जाता है। जीवन के अलग-अलग मोड़ पर, जहाँ उनके झगड़े हो सकते हैं, जहाँ उन्हें अपने जीवनसाथी की कही गई बात पसंद नहीं आती है तो वे यह रिश्ता तोड़कर चले जाते हैं। यही कारण है कि विदेशों में शादियाँ ज्यादातर असफल होती हैं। वहाँ लोगों के तलाक जल्दी हो जाते हैं। वे फिर से कोई नया जीवनसाथी ढूँढ़ते हैं क्योंकि वे पूरी तरह वचनबद्धता को समझ नहीं पाते, वे फिर शादी तोड़ देते हैं और उसी दुष्टचक्र में घूमते रहते हैं। वहीं भारत में कई शादियाँ सफल होती हैं क्योंकि यहाँ कई रस्मो-रिवाज के साथ शादियाँ की जाती हैं। ये रस्में वचनबद्धता बढ़ाती हैं इसलिए पति-पत्नी बनने के बाद इस रिश्ते के लिए लोग वचनबद्ध हो जाते हैं। यह तो हुआ रिश्ते-नातों के प्रति वचनबद्ध होना मगर जीवन में सभी जगहों पर वचनबद्धता का महत्व है, इसे समझें।

[47] लिए गए कार्य को दिए गए समय पर करें पूर्ण :

वचनबद्धता यानी लिए गए कार्य को दिए गए समय पर पूर्ण करना। वचनबद्धता एक ऐसी भावना है जिसमें साहस के साथ-साथ दिल और दिमाग दोनों का इस्तेमाल करना भी जुड़ा हुआ है। साहस इसलिए क्योंकि इससे काम करने की प्रेरणा मिलती है। जब आप किसी को कहते हैं कि 'मैं आपका काम करने के लिए वचनबद्ध हूँ' तो इसका अर्थ है, आप वह काम करने ही वाले हैं। वचनबद्ध होते ही आपका दृष्टिकोण आपके काम के प्रति सकारात्मक हो जाता है क्योंकि किसी काम को न करने के पीछे उस काम के प्रति नकारात्मक दृष्टिकोण एक सबसे बड़ा कारण होता है।

वचनबद्धता का अर्थ है कि काम के प्रति आपने जो वचन दिए हैं, उन पर कायम रहना। आपने यह कहावत तो सुनी होगी कि 'प्राण जाए पर वचन न जाए।' अर्थात अपने काम को अंजाम तक ले जाने के लिए आपको हर सीमा को पार करना

और हर संभावना को खोलना चाहिए।

[48] वचनबद्ध होने के फायदे :

वचनबद्धता से किसी भी काम में निपुणता लाई जा सकती है क्योंकि कोई भी संस्था, कोई भी कंपनी कोई भी इंसान बिना वचनबद्धता के अपने क्षेत्र में निपुण नहीं हो सकता। ऐसा कहा जाता है कि केवल १० वचनबद्ध लोग उत्तम विकास के लिए अच्छे हैं, बजाय १०० ऐसे लोगों के जो वचनबद्ध नहीं होते हैं।

वचनबद्धता एक ऐसा गुण है जिसकी वजह से कार्य पूरे होने की संभावना कई गुना बढ़ जाती है। वचनबद्ध होकर काम करने के बाद ही इंसान अपनी संभावनाओं को जान पाता है, अपने जीवन में खिल, खुल और खेल सकता है।

वचनबद्धता की वजह से आप विश्वसनीय बनते हैं। आज हर संस्था, हर कंपनी में ऐसे लोगों की ही जरूरत है जो विश्वसनीय हैं क्योंकि उनकी वचनबद्धता पर मालिक को विश्वास होता है। जो लोग वचनबद्ध नहीं होते, वे केवल कंपनी का समय नष्ट करते हैं, ऐसे लोगों के बारे में उनके मालिक सोचते हैं कि ये लोग न हों तो अच्छा है। इनकी जगह पर किसी और को लाया जाए ताकि समय की बचत हो।

वचनबद्ध लोगों को अगर आप देखें तो वे हमेशा अपने काम के प्रति उत्साहित दिखाई देते हैं क्योंकि काम को अंजाम देने के बाद उन्हें एक अलग सी खुशी व संतुष्टि का अनुभव होता है। ऐसे लोगों के लिए आत्मसंतुष्टि अपने आपमें एक इनाम है। ऐसे लोगों को दूसरे किसी इनाम की अपेक्षा नहीं होती है।

ऐसे लोग जो काम को अंजाम देने में सक्षम होते हैं, उन्हीं लोगों को आगे जिम्मेदारियाँ दी जाती हैं क्योंकि वे लोग अपने विश्वास के जरिए और अपने वचनबद्धता के गुण की वजह से अपनी उन्नति का रास्ता खोल चुके हैं।

काम छोटा हो या बड़ा, अगर किसी काम के प्रति आप वचनबद्ध हैं और उसे पूरा करते हैं तो आप अपने सहकर्मियों के बीच दूसरों से ज्यादा सम्मान प्राप्त करते हैं।

आप जब वचनबद्ध हो जाएँगे तब आपको अपने जीवन में उपरोक्त सारे फायदे नजर आएँगे। वचनबद्ध होने के बाद आपके जीवन में वचनबद्धता का महत्त्व और

बढ़ जाएगा। वचनबद्ध इंसान लोगों को तो पसंद आता ही है साथ-साथ वह स्वयं भी अंदर से पूर्णता महसूस करता है। आप जल्द ही अपनी जिम्मेदारियों के प्रति वचनबद्ध हो जाएँ और अपने जीवन में तथा कामों में पूर्णता लाएँ।

वचनबद्धता का गुण अपने अंदर लाने के लिए आपके अंदर नीचे दिए गए गुण होने आवश्यक हैं।

[49] पहला गुण : काम के प्रति समझ व जानकारी रखना

किसी भी कार्य के लिए वचनबद्ध होने से पहले इस बात की जानकारी जरूर रखें कि आपके पास लोग और समय की क्या उपलब्धियाँ हैं क्योंकि कई बार लोग बिना सोचे समझे, बिना जानकारी के काम को हाथ में ले लेते हैं मगर उन्हें पूरा नहीं कर पाते। जिसकी वजह से वह काम उनसे तो पूरा नहीं हो पाता है, किसी और ने भी वह काम नहीं किया होता है। कई लोग ऐसे भी होते हैं, जो काम को किसी तरह से पूर्ण तो करते हैं मगर उस काम को अंजाम देने के लिए उन्हें इतनी ज्यादा तकलीफ हुई होती है कि वे वापस कभी दिखाई भी नहीं देते इसलिए भावनाओं में न बहते हुए, आप पूरे होश और समझ के साथ काम पूरे करने के लिए वचनबद्ध बनें। किसी भी बड़ी जिम्मेदारी के प्रति वचनबद्ध होने से पहले छोटी-छोटी जिम्मेदारियों को लेकर प्रयोग करें। अपनी वचनबद्धता के लिए समय नियोजन करें। उसके तुरंत बाद क्रिया में आ जाएँ।

[50] दूसरा गुण : सकारात्मक दृष्टिकोण

'मैं यह काम समय पर पूर्ण कर सकता हूँ।' इस तरह का दृष्टिकोण रखने से आपके अंदर वचनबद्धता का भाव निर्माण होगा और आप अपने काम के प्रति सजग हो जाएँगे। काम समय पर पूर्ण करना है तो वैसे विचार अपने अंदर निरंतर चलने लगेंगे। आपका अपने काम के प्रति सकारात्मक दृष्टिकोण रहा तो आप आसानी से काम पूर्ण कर पाएँगे। यह सही दृष्टिकोण आपमें जिम्मेदारी और वचनबद्धता के भाव भी निर्माण करेगा।

[51] तीसरा गुण : काम को पूर्ण करने के विकल्प तलाश करें

किसी काम को अगर आप अंजाम नहीं दे पाए हैं तो उस काम को पूरा करने के लिए आप कम से कम क्या कर सकते हैं, उसके बारे में जरूर सोचें। यह भी

जरूर देखें कि काम न कर पाने की हालत में आप अपने अंदर किसी प्रकार के अपराध बोध को जन्म न दें वरना इससे आप अपनी हानि कर लेंगे। ऐसी परिस्थिति में विकल्पों पर ध्यान जरूर दें और अपने साथ काम करनेवालों से पूछें कि अगर आप फलाँ काम नहीं कर पा रहे हैं तो इसके क्या विकल्प हो सकते हैं।

[52] चौथा गुण : अपने लक्ष्य के प्रति आदर और प्रेम रखें

अकसर लोग यह गलती कर देते हैं कि जब उनसे पूछा जाता है कि 'क्या आपने अपने जीवन का लक्ष्य बनाया है?' तब वे 'हाँ' कहते हैं लेकिन यह पूछने पर कि 'क्या आप अपने लक्ष्य प्राप्ति के लिए वचनबद्ध हैं?' तो वे जवाब नहीं दे पाते।

वचनबद्ध शब्द सुनते ही आपके दिमाग में पहला विचार आएगा कि वचनबद्ध होने के लिए क्या ऍक्शन ली जाए, क्या योजना बनाई जाए। हर साल लोग कई संकल्प बनाते हैं मगर अपने संकल्पों को अंजाम तक नहीं ले जा पाते, कारण वे उनके लिए वचनबद्ध नहीं थे। अगर आप किसी से कहते हैं कि 'मैं तुम्हें बाद में फोन करूँगा' और आप फोन नहीं करनेवाले हैं तो पहले ही वैसा बता दें। इससे यह पता चलता है कि आपको अपने वादे के प्रति प्रेम और आदर है। सिर्फ कहने के लिए न कहें। इससे आपकी छवि बिगड़ती है, आप लोगों का विश्वास भी खो देते हैं। लोग आप पर बाद में किसी अच्छे और महान कार्य के लिए भी भरोसा नहीं कर पाते। अगर आपके साथ ऐसा पहले कई बार हो चुका है तो आज ही ठान लें कि आगे ऐसा कभी न हो और उसके लिए आज से ही ठोस कदम उठाएँ।

> जीवन में घटनेवाली सभी घटनाएँ तेजविश्वास को जगाने, प्रकट करने के लिए होती हैं। जिन लोगों का विश्वास प्रकट होता है उनके लिए सब कुछ संभव है, असंभव कुछ भी नहीं है।

भाग २

वचनबद्ध न होने के तीन कारण

अविश्वास, असत्य, असचेत

[53] **पहला कारण – विश्वास खोना**

बड़े होकर हर इंसान को यह जिम्मेदारी लेनी चाहिए कि 'मुझे लोग विश्वास के योग्य समझें।' हर इंसान खुद से सवाल पूछे कि 'मैं ऐसा क्या करूँ, जिससे लोग मुझे विश्वास योग्य समझें? मैं जिन कामों के प्रति वचनबद्ध हूँ, मैं लोगों को जो वादे करता हूँ, क्या वे वादे मैं पूरे करता हूँ?' इन सारे सवालों के जवाब खुद को ईमानदारी से देना बहुत आवश्यक है।

कई लोग बातचीत के दौरान बढ़ा-चढ़ाकर बातें कहते हैं, वहीं कुछ लोग हमेशा अपनी उम्र छिपाते हैं। जीवन में सुबह से लेकर रात तक लोग बहुत सारे कपट करते हैं। ऐसी बातों से साफ जाहिर होता है कि ऐसे लोग विश्वास के योग्य नहीं हैं। कई बार आपको यह पता होता है कि आपने काम नहीं किया मगर चूँकि आपको ऐसा लगता है कि सामनेवाले को कुछ पता नहीं है तो आप आसानी से झूठ बोल देते हैं या लोग केवल कामों का श्रेय लेने के लिए घुमा-फिराकर बातें करते हैं। ऐसा करके आप लोगों का विश्वास खो रहे हैं इसलिए विश्वास जीतने के लिए सबसे पहले स्वयं को लोगों के विश्वास के योग्य बनाएँ, आप जो दूसरों से कहते हैं, वही करना सीखें।

आज तक जीवन में हमें किसी ने बताया नहीं कि किस तरह से वचनबद्धता जैसे गुण पर काम करना चाहिए इसलिए हमें लगता है कि 'लोग मुझ पर विश्वास न भी करें तो चलता है, थोड़ा कपट किया भी तो कोई बात नहीं, इतना झूठ बोलना चलता है।' हम मान लेते हैं कि थोड़ा झूठ बोलने से या थोड़ा कपट करने से कोई फर्क नहीं पड़ता। 'ऐसा करने से किसी का कोई नुकसान नहीं हो रहा', ऐसा हमें लगता है मगर हकीकत में कपट और झूठ का सहारा लेकर हम अपनी ही गलत

वृत्तियों को बढ़ावा देते हैं। जिससे आगे चलकर हमारे लिए उन्नति के रास्ते बंद हो जाते हैं और हम खुद का ही नुकसान कर बैठते हैं।

आप अपने आपसे कपट न करें, दूसरों को धोखा न दें। कई महिलाओं के साथ यह देखा गया है कि वे अपनी सहेलियों की बातें खुले आम सभी को बता देती हैं हालाँकि विश्वास रखकर उन्हें अपने दिल की बात बताने के बाद, उनकी वह सहेली इस बात का वचन लेती है कि उसकी बात किसी और को नहीं बताई जाएगी। इस गलत आदत के कारण हम वचनबद्ध नहीं रह पाते और दूसरों का विश्वास खो देते हैं।

[54] दूसरा कारण – झूठ बोलना

वचनबद्ध न होने का दूसरा कारण है झूठ बोलना यानी कपट करने की आदत। कुछ लोग हर बात में झूठ बोलते हैं, उन्हें झूठ बोलने की आदत ही पड़ जाती है। जहाँ झूठ बोलने की जरूरत नहीं होती, वहाँ पर भी झूठ बोलते रहते हैं। इस आदत में फँसने के बाद लोग न चाहते हुए भी आदत से मजबूर होकर कपट करते रहते हैं और चाहते हुए भी वे कपट से बाहर नहीं निकल पाते। उन्हें पता भी नहीं चलता कि कब उनके मुँह से झूठ निकल गया। कई बार ऐसे लोगों को एक झूठ छिपाने के लिए और सौ झूठ बोलने पड़ते हैं, जिस कारण वे झूठ और कपट के दुश्चक्र में फँस जाते हैं।

उदा. एक इंसान को रास्ते में उसका मित्र मिलता है, जिसके घर वह बहुत दिनों से गया नहीं है, मित्र उससे पूछता है कि 'बहुत दिन हुए घर नहीं आए, अब कब आ रहे हो?' तो वह इंसान तुरंत जवाब देता है, 'आज शाम को आ रहा हूँ' लेकिन उसे पता है कि वह शाम को भी नहीं जानेवाला है।

इस तरह इंसान को झूठ बोलने की इतनी आदत पड़ गई होती है कि बोलते वक्त बिलकुल सोचा ही नहीं जाता। यदि किसी ने पूछा, 'आपके पास छुट्टे पैसे हैं क्या?' तो तुरंत जवाब निकलता है कि 'छुट्टा नहीं है।' यह अनजाने में ही निकल जाता है। हालाँकि वह इस तरह भी कह सकता है कि 'छुट्टा है लेकिन मुझे चाहिए इसलिए मैं नहीं दे सकता' चूँकि झूठ बोलने की आदत पड़ गई है इसलिए वैसे शब्द निकलते ही रहते हैं।

कपट करनेवाला इंसान कई बार कपट के अंजाम से बेखबर होता है। उसे लगता है कि कपट करने से ज्यादा फर्क नहीं पड़ेगा मगर कपट या झूठ की वजह से किसी की जान भी जा सकती है। अपनी कमजोरियाँ छिपाने के लिए कपट करना एक ऐसा मार्ग है, जिस पर चलने से वापस आने की कोई संभावना नहीं होती।

इन सभी बातों के बारे में न सोचते हुए लोग कपट करते रहते हैं। 'कपट करने से ही विश्व में कुछ हासिल हो सकता है, बड़ा ओहदा मिल सकता है', ऐसी सोच रखनेवाले भी लोग होते हैं मगर जब उनका कपट सबके सामने आता है तब उसका नतीजा बहुत ही बुरा होता है। बड़े ओहदे या पैसे मिलने के बजाय कपट या झूठ पकड़े जाने के बाद लोगों को उसकी सजा मिलने की संभावना ही ज्यादा होती है।

कई बार झूठ की आदत में फँसे हुए इंसान को लगता है कि 'मैं किसी के पैसों का नुकसान नहीं कर रहा हूँ इसलिए झूठ बोलने में कोई हर्ज नहीं है।' ऐसी सोच रखनेवाले लोगों के जीवन में विश्वास की कोई कीमत नहीं होती। झूठ बोलने के बाद वे पैसों से भी ज्यादा महत्वपूर्ण चीज खोते हैं, वह है 'विश्वास'। विश्वास हमेशा सच की बुनियाद पर खड़ा होता है। एक झूठ के साथ विश्वास खतम हो सकता है इसलिए हमेशा कपट या झूठ का सहारा लेने से पहले सोचें कि 'क्या वाकई यह जरूरी है?'

जितनी जल्दी आप झूठ से मुक्त हो जाएँगे, उतनी जल्दी आप कहेंगे कि 'झूठ से हम मुक्त हुए यह बहुत अच्छा हुआ। अब हम भाव, विचार, वाणी और क्रिया से एक होकर काम कर पाते हैं। साथ ही इस बात का भी आनंद उठाते हैं कि हमें अब यह याद रखने की जरूरत नहीं पड़ती कि हमने कब, किसे क्या बताया है' वरना आपके मन में यही विचार चलते रहते हैं कि 'झूठ को छिपाने के लिए, कैसे घुमा-फिराकर लोगों को बताऊँ।' झूठ को छिपाने के व्यवस्थापन में बहुत समय चला जाता है, इस बात से आप वाकिफ ही होंगे।

आपने अपनी बुद्धि और अनुभव से देखा होगा कि आपके चारों तरफ लोग कैसे जी रहे हैं, कैसे वे अपनी कार्ययोजना (हिडन अजंडा) गुप्त रखते हैं और दुःख भोगते हैं। क्या ऐसा करने से अंत में उन्हें सुख मिलता है? अगर वे अखंड होकर जीते तो कितना आनंद पाते? जो वचनबद्ध होकर जीवन जीता है, उसके बोलने में शक्ति (पावर) होती है, उसे डर बिलकुल नहीं होता वरना तो इंसान अंदर से डरा हुआ ही है कि पता नहीं कब उसका झूठ पकड़ा जाएगा। कपटमुक्त होने के बाद इंसान खुलकर वर्तमान में जीता है। अभी जो चल रहा है वह उसमें १०० प्रतिशत ध्यान दे पाता है वरना हमेशा उसे सोचना पड़ता है कि 'अब कोई अगर यह सवाल पूछेगा तो मैं उसे क्या कहूँगा?' इस तरह वह हमेशा छल के विचारों से घिरा रहता है। कपटमुक्तता ऐसे विचारों से हमें सदा मुक्त रखती है और वचन पर कायम रहने में मदद करती है।

[55] तीसरा कारण – लापरवाह होना

तीसरा कारण है लापरवाह होना। कुछ लोगों का लापरवाही और सुस्ती से काम करने का स्वभाव होता है। ऐसे लोग हर जगह चाहे वह घर हो, ऑफिस हो या रिश्तेदार हो, लापरवाही से ही पेश आते हैं। कई बार इनकी लापरवाही का परिणाम दूसरों को भी भुगतना पड़ता है। उदा. कभी घर की चाभी खो देंगे तो कभी मोबाईल। कई बार ऐसे लोगों की वजह से अन्य लोगों को अपना समय गँवाना पड़ता है। जिम्मेदारी न होने की वजह से शरीर की गलत वृत्ति के कारण ये लोग महत्वपूर्ण चीजों को कहीं पर भी रख देते हैं, जिस कारण इनके जीवन में भूचाल भी आ सकता है।

ऐसे लोग अपना काम आधे में भी छोड़ सकते हैं। ये काम की शुरुआत तो करते हैं मगर काम करते वक्त उन्हें या तो दूसरा काम याद आता है या उस काम में मन नहीं लगता या काम की जानकारी न होने की वजह से काम करना बहुत मुश्किल हो जाता है। ऐसे हालात में वह इंसान काम आधे में ही छोड़ता है और वे काम दूसरों को खतम करने पड़ते हैं।

शरीर वचनबद्ध न होने की वजह से या लापरवाह रहने से विश्व का कितना नुकसान होता है, यह शायद आज आपको समझ में न आए मगर बिना वचन पर कायम रहकर इंसान का जीवन कैसा होगा, यह आप समझ सकते हैं।

इंसान का अपने मन पर नियंत्रण न होने की वजह से बहुत नुकसान होता है और वह दूसरों के लिए भी क्रोध का कारण बनता है। अगर आपको बिना लापरवाही से काम करने का महत्त्व पता चल गया तो आप अपने जीवन में आसानी से सफलता पा सकते हैं। आपको जो भी फुरसत के क्षण मिलेंगे, उस समय का भी उपयोग आप आनेवाली जिम्मेदारी को समझने में करेंगे।

जिस क्षेत्र में जो इंसान काम कर रहा है, उसके लिए उस क्षेत्र की जिम्मेदारी सबसे बड़ी जिम्मेदारी होगी। जब इंसान की पूर्ण समझ खुलती है तब वह पूर्ण समाज, संपूर्ण विश्व के प्रति अपनी जिम्मेदारी समझता है।

भाग ३

वचन पर कायम कैसे रहें

मन पर नियंत्रण पाने की तकनीकें

[56] **थोड़ा मगर आज – बड़ी जिम्मेदारी उठाने का राज :**

इंसान उपलब्धियाँ पाने की चाहत रखता है मगर उसे पता नहीं है कि उन्हें कैसे अंजाम तक लाया जाए, उनके लिए यह छोटा रहस्य भी बड़ा रहस्य है। यह रहस्य है 'थोड़ा मगर आज' शुरू करें। इसका अर्थ आज ही इस पुस्तक में दिए गए तंत्र का उपयोग करेंगे, चाहे थोड़ा सा ही क्यों न हो। आपने अंग्रेजी की यह कहावत सुनी होगी, "You can eat an elephant provided it is cut into small pieces." जिसका अर्थ है आप एक पूरा हाथी खा सकते हैं, अगर वह छोटे-छोटे टुकड़ों में काटा गया हो। जिम्मेदारी चाहे कितनी भी बड़ी क्यों न हो, काम कितना भी ज्यादा क्यों न हो अगर उसे थोड़ा-थोड़ा करके किया जाए तो बड़े से बड़ा कार्य भी आसानी से किया जा सकता है। किसी बड़ी जिम्मेदारी को एक साथ पूरा करने के बजाय हर दिन थोड़ा-थोड़ा करके किया जाए। आज ही अपने कुछ विचारों, क्रियाओं, आदतों, अवगुणों, व्यवहारों को देखना शुरू करें। आज ही अपने नकारात्मक विचारों को निकाल दें। थोड़ा करें लेकिन आज ही करें।

[57] **पाँच मिनट और करें :**

ऊपर दी गई तकनीकों का अपने रोज के दिनचर्या में इस्तेमाल करके आप वचनबद्धता बढ़ा सकते हैं। उदा. आपने एक घंटा पढ़ाई की या कोई काम किया तो एक घंटे के बाद आप थक जाते हैं और यह मानने लग जाते हैं कि शायद हमने बहुत ज्यादा काम कर लिया है, अब और नहीं कर पाएँगे। यह सोचकर आप आगे का काम नहीं कर पाते तब अपने आपसे पूछें कि 'क्या और पाँच मिनट मैं यह काम कर सकता हूँ?' अगर आपका काम करने का मूड नहीं है और आप कहें कि 'मैं

यह काम अपने गुणों को बढ़ाने और अपनी अभिव्यक्ति के लिए करने जा रहा हूँ' तो तुरंत आपके व्यवहार में बदलाहट आएगी। अगर इस तरह का दृष्टिकोण हम अपने जीवन में रख पाते हैं तो हमारे जीवन में बहुत बड़ा परिवर्तन आ सकता है।

[58] भावना का इंतजार करने की बजाय कार्य शुरू करें :

कई लोग कार्य शुरू नहीं कर पाते क्योंकि वे सोचते हैं कि कोई कार्य शुरू करने से पहले उनके अंदर काम करने की इच्छा, काम करने का मूड, भावना (फीलिंग) आनी चाहिए। जब तक उनमें काम करने की भावना नहीं आती तब तक वे काम शुरू नहीं करते लेकिन हकीकत यह है कि 'कर्म, भावना का अनुगामी (चालक) है यानी कर्म और भावना साथ-साथ चलते हैं।' कर्म को नियमित करके हम अपनी भावना को भी नियमित कर सकते हैं यानी कार्य को शुरू कर देने से उस कार्य में हमारी रुचि बढ़ सकती है क्योंकि कर्म हमारी इच्छा के सीधे नियंत्रण में अधिक रहता है। जबकि भावना और रुचि हमारे सीधे नियंत्रण में नहीं रहते इसलिए रुचि और भावना का इंतजार न करते बैठें, कार्य शुरू कर दें। इस नियम को समझते हुए आप जो कुछ भी करें, ऐसा समझकर करें कि आप वह काम करने में रुचि रखते हैं और ऐसा करने के लिए आप अपनी संपूर्ण इच्छा का उपयोग करें। इस नियम को जान लेने से आप अपने हर काम के प्रति सदा वचनबद्ध रह पाएँगे।

[59] मूड बनने का इंतजार न करें :

जब काम करने का मूड न हो और वचनबद्धता टूट रही हो तब अपने कार्यों की रफ्तार बढ़ा दें। तेज चलें, तेज लिखें, तेजी से फोन का नंबर डायल करें, जल्दी से नहाएँ, तेजी से सफाई करें, तेजी से वस्तुओं को एक जगह से दूसरी जगह रखें इत्यादि। यह रफ्तार मन को मूड का गुलाम बनने से रोक देगी। इंसान असफल तब बनता है जब वह मूड का गुलाम होता है। सोचकर देखें कि यदि घर पर आपकी बीवी, माँ या बहन खाना बनाने के लिए मूड का इंतजार करने लगीं तो आप महीने में कितने दिन खाना खा पाएँगे? इस पर सोचने के बाद आप समझ जाएँगे की मूड की गुलामी से बाहर निकलना कितना आवश्यक है। इंसान अपनी मानसिक मशीन को बिना मूड के चालू नहीं कर सकता, जब कि एक वचनबद्ध इंसान मशीनी तरीके से जब चाहे तब अपने मनोशरीर यंत्र को स्टार्ट कर पाता है। वह अपने शरीर का रिमोट कंट्रोल अपने साथ रखता है। एक ही कमान्ड से उसकी मशीन (बॉडी) काम

करने लगती है। एक गैर जिम्मेदार इंसान अपना रिमोट कंट्रोल औरों को देकर भूल जाता है कि रिमोट कंट्रोल किसे दिया है। हर छोटा विचार भी उसका मूड खराब कर सकता है। इस तरह यदि वचनबद्ध कार्य के बीच उसका मूड बिगड़ जाता है तो उसका मन वह कार्य भी आधे में छोड़ना चाहता है परंतु इस तकनीक से आप अपना मूड बदल सकते हैं। इस तरह आप मूड के गुलाम नहीं बनते और अपने कार्यों को समय पर पूर्ण कर सकते हैं।

[60] 'रोक प्रयोग' करें और मन के मालिक बनें :

दैनिक जीवन में कई लोग कुछ वचन लेते हैं परंतु उन्हें पूर्ण नहीं कर पाते। मन की इस आदत को बदलना जरूरी है। जैसे-जैसे मन पर नियंत्रण बढ़ता है वैसे-वैसे आप मन की गुलामी से छूटने लगते हैं यानी मन यदि किसी काम में टाल-मटोल कर रहा है तो आप तुरंत मन को नियंत्रण में लाकर वह काम पूर्ण कर देते हैं। मन पर मालकियत पाते ही आप देखेंगे कि आप अपने काम सहजता से, बिना किसी मानसिक रुकावट के कर पा रहे हैं।

छोटे-छोटे प्रयोगों द्वारा मन की आदतें बदली जा सकती हैं। जैसे कि आप खाना खा रहे हैं और आपकी थाली में दो गुलाब जामुन परोसे गए हैं। आप एक गुलाब जामुन खा चुके हैं तब अचानक आपको वचनबद्धता की कला बढ़ाने का खयाल आया और आप दूसरा गुलाब जामुन थाली में ही छोड़कर, उठकर खड़े हुए, हालाँकि गुलाब जामुन बहुत स्वादिष्ट था। ऐसा करके आपने वचन पर कायम रह पाने का पहला प्रयोग किया। उसी तरह टी.वी. पर कोई रोचक प्रोग्राम या क्रिकेट का खेल चल रहा है और आपने उसे बीच में छोड़ दिया और उठकर दूसरे कमरे में चले गए तो ऐसा करने से आपका अपने मन पर नियंत्रण बढ़ेगा। किसी ने कोई खुश खबर आपको आकर सुनाई तब खुशी से उछलने की बजाय, आपने उसे शांति से सुना और खबर सुनानेवाले को धन्यवाद दिया। जब आपको बिना माँगे सलाह देने का मन करे तो उस मन को तुरंत रोक लें। मन पर यह 'रोक प्रयोग' आपकी वाणी पर अंकुश लगाएगा।

धीमे स्वर में बात करने से भी वाणी पर नियंत्रण बढ़ता है। पार्टी में किसी पर व्यंग या टिका-टिप्पणी करने को या किसी का मजाक उड़ाने को मन ललचाए तो उसे तुरंत रोक लें। ऊपरी सभी बातों में सामान्य बुद्धि का इस्तेमाल जरूर करें। क्या

ऐसा करना आसान होगा? नहीं, अगर आप बदलना नहीं चाहते। हाँ, यदि आप उच्चतम सफलता चाहते हैं। ये प्रयोग हमेशा करने के लिए नहीं कहे जा रहे हैं मगर कभी-कभार ये प्रयोग कर ही सकते हैं। मन का मालिक बनने के लिए ये उत्तम प्रयोग हैं।

अपने मन, विचार तथा इंद्रियों पर रोक प्रयोग करने से इंसान
वचनबद्धता की कला सीख सकता है।

भाग ४

निरंतर अभ्यास से दृढ़ संकल्प का निर्माण करें

पाँच चाभियाँ

[61] **पहली चाभी :**

निरंतर अभ्यास और नए-नए प्रयोग करके आप अपनी कार्य कुशलता बढ़ाकर वचनबद्धता प्राप्त कर सकते हैं। किसी क्षेत्र में कार्य कुशलता, प्रवीणता, योग्यता बढ़ाने का एक मात्र रहस्य 'कर्म' है। यदि एक बार आपने वैसा करना शुरू किया तो आप पाएँगे कि हर कला में आपने कुशलता प्राप्त की है। थोड़े समय के बाद आप उस कला के विशेषज्ञ बन जाएँगे। अधिक से अधिक कर्म करना ही संकल्प शक्ति बढ़ाने का असली रहस्य है।

१. लगातार अभ्यास से आपमें समुचित साहस, दृढ़ विश्वास और पक्का इरादा विकसित होगा।

२. अभ्यास और क्रिया ही एक मात्र उपाय है, जिसके डर और संकोच से मुक्त होकर विश्वास प्राप्त किया जा सकता है।

३. कोई भी काम पूर्ण करने के लिए और उसमें कुशलता प्राप्त करने के लिए आपमें पक्का इरादा, संकल्प और साहस होना चाहिए। अपने आत्मविश्वास से दृढ़ संकल्प पूर्ण करने के लिए आपको केवल इच्छा शक्ति जगाने की तथा निरंतर उत्साह और प्रेरणा बनाए रखने की आवश्यकता है।

४. कर्म को नियमित करके हम अपनी भावना को भी नियमित कर सकते हैं क्योंकि कर्म हमारी इच्छा के सीधे नियंत्रण में है या भावना और कर्म साथ-साथ चलते हैं।

[62] **किसी भी एक काम में प्रवीणता प्राप्त करके वचनबद्धता का गुण बढ़ाएँ :**

किसी भी काम में प्रवीणता, कुशलता प्राप्त करने से पहले अपने आपको मानसिक तौर पर तैयार करें। आप यह जरूर तय कर लें कि क्या वह काम, जो आप करने जा रहे हैं, मनुष्य के लिए संभव है। दूसरे शब्दों में, जो काम कोई भी औसत दर्जे का सामान्य इंसान कर सकता है, वह काम करने में आप भी समर्थ हैं। ऐसे काम शायद थोड़े कठिन हो सकते हैं या प्रारंभ में आप वैसा महसूस कर सकते हैं किंतु अपने आपको इसके लिए राजी करना है कि आप वह काम कर सकते हैं और वह काम आपको पूरा करना है।

किसी भी एक काम में कुशल होने के लिए आपके अंदर निश्चित रूप से दृढ़ विश्वास और अंतः प्रेरणा होनी चाहिए।

संकल्प, शुभइच्छा, उमंग, अभिरुचि, अंत: प्रेरणा, प्रेरक शक्ति और उत्सुकता का अभाव आपको यह सोचने पर मजबूर करेगा कि आप अत्यंत साधारण काम करने के योग्य भी नहीं हैं। ऐसी परिस्थिति में एक साधारण ऊँचाई का टीला भी आपको माऊंट ऐवरेस्ट या हिमालय की चोटी जैसा दिखाई दे सकता है।

[63] **हार न मानें, निरंतर कार्य करके सफल बनें :**

बहुत कोशिशों के बावजूद भी ऐसे कई लोग हैं, जो चाहकर भी अपने कार्य में सफल नहीं हो पाते, ऐसे में उनके लिए नीचे दी गई तकनीक पर अवश्य काम करना चाहिए। कार्य करते-करते, प्रयोग करते-करते कई लोगों को कई बार हार का सामना करना पड़ता है। ऐसे में उदास होने की बजाय अपने आपको याद दिलाएँ कि आपको हार से घबराना नहीं है। बॉल का उदाहरण हमेशा याद रखें, बॉल जब जमीन पर गिरता है तब वह बाऊँस होता है। उसी तरह जब हमारे जीवन में कठिन परिस्थिति आती है तो हम उस परिस्थिति का सामना कैसे करते हैं? हम किस तरह से बाऊँस होते हैं? क्या हम उस परिस्थिति से सीखकर अगली बार के लिए तैयार होते हैं? यदि ऐसा हो तो सही तरीके से बाऊँस होना हुआ इसलिए हार की तरफ अपना दृष्टिकोण हमेशा सकारात्मक रखें।

जिस तरह सोने को आग में जितना तपाया जाता है, जितना जलाया जाता है, उतना ही सोना निखरता जाता है, वैसे ही जीवन में जितनी ज्यादा तकलीफें आप देखते हैं, उतनी ही ज्यादा उन्नति आप कर पाते हैं। अगर समझ है, अपना नज़रिया

बदला है तो हर असफलता को आप अपनी कामयाबी की सीढ़ी बनाएँगे क्योंकि मुसीबतें, रुकावटें आपके अंदर छिपी हुई शक्ति को जगाने में मदद करती हैं।

[64] **वचन पर कायम रहने में आनेवाली बाधाओं को बाधाएँ न समझें:**

बाधाएँ या समस्याओं के प्रति अपना नज़रिया बदलें और बाधाओं को बाधाएँ न समझें Never treat obstacles as obstacles. बाधाओं (obstacles) को शक्ति उत्पन्न करने का साधन (पावर जनरेटर्स) समझें। जीवन में, वचन पर कायम रहने में चाहे कितनी भी दिक्कतें आपके सामने आएँ, उसी से आप एनर्जी (शक्ति, ऊर्जा) ले सकते हैं और आगे बढ़ सकते हैं। एक बाधा का सहारा लेकर यदि आप बहुत बड़ी छलाँग लगा सकते हैं तो उस बाधा ने आपके लिए पावर जनरेटर का काम किया। वचन पर कायम रहने में आपके सामने कई बाधाएँ आ सकती हैं, उस वक्त यह समझ आपकी मदद करती है।

[65] **पक्का इरादा खुद से वादा :**

सीमाओं में रहने के बाद ही इंसान नया, रचनात्मक और सृजनात्मक सोच पाता है। यह कैसे संभव है, इसे एक उदाहरण द्वारा समझें।

पुराने काल में पक्षियों को पंख नहीं थे, जिस कारण वे उड़ नहीं सकते थे और जमीन पर फुदक-फुदककर चलते थे। उनके सामने बहुत दिक्कतें आती थीं। उनसे अपने शरीर का वजन उठाया नहीं जाता था। ऐसी तकलीफ में वे सोचते थे, 'क्या करें? शरीर के वजन को कैसे उठाएँ? हमारे तो पैर इतने पतले हैं?' तब सभी ने इस समस्या का समाधान ढूँढ़ने के लिए सोचा कि 'अब हम भगवान के पास जाएँगे और उनसे प्रार्थना करेंगे कि हमें इस समस्या का कोई उपाय बताएँ।' यह सोचकर सभी पक्षियों ने भगवान से प्रार्थना की। उनकी प्रार्थना सुनकर भगवान प्रकट हुए और उन्होंने पक्षियों से उनकी दिक्कतें पूछीं। भगवान ने उनकी समस्या के समाधान हेतु उन्हें पंख दे दिए। उसके बाद तो पक्षी और भी दुःखी हो गए क्योंकि उनका शरीर पहले से ही भारी था ऊपर से उन पंखों का भार वे सह नहीं पा रहे थे। उन्होंने भगवान से कहा, 'हमने तो आपके पास अपनी समस्या का हल माँगा था मगर आपने तो हमारी समस्या और बढ़ा दी, पंख लगाकर हमारे शरीर का वजन और बढ़ा दिया।' फिर एक दिन ऐसा हुआ कि एक पक्षी ने अपने पंख फैलाए तो उसे मालूम पड़ा कि वह उड़ सकता है। उस पक्षी को देख बाकी भी पक्षी अपने पंख फैलाकर उड़ने

लगे। उड़ते ही उन्हें बहुत हलका महसूस हुआ और आनंद भी आया। इस तरह उन्हें अपनी समस्या का हल मिल गया।

इस काल्पनिक कहानी से यह समझें कि पक्षी जिन पंखों को समस्या समझते थे, उन्हीं पंखों के सहारे वे आसमान की ऊँची उड़ान भरने लगे। इसी तरह क्या हम भी उन पक्षियों की तरह अपने जीवन में आनेवाली समस्याओं का सहारा लेकर उड़ सकते हैं? हाँ, जरूर उड़ सकते हैं। इसके लिए चाहिए पक्का इरादा, खुद से किया गया वादा और काम शुरू करने का थोड़ा साहस।

सोने को आग में जितना तपाया जाता है, उतना ही सोना निखर जाता है। जीवन में जितनी ज्यादा तकलीफें आप सही दृष्टिकोण से देखते हैं, उतनी ही ज्यादा उन्नति आप कर पाते हैं।

भाग ५

पुल को पलायन न बनने दें

How to Break Back Bridge

[66] **दूसरी चाभी :**

ऐसी बातें जो टाल-मटोल करवाती हैं और निर्णय लेने में देरी करवाती हैं वे ही चीजें दृढ़ निश्चय में बाधा बनती हैं। पीछे लौटने का कारण (बैक ब्रिज) जब तक बना हुआ है तब तक इंसान को यह उम्मीद होती है कि वह पीछे जा सकता है, भाग सकता है। जब आपने दृढ़ निर्णय किया, वचन पर कायम रहने का वादा किया यानी आपने बैक ब्रिज तोड़ दी। अब आगे का रास्ता बनाने के अलावा आपके पास कोई और विकल्प नहीं है क्योंकि पीछे से कोई रास्ता बचा ही नहीं है। अब आगे से इंसान या तो लड़ेगा या मरेगा। दृढ़ निश्चय का अर्थ जो भी हो, अपने कार्य पर डटे रहें।'

[67] **थ्री बी फॉर्मूला - ब्रेक बैक ब्रिज :**

जब जर्मन सिपाही लड़ाई के लिए जाते थे तब उन्हें ऑर्डर दिया जाता था कि 'Do or die', 'करो या मरो।' उनके लिए लड़ाई के मैदान से भागने की कोई गुंजाइश ही नहीं होती थी। वे किसी पुल को पार करके आगे जाते थे तो उनके सामने दो ही लक्ष्य होते थे 'जीतना या मरना।' पीछे वापस जाने का कोई रास्ता न रहे इसलिए वे पुल पार करके उस पुल को उड़ा देते थे ताकि वापस जाने का कोई रास्ता न रहे।

बचपन में इतिहास की पुस्तक में आपने तानाजी मालूसरे के बारे में जरूर पढ़ा होगा। वे सेना नायक थे, मुगलों के साथ युद्ध करते-करते जब उनके दल के सिपाही कमजोर पड़ने लगे और लौटने का रुख करने लगे तब तानाजी मालूसरे ने वापस लौटने के सभी मार्गों को बंद कर दिया। किले पर लगी जिन रस्सियों के सहारे उनके सिपाही चढ़े थे, उन्होंने वे रस्सियाँ ही काट दीं। जिसकी वजह से उनके सिपाही

दुश्मनों का सामना कर पाए, कारण उनके पास भी कोई और चारा नहीं था। उनके सिपाही यह बात अच्छी तरह समझ गए कि अब वे वापस नहीं लौट पाएँगे। बेमौत मरने से अच्छा है युद्ध करें। इस तरह उन्होंने दुश्मनों का डटकर मुकाबला किया।

इसी तकनीक को अगर हम अपने जीवन में इस्तेमाल करना चाहें तो किस तरह से इस्तेमाल कर सकते हैं, इसे समझें। जैसे एक विद्यार्थी को कॉलेज में पहला नंबर लाना है तो उसने कॉलेज में सभी के सामने या कुछ मित्रों के सामने यह घोषणा कर दी कि 'मैं इस साल कॉलेज में अव्वल नंबर आनेवाला हूँ।' इसका मतलब उसने अपनी बैक ब्रिज तोड़ दी। अब जब भी कोई उससे मिलेगा तब वह उससे पूछेगा, 'तुमने ऐसी घोषणा की है तो क्या उसके लिए तुमने कोई विशेष तैयारी या पढ़ाई की है?' अब उस विद्यार्थी को टेन्शन आने लगता है कि 'इतने सारे लोग मुझसे पूछ रहे हैं और मैंने तो सबके सामने घोषणा भी की है। मुझे बहुत जोरदार पढ़ाई करनी चाहिए !' इस तरह घोषणा करके उस विद्यार्थी ने अपनी बैक ब्रीज तोड़ डाली।

अगर आप अपनी सेहत पर काम करना चाहते हैं तो सुबह जल्दी उठकर किसी व्यायाम शाला में जाएँ। शायद देर से उठने की आदत की वजह से आप अपनी सेहत खो रहे हैं, ऐसे में आप बैक ब्रिज तोड़ें यानी व्यायाम शाला जाएँ और एक साल की फीस भरकर आएँ। वह फीस आपसे खुद ही काम करवाएगी। आप जरूर सुबह जल्दी उठेंगे और व्यायाम करेंगे।

विश्व प्रसिद्ध डेमान्सथियन नामक एक इंसान थे। जिन्होंने अपने जीवन का यह लक्ष्य रखा था कि वे एक उच्चत्तम वक्ता और कलाकार बनेंगे मगर औरों की तरह वे भी घर पर रहकर, मेहनत नहीं कर पाते थे। अपने लक्ष्य को पाने के लिए उन्हें कई पुस्तकें पढ़नी थीं, तैयारियाँ करनी थीं मगर वे अपने घर पर बैठ नहीं पाते थे क्योंकि उन्होंने यह लक्ष्य रखा था कि उन्हें एक अच्छा वक्ता बनना ही है इसलिए उन्होंने अपना आधा सिर मुंडवा लिया था। अब उनके केवल आधे सिर पर बाल थे और आधा सिर गंजा था। ऐसे में वे बाहर नहीं जा सकते थे इसलिए घर पर रुकने के अलावा उनके सामने भी कोई और विकल्प नहीं था। वे अपने घर पर तब तक रुके जब तक उनके सिर के बाल नहीं उग आए। इस बीच उन्होंने घर पर रहकर कई पुस्तकें पढ़ीं, उन पर काम किया और वे एक कामयाब इंसान बने।

इस तकनीक के साथ आपको एक महत्वपूर्ण समझ भी सतत याद रखनी है,

'मैं सब कुछ कर सकता हूँ, अगर दुनिया में एक इंसान कोई कार्य कर सकता है तो वह कार्य मैं भी कर सकता हूँ।' इस समझ के आधार पर आपको सदा आशावादी दृष्टिकोण अपनाना है क्योंकि अगर किसी एक इंसान ने कोई कठिन कार्य किया है तो दूसरे की भी वह कार्य करने की संभावना होती ही है।

किसी कार्य को पूरा करने के लिए आपने बैक ब्रिज तोड़ी यानी आपने सबके सामने घोषणा कर दी कि 'मैं यह कार्य करनेवाला हूँ।' लोगों का आपके काम के बारे में बार-बार पूछना आपको इस बात के लिए प्रेरित (मोटिवेट) करता है कि 'मैंने यह बात सभी के सामने बताई है तो मुझे अभी वह कार्य किसी भी कीमत में पूरा करना ही है।'

अगर आपने अपने गले में ढोल बाँध ही दिया है यानी काम को अंजाम देने का ठान ही लिया है तो आपके सामने दो विकल्प होंगे या तो उसे आपको निकालकर रखना है या फिर उसे बजाना है, यह आपको ही तय करना है। अगर आपके गले में ढोल आ ही गया है तो आसान तरीका यह है कि उसे बजाएँ और यदि ढोल बजाने नहीं आ रहा है तो ढोल को गले में बाँधे रखें ताकि उसकी वजह से आप बहुत सारे कार्य कर पाएँ। बैक ब्रिज नहीं टूटता तो मन को भागने का बहाना मिल जाता है।

ऊपर दिए गए उदाहरण से आपने समझा कि कैसे हम भी अपने पीछे के पुल तोड़ें ताकि हम वह कार्य कर पाएँ जो हमें कठिन लग रहा था। इस तरह सारी बाधाएँ हटाएँ और सफलता प्राप्त करें।

कोई इंसान जब निर्णय लेता है तब वह वचनबद्ध हो जाना चाहिए लेकिन वह 'अगर', 'मगर', 'यदि' और 'लेकिन' शब्द इस्तेमाल करता है । 'मैं यह करूँगा यदि ऐसा हो, मैं वह करूँगा यदि ऐसा हो... अगर लोग मुझे सहयोग करेंगे तो मैं यह करूँगा।' हर इंसान को स्वयं से यह पूछना है कि 'जब भी वह ऐसे शब्द इस्तेमाल करता है तो वाकई में वह वचनबद्ध है या नहीं है? कहीं अभी भी वह बैक ब्रिज रखना चाहता है? क्या अब भी बहाना रखना चाहता है?' क्योंकि निश्चय न करने का कारण यही है वह भागना चाहता है। मन को यदि कोई सहारा न मिले तो वह टाल-मटोल नहीं करेगा इसलिए आपको कामों की बैक ब्रिज तोड़नी है। बैक ब्रिज क्या है और उसे कैसे तोड़ा जाए, इसे हम निम्नलिखित फॉर्मूला द्वारा समझेंगे।

लोगों में अपने कामों से भागने की प्रवृत्ति, टेडेंन्सी होती है। कई बार वे भागे हैं

और सफल भी हुए हैं। मन काम करने से भागा और किसी ने उससे कुछ नहीं कहा तो वह सोचता है कि मैं सफल हो गया। उसे इस बात का होश नहीं होता है कि क्या गलत आदत (टेडेंन्सी) बन रही है। वह अस्थायी मुनाफे (शार्ट टर्म बेनिफिट) में फँस जाता है और सोचता है कि 'मैं तो जिम्मेदारी से बच गया' मगर हर बार भाग-भागकर एक समय ऐसा आता है कि ऐसे काम जो उसके लिए अति आवश्यक हैं, वह इंसान वे काम भी नहीं कर पाता। उस वक्त इतनी बड़ी घटनाएँ हो जाती हैं कि फिर पछतावे के अलावा कुछ और नहीं बचता। उसके बाद वह चाहे कितनी भी कोशिश कर ले, वह कुछ कर नहीं पाता। जीवन में वैसी परिस्थिति आए उससे पहले ही इंसान को जिम्मेदारी उठाना सीखना है, वचनबद्ध होना सीखना है, निर्णय लेने की कला सीखनी है और बैक ब्रिज भी तोड़नी है।

यह बात सतत याद रखें कि 'मैं सब कुछ कर सकता हूँ,
अगर दुनिया में एक इंसान कोई कार्य कर सकता है
तो वह कार्य मैं भी कर सकता हूँ।'

भाग ६

आखिरी प्रयास जरूर करें

हिट द लास्ट पंच

[68] **तीसरी चाभी :**

काम को शुरू करना बहुत आसान है मगर काम को पूर्ण करना महत्वपूर्ण है। काम को खतम करनेवाला इंसान ही जीवन में आगे बढ़ता है, वही सफलता प्राप्त करता है। कई लोगों को देखा गया है कि वे नया साल शुरू होते ही कई सारे संकल्प बनाते हैं। वे नए साल की शुरुआत बहुत ही जोश के साथ करते हैं। डायरी खरीदते हैं, अपने लिए खाने का, पढ़ाई का, व्यायाम का टाईम टेबल बनाते हैं। पहले महीने के शुरुआती दिनों में तो सब कुछ अच्छा चलता है मगर कुछ समय के बाद वह टाईम टेबल छोटे-छोटे कारणों की वजह से टूट जाता है। जैसे बीमार पड़ गए, शाम के समय में बिजली चली गई, अचानक मेहमान आ गए इत्यादि। ऐसे में वे जिस डायरी के आधार पर नए संकल्पों पर कार्य कर रहे थे, वे संकल्प आधे में ही छोड़ देते हैं और नए साल की डायरी पहले महीने में ही बंद पड़ जाती है। ऐसा इसलिए होता है क्योंकि लिए गए निर्णयों और वचनों पर लोग कायम नहीं रह पाते, अपने कामों को अंजाम नहीं दे पाते इसलिए वे सोचते हैं कि इस साल जाने देते हैं, अगले साल से काम करना शुरू करेंगे।

इस तरह पूरे साल उनके सभी काम अधूरे रह जाते हैं। वे किसी कार्य को हाथ में ले तो लेते हैं मगर उसे पूरा नहीं कर पाते। काम को अंजाम तक ले जाने के लिए वचन पर कायम रहना अनिवार्य है। ऐसे में अपने कार्य को पूरा करने में अपने मन, शरीर व बुद्धि का पूर्ण इस्तेमाल करें। उसके बावजूद भी अगर कार्य को अंजाम तक न ले जा पा रहे हों तो 'हिट द लास्ट पंच' को ध्यान में रखें। हिट द लास्ट पंच यानी कार्य को अंजाम तक लाने के लिए लड़ते रहना। अर्थात तब तक कोशिश करना

जब तक आप सफल नहीं हो जाते। इसे एक उदाहरण द्वारा समझें।

एक गाँव में एक गाय-भैंस का तबेला था, हर दिन शाम के समय पर दूधवाला आता, दूध निकालकर दूध की टंकी में भरता और ढक्कन लगाकर रात में अपने घर जाकर सो जाता। एक दिन वह दूध की टंकी को ढक्कन लगाना भूल गया। उस दूध की टंकी में दो मेंढक गिर पड़े। रात का समय था और तबेले में काफी अंधेरा था इसलिए दूधवाले का ध्यान नहीं गया। अब दूध की टंकी में दोनों मेंढकों का दम घुटने लगा। दोनों ने काफी देर तक हाथ-पाँव मारे। पहला मेंढक थक गया और उसने कोशिश करना बंद कर दिया। उसने अपने शरीर को दूध के हवाले कर दिया और थोड़ी देर के बाद डूब गया मगर दूसरे मेंढक ने हार नहीं मानी वह कोशिश करता रहा, आखिरी दम तक लड़ता रहा और हाथ-पाँव मारता रहा। जिसकी वजह से दूध हिलने लगा और दूध की ऊपरी सतह पर मक्खन तैयार हो गया। मक्खन दूध पर तैरने लगा। अब यह मेंढक भी उस मक्खन पर जाकर बैठ गया। सुबह जब दूधवाला आया तो उसने देखा कि एक मेंढक दूध में गिरा हुआ है। उसने मेंढक को बाहर निकालने के लिए दूध की टंकी को लेटा दिया और यह मेंढक कूदकर उससे बाहर आ गया, जबकि पहला मेंढक रात में ही हार चुका था और अपने प्राणों से हाथ धो बैठा था।

आपको दूसरे मेंढक के उदाहरण से यह समझना होगा कि कैसे दूसरे मेंढक ने अपने हाथ-पाँव तब तक मारे जब तक वह सफल नहीं हुआ। इसी तरह आपको भी अपने शरीर की शक्ति का तब तक इस्तेमाल करना है, जब तक आप सफल नहीं होते। आपको अपने कार्य को अंत तक ले जाना है और सफल होना है।

जैसे एक बार दो बॉक्सर की रिंग में बॉक्सिंग चल रही थी और दोनों ही बहुत थक चुके थे। उनमें हाथ उठाने की भी ताकत नहीं थी। उनमें से एक बॉक्सर ने सोचा कि 'मैं बहुत थक चुका हूँ मगर एक पंच और मारता हूँ।' फिर उसने अपनी पूरी शक्ति से एक पंच मारा और वह जीत गया। इस उदाहरण द्वारा समझें कि आखिरी पंच तक कोशिश करना (अंतिम क्षण) बहुत महत्वपूर्ण होता है।

आप अगर काम को अंजाम तक ले जाना चाहते हैं तो आखिरी दम तक आपको कोशिश करनी है।

एडिसन ने असफल होने के बाद भी तब तक प्रयोग किए, जब तक वे

कामयाब नहीं हुए। एडिसन ने बल्ब बनाने के लिए सैकड़ों प्रयोग किए। अंत में वे बल्ब बनाने में सफल हुए और आज दुनियाभर में प्रसिद्ध हैं। इससे यह समझें कि असफलता मिलने पर अपने दृष्टिकोण को सकारात्मक रखना अति आवश्यक है।

एडिसन के उदाहरण से हमने यह तो समझा कि सफल होने तक कोशिश जारी रखनी है, साथ में यह भी समझें कि असफलता से डरना नहीं है, उसके प्रति सकारात्मक दृष्टिकोण रखना है। बल्ब बनाने के बाद एडिसन से जब पूछा गया कि 'इतने प्रयोग के बाद उन्हें सफलता कैसे मिली?' तब उन्होंने कहा कि 'इतने प्रयोग करने के बाद मैंने यह जाना कि बल्ब बनाने का एक फॉर्मूला कौन सा है मगर साथ में मैंने यह भी सीखा कि बल्ब कैसे नहीं बन सकता, उसके सैकड़ों फॉर्मूला हैं।' एडिसन ने अपनी असफलता के प्रति इस तरह का नजरिया रखा जिसकी वजह से उन्हें असफल होने का दुःख नहीं हुआ। हर कार्य के पीछे हमेशा सकारात्मक दृष्टिकोण ही रखें। सकारात्मक रुख की वजह से आपके काम जल्द तो होते ही हैं, साथ में कार्य करने का उत्साह भी बरकरार रहता है।

काम को अंजाम तक ले जाने के लिए वचन पर कायम रहना अनिवार्य है। ऐसे में अपने कार्य को पूरा करने में अपने मन, शरीर व बुद्धि का पूर्ण इस्तेमाल करें।

भाग ७

सुप्त ऊर्जा जगाएँ

तीन स्तरों की ऊर्जा

[69] **चौथी चाभी :**

कई बार कार्य को अंजाम तक पहुँचाने का प्रशिक्षण न होने की वजह से हम अपना विश्वास, धीरज और साहस खो देते हैं और हमारा फ्युज लाईटस् की तरह उड़ जाता है। जैसे लाईट जलते-जलते अगर वोल्टेज बढ़ जाता है तो फ्यूज पिघल जाता है और लाईट बंद हो जाती है। वैसे ही हम एक स्तर तक काम करते हैं लेकिन उसके बाद थोड़ा सा टेन्शन बढ़ जाने के कारण उसकी एक लेवल पार हो जाती है। फिर हमारे अंदर का फ्यूज पिघल जाता है क्योंकि हमारे अंदर के फ्यूज की रेटिंग गलत (कम) है। जिस तरह लाईटस् के लिए जो रेटिंग का फ्यूज चाहिए उससे कम रेटिंग का अगर फ्यूज लगाया तो वह पिघलने (उड़ने) ही वाला है, उसी तरह हमारे अंदर जो ऊर्जा फ्यूज लगाए हैं, वे गलत रेटिंग के हैं क्योंकि एक स्तर तक काम करने के बाद हमें ऐसा लगता है कि 'हम थक चुके हैं' और हम काम करना छोड़ देते हैं। हालाँकि हम सभी के अंदर तीन तरह की ऊर्जा हैं। जब पहली ऊर्जा खतम होती है तब हम रुक जाते हैं और काम करना बंद कर देते हैं। अगर हमने थोड़ी और कोशिश की तो दूसरी ऊर्जा काम करना शुरू कर देती है।

जब भी आपको लगे कि फलाँ-फलाँ कार्य हम से नहीं होगा तब अपने आपको याद दिलाएँ कि आपके शरीर में अद्‌भुत शक्तियाँ हैं। उन शक्तियों को पहचानें, उस ऊर्जा का इस्तेमाल करें। फिर अपने जीवन में चमत्कार देखें।

[70] **पहले स्तर की ऊर्जा :**

पहले स्तर की ऊर्जा यानी हमारे शरीर की वह शक्ति जिसे हम हर दिन रोजमर्रा के कामों में खर्च करते हैं। हर दिन हम उठते हैं, तैयार होते हैं, ऑफिस जाते हैं या

स्कूल-कॉलेज जाते हैं, वहाँ से लौटने के बाद टी.वी. देखते हैं, मित्रों से बातचीत करते हैं, परिवारवालों के साथ जब हम समय बिताते हैं। ऐसे वक्त में हमारे शरीर में पहले स्तर की ऊर्जा कार्य कर रही होती है।

[71] **दूसरे स्तर की ऊर्जा :**

दूसरे स्तर की ऊर्जा यानी जो रोजमर्रा के कार्यों में खर्च होनेवाली शक्ति से थोड़ी बढ़कर है, जो अलग-अलग अवसरों पर खर्च होती है। जैसे घर पर कोई समारोह होता है या विद्यार्थियों के लिए जो परीक्षा का समय होता है, जहाँ वे हर दिन की तरह खेलने के बजाय ज्यादा मेहनत करते हैं। परीक्षा के दिनों में विद्यार्थी जल्दी उठते हैं, दिनभर पढ़ाई करते हैं, रात में देरी से सोते हैं। यहाँ पर उनकी दूसरे स्तर की ऊर्जा काम करती है।

जब घर के बड़े हर दिन अपने दफ्तर जाते हैं तब पहले स्तर की ऊर्जा कार्य करती है। यदि वे सभी घरवाले मिलकर किसी पिकनिक पर गए तो थकने के बावजूद भी वे घूमते हैं, अपने हर दिन की खर्च होनेवाली शक्ति से उनकी अधिक शक्ति खर्च होती है।

घर पर शादी हो या किसी त्योहार के बहाने जब घर की सफाई होती है तब लोग ज्यादा ऊर्जा खर्च करते हैं। ये सभी उदाहरण दूसरे स्तर की ऊर्जा के हैं।

[72] **तीसरे स्तर की ऊर्जा :**

तीसरे स्तर की ऊर्जा वह है जो किंचित ही दिखाई देती है। ऐसी घटनाएँ जहाँ लोगों ने कल्पना भी न की हो, ऐसी जगहों पर उस शक्ति का उपयोग होता है। इसे एक उदाहरण से समझें।

एक दिन एक औरत अपने बच्चे के साथ किसी दुकान पर खरीददारी करने गई। दुकानदार से बातचीत करते वक्त कब उसका बच्चा हाथ छुड़ाकर सड़क पर चला गया, उस औरत को पता ही नहीं चला। कुछ देर बाद जब वह बच्चे को ढूँढ़ने लगी तब उसने देखा कि उसका बच्चा बीच सड़क पर खड़ा कुछ उठा रहा है और सड़क पर सामने से, तेजी से एक ट्रक चला आ रहा है। बच्चा छोटा है इसलिए ट्रक ड्राइवर का ध्यान बच्चे पर नहीं गया, वह अपनी ही धुन में ट्रक चलाते आ रहा था। अब यह दृश्य उस बच्चे की माँ को दिख रहा है कि उसके बच्चे की जान खतरे में है।

यह देखते ही वह बहुत तेजी से भागने लगी और ट्रक के सामने आकर उस ट्रक को अपने हाथों से रोकने की पूरी कोशिश की क्योंकि उसने देखा कि ट्रक उसके बच्चे के काफी करीब पहुँच चुका है। उसकी ममता में इतनी शक्ति थी कि उसका शरीर ट्रक को रोकने में कामयाब हो पाया।

किसी भी साधारण इंसान के लिए यह खतरा उठाना आसान नहीं है, इस तरह की शक्ति का चमत्कार हम आए दिन नहीं देख पाते हैं मगर समझनेवाली बात यह है कि हमारे शरीर में तीसरे स्तर की ऊर्जा भी मौजूद है। हमें केवल उसका उपयोग करना शुरू करना है।

जब भी आपको लगे कि काम करते-करते आप थक चुके हैं और आपसे इससे ज्यादा काम नहीं हो पाएगा तब अपने आपको याद दिलाएँ कि आपके शरीर के कार्य करने की क्षमता इतनी है कि आप अनपेक्षित कार्य भी कर सकते हैं। आज के पहले आपने अपने शरीर की शक्तियों को, योग्यता को पहचाना नहीं था इसलिए आप कठिन काम को अंजाम नहीं दे पाते थे मगर आज के बाद आप जरूर याद रखें कि कुदरत ने हर इंसान के शरीर में इन शक्तियों और योग्यताओं को वरदान में दिया है।

उदा. जब आप विद्यार्थी थे तब आपके साथ ऐसा हुआ होगा कि परीक्षा के एक दिन पहले आपने पूरी रात पढ़ाई की, परीक्षा दे दी और आप उत्तीर्ण भी हो गए। अब आप ही सोचें कि पूरी रात पढ़ाई करने के लिए आपमें इतनी ऊर्जा कहाँ से आई? यह ऊर्जा आपके अंदर ही थी, सिर्फ परीक्षा में पास होने के तनाव के कारण बाहर आ गई। आज भी आप ऐसा कार्य कर सकते हैं जिससे उस दूसरी ऊर्जा को बाहर निकाला जा सकता है यानी उसका उपयोग किया जा सकता है। आज भी हमारे अंदर वह ऊर्जा है मगर हम अंतिम क्षणों तक उस कार्य को पूरा करने के लिए रुक नहीं पाते। थोड़ी थकावट महसूस होते ही हम काम बंद कर देते हैं। हमें छोटे-छोटे प्रयोग करके अपनी सुप्त ऊर्जाओं को जगाना सीखना है।

भाग ८

बाजी कौन मारना चाहता है

तीन कदम

[73] **पाँचवीं चाभी :**

परीक्षा के दिनों में अकसर विद्यार्थियों के साथ ऐसा ही होता है कि बहुत से विद्यार्थियों की डर के कारण पढ़ाई नहीं हो पाती और उनका दृढ़ निश्चय कम हो जाता है। वे सोचने लगते हैं कि 'हमने तय किया था कि हम परीक्षा में इतने-इतने अंक लाएँगे मगर अब डर लग रहा है कि हम पढ़ाई कर पाएँगे कि नहीं?' तब उनसे पूछा जाता है कि 'बाजीगर कौन बनना चाहता है? एग्जामिनर बाजी मारना चाहता है या आप बाजी मारना चाहते हैं?' अगर आप बाजीगर बनना (जीतना) चाहते हैं और अपने वचन पर डटे रहना चाहते हैं तो आपको निम्नलिखित तीन कदम ध्यान में रखने हैं।

पहला कदम :

सबसे पहले अपने आपसे सवाल पूछें कि 'बाजी कौन मारना चाहता है?' इस सवाल का यदि जवाब यह आता है कि 'एग्जामिनर बाजी मारेगा' तो आगे के तीन कदम आपके लिए नहीं हैं। अगर आपका जवाब आता है कि 'मैं बाजी मारना चाहता हूँ' तो फिर आप आगे के दो कदम उठा सकते हैं।

दूसरा कदम :

दूसरे कदम में आपको यह सोचना है कि 'ज्यादा से ज्यादा बुरा क्या हो सकता है, मैं फेल हो सकता हूँ!' इसे स्वीकार करें। यह सोचने से आपका डर निकल जाएगा और आप आसानी से अपनी परीक्षा दे पाएँगे।

तीसरा कदम :

फिर तीसरा (अंतिम) कदम उठाएँ कि 'इस परिस्थिति को बदलने के लिए, इसे सुधारने के लिए मैं क्या कर सकता हूँ?' यह सोचकर उस परिस्थिति में जो संभव हो वह करना शुरू करें। यह कदम उठाने के बाद आपके जीवन में असफलता की परिस्थिति नहीं आएगी क्योंकि अब आप पूर्ण होश में, सजग हैं।

ये तीन कदम उठाने के बाद आप देखेंगे कि किसी भी कार्य को पूर्ण करने का आपका दृष्टिकोण ही बदल जाएगा। जीवन के खेल में बाजीगर बनने के लिए चुनाव करना आपको सीखना है। अगर आपने बुरी से बुरी परिस्थिति स्वीकार की और उसे सुलझाने पर थोड़ा काम किया तो आप देखेंगे कि सौ में से सौ प्रतिशत बाजीगर आप ही होंगे। आपका आत्मविश्वास इसलिए बढ़ेगा क्योंकि आप जो सोचते हैं, जो करना चाहते हैं, अब वह आप कर सकते हैं।

भाग ९

वचनबद्ध होने के लिए सब्र बढ़ाएँ

धीरज और निरंतरता से कार्य करें

अपनी जिम्मेदारी ले पाने के लिए धीरज और निरंतरता से कार्य करने की क्षमता बढ़ाना आवश्यक है। यदि आज आप कुछ बातों के लिए दूसरों पर निर्भर हैं तो धीरज के साथ वे गुण अपने अंदर लाना शुरू करें जिनसे आपको दूसरों पर निर्भर रहना न पड़े। उदाहरण : अंग्रेजी न बोल पाना, कंप्यूटर न आना, वाहन न चला पाना या अकाऊँट्स न आने की वजह से यदि आपको दूसरों पर निर्भर रहना पड़ता है तो धीरज के साथ, धीरे-धीरे इन बातों को सीखने की जिम्मेदारी लें। एक समय ऐसा आएगा जब आपके निरंतर प्रयास फल देंगे और आप आत्मनिर्भर (स्वावलंबी) बन जाएँगे।

किसी भी कार्य को पूर्ण करने के लिए महत्वपूर्ण गुणों में एक गुण है सब्र। सब्र बढ़ाने के लिए मंदिर जाएँ। मंदिर यानी 'मनधीर' मन का 'धीर' शब्द धीरज से आया है कि मन का धीरज कैसे बढ़े? इंसान मंदिर जाता है तो वह वहाँ क्या करता है? वह मन अंदर लगाता है। इंसान कब सब्र नहीं कर पाता है? जब वह बाहर के दृश्य में उलझ जाता है, जब विचारों में, शरीर में, बुद्धि में कंपन शुरू हो जाती है। उसे अकंप करने के लिए उसे तेजस्थान पर (मंदिर में) ले जाना आवश्यक होता है ताकि वहाँ पर फिर से उसे एनर्जी मिले, शक्ति मिले और वह अपने सारे कार्य सब्र से कर पाए।

सब्र रखते वक्त अपने आपमें देखें कि सब्र क्यों नहीं रखा जा रहा है। विषय (समाधान) की जानकारी नहीं है इस वजह से या अधीरता की आदत पड़ चुकी है? यदि हड़बड़ाहट की आदत पड़ चुकी है तो स्वयं को प्रशिक्षण देना है। जैसे कोई इंसान हर दिन अपने शरीर पर अनुशासन लाने के लिए ताड़ासन (योगासन) करता है, शरीर को शवासन में सुलाता है, उसे शिथिल करता है, जिसकी वजह से शरीर को आदत पड़ती है कि वह अकंप रहे। इससे वह हर घटना में अपने शरीर को स्थिर

रख पाता है। शरीर को स्थिर रखते ही मन भी स्थिर होने लगता है। मन को स्थिर रखा तो शरीर भी स्थिर होने लगता है। आपको दोनों पर काम करना है। शरीर को स्थिर करने की जो भी तकनीकें हैं उनमें आसन, प्राणायाम तो आते ही हैं। उसमें ऐसे कुछ प्रयोग भी किए जाएँ जिससे शरीर अकंप बने।

उदाहरण : कोई हाथ में ईंट पकड़कर खड़ा रहता है। वह देखना चाहता है कि 'मैं कितनी देर उसे बिना कंपन पकड़कर रख सकता हूँ' इस तरह शरीर को अनुशासन मिलता है। छोटे-छोटे प्रयोग शरीर को अनुशासित करने में बड़ी मदद करते हैं। यह भी छोटा प्रयोग किया जा सकता है कि किसी वस्तु को थोड़ी देर तक देखते रहो या अपने हाथ की अंगुलियों को बहुत धीरे-धीरे खोलना है, पाँचों अंगुलियों को खोलने में बड़ा समय जाएगा मगर इतना समय देना है। यह काम आपको कितना भी बोरिंग लगे, इसे करना है क्योंकि इससे शरीर पर मास्टरी आएगी। शरीर अकंप बनेगा तो मन भी अकंप हो सकता है।

कोई अनचाही घटना हुई और आपने शरीर को स्थिर किया तो मन भी स्थिर होने लगेगा। शरीर और मन के बीच में साँस है, आपने साँस को स्थिर किया, लंबी साँस लेकर धीरे-धीरे छोड़ा तो आप यह घोषणा कर रहे हैं कि 'अब मैं कंट्रोल में हूँ।' आपने देखा होगा जैसे ही कोई घटना हुई तो साँस बदल जाती है और साँस की सहजता खो जाती है। सामनेवाले ने कुछ ऐसा कह दिया जो आपको पसंद नहीं आया तो आप उस इंसान से कुछ भी कहने से पहले अपनी साँस पर ध्यान दें उसे कंट्रोल करें और धीरे-धीरे छोड़ें। उसके बाद आप देखेंगे कि अब आप सब्र से, धीरज से जवाब दे पाते हैं।

शरीर और मन के बीच में है 'साँस।' साँस पर नियंत्रण करने से हम सब्र बढ़ा सकते हैं। नीचे कुछ प्रयोग बताए गए हैं, अगर आप इन पर काम करते हैं तो इन सबसे शरीर अनुशासित होता है।

[74] **साँस और सब्र :**

यह प्रयोग हर दिन करें :

१. ध्यान के आसन में सीधे कुर्सी पर या पालथी मारकर नीचे बैठें।

२. एक-दो बार लंबी साँस लेकर उसे धीरे-धीरे छोड़ें और अपने आपको

तनावरहित कर दें।

३. आपकी साँस जिस तरह चल रही है उसे उसी तरह चलने दें। छोटी साँस है या गहरी साँस है, सहज, स्वाभाविक जैसी भी है, उसे वैसे ही चलने दें। साँस को यदि नियंत्रित करते हैं तब वह ध्यान नहीं, प्राणायाम कहलाता है।

४. साँस अंदर जा रही है या बाहर आ रही है, यह जानते रहें... अब अंदर गई... अब बाहर आई... दाहिनी नासिका से... बायीं नासिका से... या दोनों से इत्यादि। साँस की हर दिशा और हर अवस्था (ठंढी या गरम साँस) जानते रहें।

५. मन को अंदर और बाहर आने-जानेवाली साँस पर एकाग्रित करें। जो साँस अंदर जा रही है उसे जानें और जो साँस बाहर आ रही है उसे पहचानें... यह अंदर गई... यह बाहर आई... अंदर गई... बाहर आई। जैसे चल रही है, स्वाभाविक साँस, सहज साँस उसे जानते रहें।

६. कभी लंबी साँस भी चलेगी, कभी छोटी साँस भी चलेगी। शरीर को स्थिर रखते हुए हर आने-जानेवाली हर साँस को जानते रहें।

७. १० से २० मिनट जैसी सुविधा हो, यह ध्यान करते रहें। कुछ समय के बाद जब आप इस ध्यान में प्रवीण हो जाएँ तब साँस का गहरा ध्यान करें। ये प्रयोग आप 'ध्यान' पुस्तक पढ़कर सीख सकते हैं।

कुछ और प्रयोग भी जरूर करके देखें जैसे किसी दिन ऐसी अवस्था आ जाए जहाँ भाग-दौड़ मचती है वहाँ आप जान-बूझकर अपनी काम की स्पीड को कम करें और शरीर पर कंट्रोल लाएँ। कुछ जगहों पर अपनी वाणी को नम्र करें और मंद स्वर में बात करें। ये प्रयोग शरीर के स्तर पर जरूर करके देखें। मन के स्तर पर भी चेक करें कि मन को ऐसी कौन सी जानकारी नहीं है जिस वजह से वह सब्र खो रहा है वरना सब्र खोने की कोई आवश्यकता नहीं है। अपने आपको बताएँ कि उन घटनाओं में ऐसा क्या है जो आपको मालूम नहीं है।

किसी ने आपको बताया कि आपके घर आज मेहमान आ रहे हैं, यह सुनते ही आपके अंदर बेचैनी शुरू हो जाती है कि 'अरे! अभी तक तो यह काम नहीं हुआ, वह काम नहीं हुआ', आपका सब्र टूट रहा है। पहले तो जानकारी इकट्ठी करें कि मेहमान कितने बजे पहुँच रहे हैं? मेहमानों के साथ और कितने लोग हैं? इत्यादि।

सभी प्रकार की जानकारी इकट्ठी करने बाद आपको पता चलेगा कि इतने-इतने लोग आ रहे हैं। पहले वे फलाँ जगह जाएँगे... फिर फलाँ मंदिर जाएँगे, वहाँ दर्शन करके फिर आपके घर आएँगे। उसके बाद आपके पास रात १० बजे पहुँचेंगे। जब आपने यह सब जाना तो आपको पता चलता है कि आप जो इतनी देर परेशान हो रहे थे कि क्या होगा, कैसे होगा, उसकी जरूरत नहीं थी। सिर्फ जानकारी मिलते ही पता चलता है कि अधीर होने की कोई आवश्यकता थी ही नहीं। आगे की जानकारी से आपको पता चलता है कि 'वैसे तो चार मेहमान आ रहे हैं मगर आपके घर पर सिर्फ एक ही मेहमान आएगा, बाकी लोगों की व्यवस्था कहीं और की गई है और वह एक मेहमान अपना खाना लेकर आनेवाला है और आप भी खाना मत बनाना क्योंकि वह आपके लिए भी खाना लानेवाला है। इतना ही नहीं तो वह आपके बच्चों के लिए खिलौने भी ला रहा है।' इस तरह आपने देखा कि उलटा जानकारी मिलने के बाद पता चला कि आपके रोजमर्रा के जो काम थे वे भी कम हो गए। आप हर घटना में यह देखें कि यदि आप सब्र खो रहे हैं तो क्या वाकई सब्र खोने की जरूरत है? कहीं अधूरी जानकारी तो नहीं है। अगर ऐसा है तो अपने आपसे कहें कि 'पहले पूछ लेते हैं कि निश्चित क्या है? कौन आ रहा है? कितने बजे आ रहा है? कब तक रहेगा?' इत्यादि। पूछने पर पता चलता है कि सब्र खोने की आवश्यकता ही नहीं थी।

अगर मेहमान आने पर आपको काम करना भी पड़े तो भी सब्र खोने की आवश्यकता नहीं है क्योंकि आपको उतना ही कार्य करना है जितना आप कर सकते हैं, उससे ज्यादा कुछ करना नहीं है। सिर्फ मन ने एक विचार पकड़ा है इसलिए वह हड़बड़ाहट होती है। यदि कार्य करते हुए आपने सोच लिया कि चलो आज व्यायाम दिवस है तो आपने उसी घटना को सीढ़ी बनाया यह सोचकर कि आज जल्दी और जोरदार काम करने हैं। अच्छा है बीच-बीच में ऐसे दिन भी आने चाहिए। किसी दिन जान-बूझकर धीरे-धीरे काम करने चाहिए, किसी दिन जानबूझकर जल्दी-जल्दी काम करने चाहिए। यह सब अपने शरीर पर मास्टरी लाने के लिए है ताकि हर हालत में आप तैयार रहें। जब शांत बैठना है तो शांत भी बैठ पाएँ, जब जल्दी-जल्दी काम करना है तो जल्दी-जल्दी काम भी कर पाएँ। असली प्रशिक्षण तो यही है।

तमोगुण (सुस्ती) और रजोगुण (चुस्ती) दोनों के मेल से सत्वगुणी बनना है। यदि आप शरीर, मन और साँस को सत्वगुणी बनाएँगे तो सब्र करना बहुत आसान हो जाएगा। आपका सब्र देखकर लोगों का सब्र टूटेगा।

छोटे-छोटे प्रयोग करके देखें। फोन की घंटी बज रही है तो अपने आपसे कहें कि 'पाँच घंटियाँ बजने के बाद ही फोन उठाएँगे।' जिन लोगों का जल्दी सब्र टूटता है, उन लोगों को ऐसे प्रयोग दिए जाते हैं। सामान्य बुद्धि (कॉमन सेन्स) जरूर इस्तेमाल करें। कभी-कभी अलग परिस्थिति है, वहाँ पर फोन जल्दी भी उठा सकते हैं और यह भी न सोचें कि सामनेवाला शिकायत करेगा कि जल्दी फोन क्यों नहीं उठाया तो उसे आप कुछ कारण बता सकते हैं। पहले तो वह पूछेगा नहीं, पूछता है तो बता सकते हैं कि 'हाँ, मैं आ ही रहा था।' उसमें कोई बड़ी बात नहीं है।

लोग पूछने के लिए पूछते हैं। अगर आप ने सीधा विषय शुरू कर दिया तो सवाल भी नहीं पूछा जाएगा। अगर आपको कोई बहाना नहीं देना है और सामनेवाले ने पूछा, 'इतनी देर क्यों लगाई?' तो आप सीधे विषय पर आते हुए उससे पूछें कि 'अच्छा आपने फोन क्यों किया था?' कभी-कभार ऐसे प्रयोग करके देखें।

बारिश देखकर आपका सब्र खोता है तो अपने आपसे कहें कि 'लेट इट रेन' यानी बारिश होती है तो होने दो। सब्र बढ़ाने के लिए यह भी करें कि जब मन कहे कि यह काम जल्दी करो तो जान-बूझकर उस काम को धीमे करें तब आप देखेंगे कि मन बड़बड़ करना बंद कर देगा।

जैसे आप नहाने के समय पर बहुत जल्दबाजी करते हैं तो उस वक्त आप धीरे से नहाएँ। हर बार ऐसा करते रहे तो मन को सिग्नल मिलता है, उसे समझ में आता है कि 'जहाँ मैं जल्दबाजी करता हूँ, वहाँ और देर होती है' इसलिए वह बड़बड़ करना बंद कर देता है। इस तरह धीरे-धीरे मन को भी सिग्नल मिल जाएगा कि किसी भी कार्य में हड़बड़ाहट नहीं करनी है, नहीं तो कार्य और धीरे होता है।

दिनभर में आपको सब्र बढ़ाने के कई मौके मिलते हैं। सारे रिश्ते-नाते, परिवार, नौकरी, सब जगह सब्र बढ़ाने के लिए मौके हैं।

यह भी याद रखें कि सब्र का फल मीठा होता है। ऐसा इसलिए कहा गया होगा क्योंकि समय के साथ बहुत सारी चीजें खुद-ब-खुद सुलझ जाती हैं। बाद में आपको पता चलता है कि काम करने के लिए जो हड़बड़ाहट की गई उसकी आवश्यकता नहीं थी। बिना वजह आपने अपनी शक्ति व्यर्थ गँवाई।

ऊपर जो भी प्रयोग बताए गए, उनका इस्तेमाल करें मगर सामान्य बुद्धि का इस्तेमाल जरूर करें। आपके सब्र से किसी और को तकलीफ न हो जाए इस बात

का भी खयाल रखें। 'गॉड गिव मी पेशंस बट हरी' यानी 'भगवान मुझे सब्र दो मगर जल्दी करो', ऐसा न कहें, ईश्वर को भी समय दें।

हर प्रतिसाद देने से पहले जो अंतराल है, घटना होने के बाद और क्रिया करने से पहले जो आपके पास समय है, उस पर ध्यान लगाने की आदत डालें। हर घटना के बाद और प्रतिसाद देने से पहले जो अंतराल है, उस अंतराल पर फोकस करने की आदत डालें। उस अंतराल को पढ़ना जरूरी है। घटना होने के साथ अपने आपसे पूछें कि 'मेरे पास प्रतिसाद देने के लिए कितना समय है?' यह सवाल पूछते ही आप आसानी से सब्र रख पाएँगे। अंतराल का समय कौन सा है और वह सही प्रतिसाद देने में हमारी मदद कैसे करता है, इसे समझें।

अंतराल का समय :

अंतराल में आपको प्रतिसाद चुनने की आज़ादी मिलती है। अब प्रश्न आता है कि इस तरह की आज़ादी हमें कहाँ मिलती है? प्रतिसाद चुनाव आज़ादी क्षेत्र क्या है? यानी ऐसी कौन सी जगह है, जहाँ खड़े होकर हम सही प्रतिसाद/रिस्पॉन्स का चुनाव कर सकें?

वह स्थान आपके अंदर हृदय (तेजस्थान) में ही है। अगर आपने वहाँ रुककर निर्णय लिया, प्रतिसाद/ रिस्पॉन्स दिया तो वह प्रतिसाद आपको आज़ादी देगा। ऐसा प्रतिसाद आपके लिए बंधन नहीं बनाएगा बल्कि वह आपको आज़ादी की तरफ ही ले जाएगा वरना अब तक आपने जो प्रतिसाद दिए हैं वे आपको बंधन में ही बाँध रहे थे, आप पुरानी वृत्तियों में बेसब्र होकर उलझते ही जा रहे थे।

हर घटना में दो चीजें होती हैं, घटना क्रम और आपका प्रतिसाद/रिस्पॉन्स। आपने कोई चीज देखी और देखते ही आपके मन में एक विचार उठा, आपने प्रतिक्रिया की, सब्र खोया तो यह गुलामी है। घटना होने तथा विचार उठने के बीच में एक क्षेत्र होता है जिसे 'अंतराल' कहा जाता है। अंतराल यानी गैप, स्पेस या रिक्त स्थान। यही अंतराल वह प्रतिसाद चुनाव आज़ादी क्षेत्र है, जहाँ से सही प्रतिसाद देने का निर्णय लिया जा सकता है। अगर इस जगह पर आप सजग हुए, आपने निश्चित किया, इस क्षेत्र में आपने काम किया या इसके बारे में जान गए तो जब भी प्रतिसाद देने का समय आएगा तब आप अपने आपसे पूछेंगे कि 'मैं कहाँ पर खड़े होकर प्रतिसाद दे रहा हूँ?' उस अंतराल से आप थोड़ा भी यहाँ-वहाँ हिले

तो आपका प्रतिसाद/रिस्पॉन्स, कर्म, सब्र खो जाता है। आप थोड़ा भी उस जगह से हिले तो आपने अपना सब्र खो दिया। अगर आप हमेशा धीरज रखना चाहते हैं तो आपको प्रतिसाद/ रिस्पॉन्स चुनाव आज़ादी क्षेत्र में सजग होना होगा।

दो विचारों के बीच में अंतराल होता है, यदि इस अंतराल में आप जाग जाएँ तो अगले विचार पर आपका बड़ा काम हो सकता है और आपमें आज़ादी के विचार शुरू होंगे।उस अंतराल में यदि बेहोशी है तो आपका अगला विचार भी गलत क्रियाओं, इच्छाओं और मान्यताओं का होगा। किसी को यदि आज़ादी का विचार आया ही न होता तो आज भारत आज़ाद नहीं हुआ होता। बहुत से लोगों को आज़ादी का विचार आया तो ही भारत आज़ाद हुआ।

आप अंतराल के महत्त्व को समझ रहे हैं। दो साँसों के बीच में अंतराल होता है। साँस अंदर आई, फिर बाहर गई, बाहर जाने से पहले वह कुछ देर ठहर गई। जब साँस ठहरी तब वह क्षण कैसा था? जिसमें न साँस अंदर आ रही थी, न बाहर जा रही थी, उस क्षण कुछ भी नहीं था। इसी क्षेत्र को अंतराल कहा गया है।

अंतराल में केवल घड़ी की तरफ देखा कि कितना समय है तो भी आपका सब्र बढ़ जाएगा। सिर्फ उस बेहोशी के क्षण से आपको अलग होना है। सब्र क्यों नहीं होता है क्योंकि उस क्षण के लिए इंसान घटना से चिपक जाता (आइडेंटिफाइड होता) है और उसने अपनी उस आदत को तोड़ने के लिए कभी प्रयास भी नहीं किया इसलिए वह हमेशा सब्र खो देता है।

आप अपने जीवन में हुई सभी घटनाओं को याद करें और यह भी देखें कि सब्र खोकर आखिर आपको क्या मिला है? इस तरह आप देखेंगे कि उसमें आपको कभी कोई फायदा नहीं हुआ है, उलटा उसमें आपका नुकसान ही हुआ है। उन सब नुकसानों की पूरी पहचान आपको होनी चाहिए। सब्र खोकर लगातार जो गलत परिणाम आएँ उन्हें देख लें कि सब्र खोकर क्या होता है और ऐसे ही सब्र खोते रहे तो आगे क्या होगा? कैसे दुष्परिणाम आएँगे? वे परिणाम भी आपको दिखाई देंगे तो सब्र खोना आपको मूर्खता लगेगी। आपको अपने जीवन में ऐसे दुष्परिणाम दिखाई देंगे जो आप कभी नहीं चाहते तो आप सोचेंगे कि फिर क्यों हम सब्र खोएँ, क्यों न जल्द से जल्द सब्र बढ़ाने का अभ्यास करें।

भाग १० — अभ्यास और संकल्प शक्ति

Practice and will power

अपनी इच्छा शक्ति पर काम करने के लिए मेडिटेशन द्वारा कई प्रयोग किए जा सकते हैं। छोटे-छोटे प्रयोग करके भी विल पॉवर यानी इच्छा शक्ति को बढ़ाया जा सकता है। नीचे एक तकनीक दी गई है, उसे आप हर रात सोने से पहले कर सकते हैं। रात में सोते वक्त अपने आपसे पूछें कि 'सोने से पहले मैं एक और काम क्या कर सकता हूँ?' और फिर सोचकर वह काम कर डालें। इससे आपकी संकल्प शक्ति और इच्छा शक्ति बढ़नेवाली है।

हर दिन का एक इंटेन्शन (छोटा निर्णय, प्रण) लें। हर इंटेन्शन विल पावर बढ़ाने के लिए ही है। नीचे उदाहरण के तौर पर कुछ इंटेन्शन दिए गए हैं। हर दिन एक इंटेन्शन पर काम करें और अपने अंदर संकल्प शक्ति, इच्छा शक्ति और वचनबद्धता जैसे गुणों को आत्मसात करें।

- आज नए और अनजान लोगों से बात करने का प्रयोग करना है।
- आज हमें अल्प या पूर्ण उपवास रखना है।
- आज हर काम नए ढंग से करना है।
- हर चीज अपनी जगह पर रखनी है।
- आज क्रोध बिलकुल नहीं करना है।
- आज टी.वी. बिलकुल नहीं देखनी है।
- जो भी व्यसन या आदत है उससे बिलकुल दूर रहना है।
- जो भी कार्य करने का निर्णय लिया है, उसे पूर्ण करना ही है।

- आज पूरा दिन मंद स्वर में बात करनी है।
- हर घटना को पूर्णता से स्वीकार करना है।
- जहाँ तक हो सके पैसे की बचत करनी है।

इंसान जब वचनबद्ध (कमिटेड) होकर कार्य पूरा करता है यानी हर दिन निर्धारित काम करता ही है तो उसका विल पावर बढ़ता है। जब वह त्राटक, ध्यान, व्यायाम करता है, अपने शरीर पर अनुशासन लाता है तब उसका विल पावर बढ़ता है। सब्र बढ़ाने की जो भी बातें बताई गई हैं, वे सभी विल पावर भी बढ़ाती हैं। समय निर्धारित करके काम करना, एंड लाइन पर काम करना इत्यादि बातें विल पावर बढ़ाती हैं। जहाँ समय निश्चित करने की जरूरत नहीं है, वहाँ पर भी यदि आपने निश्चय लिया कि 'यह काम इतने समय में पूरा करना है' और आपने वह काम पूरा कर दिया तो आपका विल पॉवर बढ़ने ही वाला है। आपने निश्चय किया कि हर दिन पुस्तक से दो पृष्ठ पढ़ने हैं। उन्हें पढ़ने में अगर १० मिनट लगते हैं और आपने तय किया कि मैं इन्हें ८ मिनट में पूरा करूँगा, आपने ८ मिनट में पूरा किया तो ये बातें विल पावर बढ़ाती हैं।

छोटे-छोटे प्रयोग करके जब आप कामयाब होते हैं तब आपको पता चलता है कि अब आपका विल पॉवर इतना बढ़ चुका है कि आप जो भी तय करते हैं वैसा होता है। ऐसा इसलिए होता है क्योंकि अब आपने काम न करने के बहाने छोड़ दिए हैं। छोटे-छोटे प्रयोग करते रहें। हर दिन ऑफिस में, घर पर कार्यों का समय निर्धारित करें और उन्हें तय किए गए समय पर खतम करके अपना विल पावर बढ़ाएँ। विल पॉवर और सब्र बढ़ाने के लिए निम्नलिखित प्रयोग आपको मदद कर सकता है।

इस प्रयोग को समझने के लिए आपको एक-एक कदम करके आगे बढ़ना है और एक-एक कदम को समझना है।

[75] **प्रयोग** –

१) आप क्रिकेट देख रहे हैं, जिसमें भारत मैच जीतने जा रहा है और लास्ट ओवर चल रहा है, उस वक्त आप वहाँ से उठकर चले जाएँ। ऐसा करने के लिए इच्छा शक्ति (विल पावर) की जरूरत है। इस तरह के छोटे-छोटे प्रयोग करना

शुरू करें। यह संकल्प शक्ति बढ़ाने की छोटी तकनीक है।

२) अगर आपके सामने कोई बड़ा-सा गुब्बारा लेकर आए और वह उसे फोड़ने जा रहा हो तब आपकी प्रतिक्रिया कैसी होगी? आप सोचेंगे, अब फूटने जा रहा है... अभी फूटेगा... पर अगर आप यह प्रयोग कर रहे हैं तो आप आराम से बैठेंगे, गुब्बारे को फूटने देंगे। गुब्बारा तो छोटी बात है, अगर कोई बम लेकर आए और आप यह प्रयोग कर रहे हैं तो आपका शरीर हिलना और सिकुड़ना नहीं चाहिए। कोशिश जरूर करें। सफलता- असफलता में न अटकें।

३) आप नहाने के लिए ठंढे पानी से भरा लोटा अपने ऊपर डालने जा रहे हैं और आपका प्रयोग चल रहा है तो आप शरीर से सिकुड़ेंगे नहीं, ठंढक को बिना सिकुड़े सह लेंगे।

४) कोई इंसान स्कूटर पर पीछे बैठा हुआ है और आगेवाला तेजी से गाड़ी चला रहा है। जिससे पीछे बैठनेवाले को तनाव आ रहा है कि 'अरे! आगेवाले ने एक्सीडेंट कर दिया तो...!' वह पूरा समय तनाव में बैठा है। उस वक्त अगर उसे यह प्रयोग याद आ गया तो वह पीछे आराम से बैठेगा, अब वह सब तनाव छोड़ देगा। वह सोचेगा जब पीछे बैठे हैं तो पीछे ही बैठे रहें, आगे न जाएँ वरना आपके तनाव से उलटा परिणाम भी हो सकता है। आप पीछे बैठकर जो तनाव ले रहे हैं शायद इससे आगेवाले का ध्यान भटक जाए, शायद वह ऐक्सीडेंट कर दे इसलिए उस वक्त आपके लिए यह प्रयोग आवश्यक है।

५) आप जब अप्पू घर के कोलंबस (बड़े झूले) में बैठते हैं तब आपने देखा होगा कि जब वह नीचे आता है तब सब लोग चिल्लाते हैं। आप वहाँ पर भी यह प्रयोग कर सकते हैं। जब आप यह प्रयोग करेंगे तब आप बिलकुल आराम से बैठेंगे हालाँकि शरीर में बहुत खिंचाव और दबाव है। शायद पहली बार आप कामयाब न हों, दूसरी बार भी न हों मगर आप देखेंगे कि अगर आप यह प्रयोग करेंगे और जब आप इसमें १-२ बार कामयाब हो जाएँगे तो आपकी कामयाबी हर बार बढ़ती जाएगी।

६) जब भी लोगों को बदबू आती है तो उनकी हरकतें (अपना चेहरा बिगाड़ना, नाक बंद करना इत्यादि) शुरू हो जाती हैं मगर जब आप यह प्रयोग कर रहे हैं तो बदबू आ रही है फिर भी आप आराम से बैठें, वहाँ पर आपकी संकल्प

शक्ति बढ़ रही है क्योंकि गंदी बदबू आती है तो शरीर जल्दी से सिकुड़ जाता है, उसे रेजिस्ट करता है। उस वक्त आप इस प्रयोग का लाभ लेते हैं तो वहाँ पर भी आप वैसे ही आराम से रहेंगे, आप पर उसका कोई असर नहीं होगा।

७) आप घर में सो रहे हैं और अचानक आपके पड़ोसी का कुत्ता आधी रात को भौंकने लगा या कोई आपके पड़ोस में हॉर्न पर हॉर्न बजाता जा रहा है तो उस वक्त आप सोचते हैं कि इन आवाजों को जल्दी बंद करवाया जाए और आपको याद आ गया कि प्रयोग करना है। फिर आप सोचेंगे, 'और बजाओ और भौंको, तुम्हें पूरा हक है।' दूसरे दिन अपने पड़ोसी को कह सकते हैं कि हॉर्न न बजाए और अपने कुत्ते को सँभाले। कॉमन सेंस का इस्तेमाल ये प्रयोग करते वक्त जरूर करना है।

ये कुछ अलग-अलग उदाहरणों द्वारा आपने समझा कि यह प्रयोग आप कहाँ-कहाँ इस्तेमाल कर सकते हैं। इससे आपका अपने आप पर नियंत्रण बढ़ेगा। अपने शरीर पर नियंत्रण पाने की शक्ति को बढ़ाने के लिए यह प्रयोग दिया गया है।

'सब्र का फल मीठा होता है', ऐसा इसलिए कहा जाता है क्योंकि समय के साथ कई बातें खुद-ब-खुद सुलझ जाती हैं। बाद में पता चलता है कि उस वक्त बिना वजह इंसान ने अपनी शक्ति व्यर्थ गँवाई।

सारांश – वचनबद्धता
वचनबद्धता यानी लिए गये कार्य को दिये गये समय पर पूर्ण करना।
वचनबद्ध होकर काम करने के बाद ही इंसान अपनी संभावनाओं को जान पाता है।
जब आप कोई काम निश्चित करते हैं और वह काम पूर्ण करते हैं तब आप कामयाब हैं।
इस बात का विश्वास करें कि 'अगर कोई काम विश्व का एक इंसान कर सकता है तो वह काम आप भी कर सकते हैं।'
रोज रात सोने से पहले अपने आपसे यह सवाल पूछें कि 'एक और काम मैं क्या कर सकता हूँ?'
निरंतर अभ्यास और नये-नये प्रयोग करके आप अपनी कार्य कुशलता बढ़ाकर वचन पर कायम रह सकते हैं।
किसी क्षेत्र में कार्य कुशलता, प्रवीणता, योग्यता बढ़ाने का एक मात्र रहस्य 'निरंतर अभ्यास (अॅक्शन)' है।
काम को खतम करने वाला इंसान ही जीवन में आगे बढ़ता है, वही सफलता प्राप्त करता है।
घटना के बाद, प्रतिसाद देने के पहले, बीच के अंतराल में आपको प्रतिसाद चुनने की आज़ादी मिलती है।
बाजी कौन मारना चाहता है? अपने आपसे यह पूछें।
सुप्त ऊर्जाएँ जगायें।
आखिरी प्रयास जरूर करें – हिट द लास्ट पंच।
पुल को पलायन न बनने दें – ब्रेक बैक ब्रिज।
बाधाओं को बाधाएँ न समझें।
हार न मानें, निरंतर कार्य करके सफल बनें।
मूड बनने का इंतजार न करें।
थोड़ा मगर आज करें।
समय का सदुपयोग करें, जिसका अर्थ है, 'सही समय पर निर्धारित काम पूरा करना।'
समय पर किया हुआ थोड़ा भी काम बहुत उपयोगी होता है और समय जाने के बाद किया गया काम निरुपयोगी होता है।

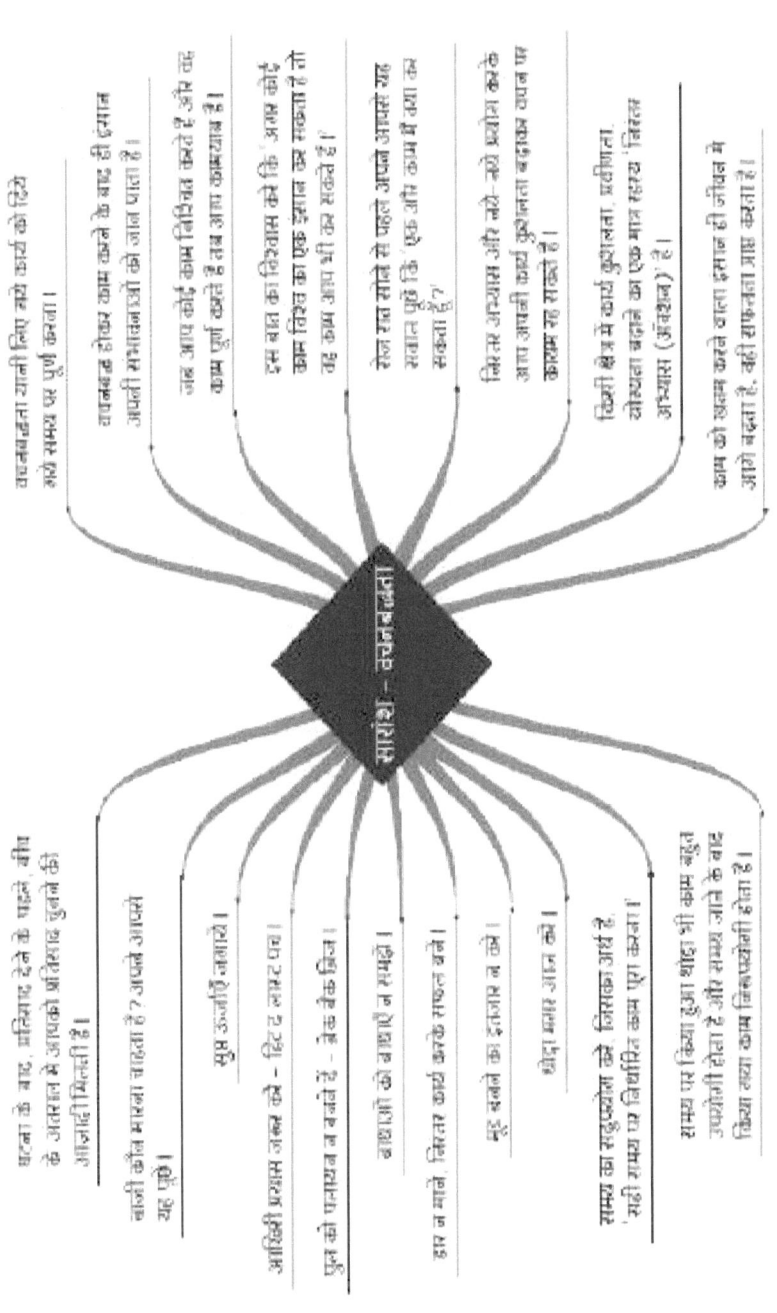

जो बच्चा बचपन से छोटी जिम्मेदारी लेना सीखता है, वह बड़ा होकर विश्व का जिम्मेदार इंसान बनता है।

परिशिष्ट

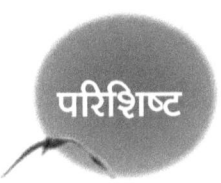

|| Understanding in action शिविर सारणी ||

महीना	पठन, मनन और अमल करें	पृष्ठ सं.
पहला दिन	प्रस्तावना : सबसे बड़ी जिम्मेदारी	१३-१६
दूसरा दिन	लक्ष्य निर्धारित करने के लिए जिम्मेदार,	
	वचनबद्ध और निर्णायक बनें	१७-२१
तीसरा दिन	निर्णय क्षमता - निर्णय लेने का निर्णय	
	निर्णय लेने की कला पर मनन करें	२४-३०
चौथा दिन	निर्णय न लेने के बहाने - न बहें बहानों में	
	आपका मन कौनसे बहाने देता है- मनन करें	३१-३४
	आज तक आपने कौनसे निर्णय लिए,	
	अथवा नहीं लिए, क्यों न ले पाए - मनन करें	
पाँचवाँ दिन	आज का निर्णय- अनेक में पहला एक	३५-३८
छठवाँ दिन	अखंड बनकर निर्णय लें-तेजस्थानी निर्णय	३९-४३
सातवाँ दिन	उठी हुई चेतना से निर्णय कैसे लें	४४-४७
आठवाँ दिन	अपने निर्णय पर दूसरों से सहमति पाने की कला	४८-५१
नौवाँ दिन	उच्च निर्णय क्षमता के लिए १८ सुझाव	५२-५९
दसवाँ दिन	जिम्मेदारी लेना सीखें	६४-६५
ग्यारहवाँ दिन	गैर जिम्मेदारी के परिणामों से बचें	६६-६८
बारहवाँ दिन	जिम्मेदारी और आत्मविश्वास	६९-७१
तेरहवाँ दिन	क्या आपने स्वयं की जिम्मेदारी ली है	७२-७४
चौदहवाँ दिन	जिम्मेदारी को पूर्ण करने में आने	
	वाली बाधाएँ - जिम्मेदारी लेने की तैयारी	७५-७९

|| Understanding in action शिविर सारणी ||

महीना	पठन, मनन और अमल करें	पृष्ठ सं.
पंद्रहवाँ दिन	जिम्मेदारी लेने के लिए आवश्यक गुण	८०-९१
सोलहवाँ दिन	जिम्मेदारी लेने के लिए कार्यक्षमता कैसे बढ़ाएँ	९२-९५
सत्रहवाँ दिन	जिम्मेदारी आज़ादी की घोषणा है	९६-९९
	क्या आप आज़ाद होना चाहते हैं?	
	इस पर मनन करें	
अठारहवाँ दिन	अपनी जिम्मेदारी खुद लें	१००-१०२
उन्नीसवाँ दिन	वादे निभाने की शक्ति, वचन पर कायम रहें	१०९-११३
बीसवाँ दिन	वचनबद्ध न होने के तीन कारण	११४-११७
इक्कीसवाँ दिन	वचन पर कायम कैसे रहें	११८-१२१
बाईसवाँ दिन	निरंतर अभ्यास से दृढ़ संकल्प का	
	निर्माण करें - पहली चाभी	१२२-१२५
तेईसवाँ दिन	पुल को पलायन न बनने दें - दूसरी चाभी	१२६-१२९
चौबीसवाँ दिन	आखिरी प्रयास जरूर करें - तीसरी चाभी	१३०-१३२
पच्चीसवाँ दिन	सुप्त ऊर्जा जगाएँ - चौथी चाभी	१३३-१३५
	बाजी कौन मारना चाहता है - पाँचवीं चाभी	१३६-१३७
छब्बीसवाँ दिन	वचनबद्ध होने के लिए सब्र बढ़ाएँ	१३८-१४४
सताईसवाँ दिन	अभ्यास और संकल्प शक्ति	१४५-१४८

तेजज्ञान फाउण्डेशन का परिचय

तेजज्ञान फाउण्डेशन आत्मविकास से आत्मसाक्षात्कार प्राप्त करने का एक रास्ता है। इसके लिए सरश्री द्वारा एक अनूठी बोध पद्धति (System for Wisdom) का सृजन हुआ है। इस पद्धति को अन्तर्राष्ट्रीय मानक ISO 9001:2008 के आवश्यकताओं एवं निर्देशों के अनुरूप ढालकर सरल, व्यावहारिक एवं प्रभावी बनाया गया है।

इस संस्था की बोध पद्धति के विभिन्न पहलुओं (शिक्षण, निरीक्षण व गुणवत्ता) को स्वतंत्र गुणवत्ता परीक्षकों (Quality Auditors) द्वारा क्रमबद्ध तरीके से जाँचा गया। जिसके बाद इन पहलुओं को ISO 9001:2008 के अनुरूप पाकर, इस बोध पद्धति को प्रमाणित किया गया है।

फाउण्डेशन का लक्ष्य आपको नकारात्मक विचार से सकारात्मक विचार की ओर बढ़ाना है। सकारात्मक विचार से शुभ विचार यानी हॅपी थॉट्स (विधायक आनंदपूर्ण विचार) और शुभ विचार से निर्विचार की ओर बढ़ा जा सकता है। निर्विचार से ही आत्मसाक्षात्कार संभव है। शुभ विचार (Happy Thoughts) यानी यह विचार कि 'मैं हर विचार से मुक्त हो जाऊँ।' शुभ इच्छा यानी यह इच्छा कि 'मैं हर इच्छा से मुक्त हो जाऊँ।'

ज्ञान का अर्थ है सामान्य ज्ञान लेकिन तेजज्ञान यानी वह ज्ञान जो ज्ञान व अज्ञान के परे है। कई लोग सामान्य ज्ञान की जानकारी को ही ज्ञान समझ लेते हैं लेकिन असली ज्ञान और जानकारी में बहुत अंतर है। आज लोग सामान्य ज्ञान के जवाबों को ज्यादा महत्त्व देते हैं। उदाहरण के तौर पर- कर्म और भाग्य, योग और प्राणायाम, स्वर्ग और नर्क इत्यादि। आज के युग में सामान्य ज्ञान प्रदान करनेवाले लोग और शिक्षक कई मिल जाएँगे मगर इस ज्ञान को पाकर जीवन में कोई बड़ा परिवर्तन नहीं होता। यह ज्ञान या तो केवल बुद्धि विलास है या फिर अध्यात्म के नाम पर बुद्धि का व्यायाम है।

सभी समस्याओं का समाधान है तेजज्ञान। भय से मुक्ति, चिंतारहित व क्रोध से आज़ाद जीवन है तेजज्ञान। शारीरिक, मानसिक, सामाजिक, आर्थिक और आध्यात्मिक उन्नति के लिए है तेजज्ञान। तेजज्ञान आपके अंदर है, आएँ और इसे पाएँ।

यदि आप ऐसा ज्ञान चाहते हैं, जो सामान्य ज्ञान के परे हो, जो हर समस्या

का समाधान हो, जो सभी मान्यताओं से आपको मुक्त करे, जो आपको ईश्वर का साक्षात्कार कराए, जो आपको सत्य पर स्थापित करे तो समय आ गया है तेजज्ञान को जानने का। समय आ गया है शब्दोंवाले सामान्य ज्ञान से उठकर तेजज्ञान का अनुभव करने का।

अब तक अध्यात्म के अनेक मार्ग बताए गए हैं। जैसे जप, तप, मंत्र, तंत्र, कर्म, भाग्य, ध्यान, ज्ञान, योग और भक्ति आदि। इन मार्गों के अंत में जो समझ, जो बोध प्राप्त होता है, वह एक ही है। सत्य के हर खोजी को अंत में एक ही समझ मिलती है और इस समझ को सुनकर भी प्राप्त किया जा सकता है। उसी समझ को सुनना यानी तेजज्ञान प्राप्त करना है। तेजज्ञान के श्रवण से सत्य का साक्षात्कार होता है, ईश्वर का अनुभव होता है। यही तेजज्ञान सरश्री महाआसमानी शिविर में प्रदान करते हैं।

महाआसमानी महानिवासी शिविर

क्या आपको उच्चतम आनंद पाने की इच्छा है? ऐसा आनंद, जो किसी कारण पर निर्भर नहीं है, जिसमें समय के साथ केवल बढ़ोतरी ही होती है। क्या आप इसी जीवन में प्रेम, विश्वास, शांति, समृद्धि और परमसंतुष्टि पाना चाहते हैं? क्या आप शारीरिक, मानसिक, सामाजिक, आर्थिक और आध्यात्मिक इन सभी स्तरों पर सफलता हासिल करना चाहते हैं? क्या आप 'मैं कौन हूँ' इस सवाल का जवाब अनुभव से जानना चाहते हैं।

यदि आपके अंदर इन सवालों के जवाब जानने की और 'अंतिम सत्य' प्राप्त करने की प्यास जगी है तो तेजज्ञान फाउण्डेशन द्वारा आयोजित 'महाआसमानी शिविर' में आपका स्वागत है। यह शिविर पूर्णतः सरश्री की शिक्षाओं पर आधारित है। सरश्री आज के युग के आध्यात्मिक गुरु और 'तेजज्ञान फाउण्डेशन' के संस्थापक हैं, जो अत्यंत सरलता से आज की लोकभाषा में आध्यात्मिक समझ प्रदान करते हैं।

महाआसमानी शिविर का उद्देश्य :

इस शिविर का उद्देश्य है, 'विश्व का हर इंसान 'मैं कौन हूँ' इस सवाल का जवाब जानकर सर्वोच्च आनंद में स्थापित हो जाए।' उसे ऐसा ज्ञान मिले, जिससे वह हर पल वर्तमान में जीने की कला प्राप्त करे। भूतकाल का बोझ और भविष्य की

चिंता इन दोनों से वह मुक्त हो जाए। हर इंसान के जीवन में स्थायी खुशी, सही समझ और समस्याओं को विलीन करने की कला आ जाए। मनुष्य जीवन का उद्‌देश्य पूर्ण हो।

'मैं कौन हूँ? मैं यहाँ क्यों हूँ? मोक्ष का अर्थ क्या है? क्या इसी जन्म में मोक्ष प्राप्ति संभव है?' यदि ये सवाल आपके अंदर हैं तो महाआसमानी शिविर इसका जवाब है।

महाआसमानी शिविर के मुख्य लाभ :

इस शिविर के लाभ तो अनगिनत हैं मगर कुछ मुख्य लाभ इस प्रकार हैं...

* जीवन में दमदार लक्ष्य प्राप्त होता है।
* 'मैं कौन हूँ' यह अनुभव से जानना (सेल्फ रियलाइजेशन) होता है।
* मन के सभी विकार विलीन होते हैं।
* भय, चिंता, क्रोध, बोरडम, मोह, तनाव जैसी कई नकारात्मक बातों से मुक्ति मिलती है।
* प्रेम, आनंद, मौन, समृद्धि, संतुष्टि, विश्वास जैसे कई दिव्य गुणों से युक्ति होती है।
* सीधा, सरल और शक्तिशाली जीवन प्राप्त होता है।
* हर समस्या का समाधान प्राप्त करने की कला मिलती है।
* 'हर पल वर्तमान में जीना' यह आपका स्वभाव बन जाता है।
* आपके अंदर छिपी सभी संभावनाएँ खुल जाती हैं।
* इसी जीवन में मोक्ष (मुक्ति) प्राप्त होता है।

महाआसमानी शिविर में भाग कैसे लें?

इस शिविर में भाग लेने के लिए आपको कुछ खास माँगें पूरी करनी होती हैं। जैसे -

१) आपकी उम्र कम से कम अठारह साल या उससे ऊपर होनी चाहिए।

२) आपको सत्य स्थापना शिविर (फाउण्डेशन ट्रुथ रिट्रीट) में भाग लेना होगा, जहाँ आप सीखेंगे- वर्तमान के हर पल को कैसे जीया जाए और निर्विचार दशा में कैसे प्रवेश पाएँ।

३) आपको कुछ प्राथमिक प्रवचनों में उपस्थित होना है, जहाँ आप बुनियादी समझ आत्मसात कर, महाआसमानी शिविर के लिए तैयार होते हैं।

यह शिविर साल में तीन या चार बार आयोजित होता है, जिसका लाभ हज़ारों खोजी उठाते हैं। इस शिविर की तैयारी आगे दिए गए स्थानों पर कराई जाती है।

पुणे, मुंबई, दिल्ली, सांगली, सातारा, जलगाँव, अहमदाबाद, कोल्हापुर, नासिक, अहमदनगर, औरंगाबाद, सूरत, बरोडा, नागपुर, भोपाल, रायपुर, चेन्नई, वर्धा, अमरावती, चंद्रपुर, यवतमाल, रत्नागिरी, लातूर, बीड, नांदेड, परभणी, पनवेल, ठाणे, सोलापुर, पंढरपुर, अकोला, बुलढाणा, धुले, भुसावल, बैंगलोर, बेलगाम, धारवाड, भुवनेश्वर, कोलकत्ता, राँची, लखनऊ, कानपुर, चंदीगढ़, जयपुर, पणजी, म्हापसा, इंदौर, इटारसी, हरदा, विदिशा, बुरहानपुर।

आप महाआसमानी की तैयारी फाउण्डेशन में उपलब्ध सरश्री द्वारा रचित पुस्तकों, सी.डी. और कैसेटस् सुनकर कर सकते हैं। इसके अलावा आप टी.वी., रेडियो और यू ट्यूब पर सरश्री के प्रवचनों का लाभ भी ले सकते हैं मगर याद रहे, ये पुस्तकें, कैसेट, टी.वी., रेडियो और यू ट्यूब के प्रवचन शिविर का परिचय मात्र है, तेजज्ञान नहीं। आप महाआसमानी शिविर में भाग लेकर ही तेजज्ञान का आनंद ले सकते हैं। आगामी महाआसमानी शिविर में अपना स्थान आरक्षित करने के लिए संपर्क करें : **09921008060/75, 9011013208**

महाआसमानी शिविर स्थान

महाआसमानी महानिवासी शिविर 'मनन आश्रम' पर आयोजित किया जाता है। यह आश्रम पुणे शहर के बाहरी क्षेत्र में पहाड़ों और निसर्ग के असीम सौंदर्य के बीच बसा हुआ है। इस आश्रम में पुरुषों और महिलाओं के लिए अलग-अलग, कुल मिलाकर 700 से 800 लोगों के रहने की व्यवस्था है। यह आश्रम पुणे शहर से १७ किलो मीटर की दूरी पर है। हवाई अड्डा, हाइवे और रेल्वे से पुणे आसानी से आ-जा सकते हैं।

मनन आश्रम : मनन आश्रम, पुणे, सर्वे नं. ४३, सनस नगर, नांदोशी गांव, किरकट वाडी फाटा, तहसील - हवेली, जिला - पुणे - ४११ ०२४. फोन : 09921008060

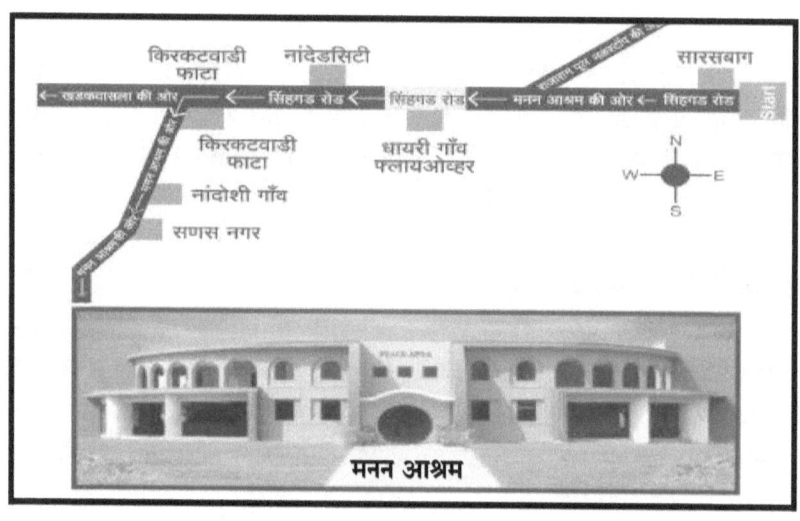

 अब एक क्लिक पर ही शिविर का रजिस्ट्रेशन !

तेजज्ञान फाउण्डेशन की इन शिविरों के लिए
अब आप ऑनलाईन रजिस्ट्रेशन भी कर सकते हैं-

* महाआसमानी महानिवासी शिविर (पाँच दिवसीय निवासी शिविर)
* मैजिक ऑफ अवेकनिंग (केवल अंग्रेजी भाषा जाननेवालों के लिए तीन दिवसीय निवासी शिविर)
* मिनी महाआसमानी (निवासी) शिविर, युवाओं के लिए

रजिस्ट्रेशन के लिए आज ही लॉग इन करें

 www.tejgyan.org

यह पुस्तक पढ़ने के बाद आप अपने अभिप्राय (विचार सेवा) इस पते पर भेज सकते हैं :
Tejgyan Global Foundation,
Pimpri Colony Post office, P.O. Box 25,
Pune- 411017. Maharashtra (India).

वचनबद्ध निर्णय और जिम्मेदारी लेने के लिए पढ़ें

विचार नियम

आपकी कामयाबी का रहस्य

द पॉवर ऑफ हॅपी थॉट्स

Pages - 200

Price - 150/-

क्या हम सभी आंतरिक शांति को तलाश रहे हैं?

हम अपने जीवन में आंतरिक शांति और स्थायी पूर्णता की चाहत रखते हैं। साथ ही हमें बेशर्त प्रेम और आनंद की तलाश रहती है। परंतु यह संभव नहीं लगता क्योंकि रोज़मर्रा के जीवन में चुनौतियों में हम उलझकर रह जाते हैं।

क्या हम सभी सांसारिक सफलता पाने की चाहत रखते हैं?

हम सभी संपन्न जीवन का आनंद लेना चाहते हैं। एक ऐसा जीवन जहाँ रिश्तों में भरपूर ताल-मेल और अपनापन हो, आर्थिक स्वतंत्रता हो और उत्तम स्वास्थ्य हो।

हम सभी अपने काम में रचनात्मक और उत्पादक बनकर सर्वोत्तम परिणाम हासिल करने की चाह रखते हैं। लेकिन ये सब हासिल करने की कीमत हमें अपनी आंतरिक शांति खोकर चुकानी पड़ती है...

खुशखबर यह है कि अब हमें दोनों प्राप्त हो सकते हैं!

'विचार नियम' पुस्तक के ज़रिए -

- अपने आंतरिक और बाहरी जीवन में ताल-मेल बिठाएँ।
- अपनी इच्छानुसार शांत और स्थिर महसूस करें।
- विचारों के पार जाकर अपने 'असली अस्तित्व' को पहचानें, जो आपकी मूल अवस्था है।
- विचार नियमों को अपने जीवन में उतारें ताकि आप अपनी उच्चतम संभावना की ओर सहजता से आगे बढ़ पाएँ।
- मौनायाम की अवस्था में रहकर प्रेम, आनंद, करुणा, भरपूरता व रचनात्मकता जैसे गुणों को अपने अंदर से प्रकट होने का मौका दें।

आइए, बीस लाख से भी अधिक पाठकों के समूह में शामिल हो जाएँ, जिन्होंने विचारों के ७ शक्तिशाली नियमों तथा मत्रों द्वारा आंतरिक शांति और सफलता हासिल की है।

विकास नियम
आत्मविकास द्वारा संतुष्टि पाने का राज़

Total Pages - 176

Price - 100/-

विकास नियम हमारे चारों ओर काम कर रहा है। फिर चाहे वह शरीर का विकास हो, बुद्धि का विकास हो, शहर या देश का विकास हो। यह नियम तो एक बुनियादी नियम है; यह पूर्णता की चाहत है। आइए, इस पुस्तक द्वारा विकास नियम को अपना आदर्श बना दें और विकास की नई ऊँचाइयों को छू लें।

विकास नियम हर इंसान और वस्तु में छिपी संभावनाओं को प्रकट करने का नियम है। यह आपकी संपूर्ण संतुष्टि की चाहत को पूरा करता है। इस नियम के ज़रिए जान लें जो अब आपके सामने है।

✻ विकास नियम का महा मंत्र क्या है?
✻ विकास की शुरुआत कैसे और कहाँ से करें?
✻ विकास का विकल्प कैसे चुनें?
✻ विकास पर सदा अपनी नजर कैसे टिकाए रखें?
✻ आत्मविकास के स्वामी कैसे बनें?
✻ इंसान की अंतिम विकास अवस्था क्या है?
✻ स्वयं को और अपने मन की जमाई सोच को कैसे जानें?

समग्र लोकव्यवहार
मित्रता और रिश्ते निभाने की कला

Total Pages - 184
Price - 150/-

लोक व्यवहार चुनने की आज़ादी आपके हाथ में

आश्चर्य की बात है कि इंसान अपना व्यवहार खुद चुनकर नहीं करता। उसका व्यवहार दूसरों के व्यवहार पर निर्भर होता है। जैसे 'उसने मेरे साथ गलत व्यवहार किया इसलिए मैंने भी उसे भला-बुरा कहा... उसने मुझसे टेढ़े तरीके से बात की इसलिए मैंने क्रोध किया...', ऐसी बातें तो अकसर आप सुनते व बोलते हैं। इसका अर्थ है कि सामनेवाला जैसा चाहे, वैसा व्यवहार हमसे निकलवा सकता है। यह दिखाता है कि हम बँधे हुए हैं। स्वयं को इस बंधन से मुक्त करने के लिए लोक व्यवहार की कला सीखें। इस पुस्तक से आप सीखेंगे –

* व्यवहार चुनने के लिए आज़ाद होने का मार्ग और उस पर चलने का राज़।
* उच्चतम व्यवहार कब-कैसे किया जाए।
* रिश्तों में सफलता हासिल करने के लिए लोक व्यवहार का सही तरीका।
* मित्रता और रिश्ते निभाने की कला
* चार तरह के व्यवहार का ज्ञान
* सही समय पर सही व्यवहार कैसे किया जाए
* समग्र व्यवहार सीखने की विधि
* दर्द और दुःख में योग्य व्यवहार करने की कला

यह पुस्तक आपको मित्रता और रिश्ते निभाने तथा समग्र लोक व्यवहार की कला सिखाएगी। यह पुस्तक समग्र जीवन की कूँजी है। इस कूँजी द्वारा आप लोक व्यवहार कुशलता के खज़ाने का ताला बड़ी कुशलता से खोल पाएँगे।

सुनहरा नियम
रिश्तों में नई सुगंध

Total Pages - 216

Price - 140/-

एक साथ मिल-जुलकर रहने और प्यार का दूसरा नाम है परिवार पर सच यह भी है कि दुनिया में ऐसा कोई कुटुंब नहीं, जहाँ पर कभी न कभी तकरार न होती हो। सवाल यह है कि परिवार में सभी सदस्य एक-दूसरे के शुभचिंतक होते हैं लेकिन फिर भी उनके बीच झगड़े क्यों होते हैं? हर कोई चाहता है कि परिवार में सुख-शांति हो, फिर भी ऐसा नहीं होता। आखिर इसका कारण क्या है? इसी विषय पर मनन और व्यावहारिक ज्ञान से गुंथी है सरश्री की नई पुस्तक 'सुनहरा नियम'।

तेजज्ञान ग्लोबल फाउंडेशन द्वारा अत्यंत सरल और सहज हिंदी में प्रकाशित यह पुस्तक परिवार को प्रेम, आनंद और मौन के धागे से बाँधने का सही रास्ता दिखाती है।

इस पुस्तक के तीस छोटे-छोटे अध्यायों में रोचक उदाहरणों, बेमिसाल उपमाओं और जहाँ आवश्यकता है वहाँ सवाल-जवाब के जरिए परिवार को एकजुट बनाए रखने की प्रैक्टिकल बातें बताई गई हैं। चाहे वह परिवार के सभी सदस्यों को समान प्लेटफॉर्म देने की बात हो या बाहरी लोगों के उकसावे से बचाने की, क्षमा का महत्त्व हो या प्रायश्चित का रहस्य, यह पुस्तक आपको एक बार फिर से सरश्री की अनूठी समझ का कायल बना देती है।

पैसा

रास्ता है, मंजिल नहीं

Total Pages - 136
Price - 125/-

आप क्या मानते हैं...

✳ पैसा कमाना कठिन है या आसान है। ✳ ज़्यादा कमानेवाले अमीर होते हैं या पैसा बचानेवाले अमीर होते हैं। ✳ हाथ में खुजली होने से पैसा मिलता है या हाथों के कर्म से पैसा आता है। ✳ जिसे ज़्यादा पैसा होगा, वह कम आध्यात्मिक होगा या जिसे कम पैसा होगा वह अधिक आध्यात्मिक होगा। ✳ पैसा शैतान है या भगवान है। ✳ पैसा हाथ का मैल है या हाथ की शोभा है। ✳ पैसा लेकर लोग वापस नहीं करते हैं या जितना देते हैं उतना बढ़ता है। ✳ पैसा, आनंद, समय इत्यादि कम है, बाँट नहीं सकते या सब कुछ भरपूर है। ✳ पैसा आते ही दोस्त दुश्मन बन जाते हैं या दोस्त बढ़ जाते हैं। ✳ ज़्यादा पैसा ज़्यादा समस्या या ज़्यादा पैसा ज़्यादा सुविधा। ✳ पैसे से हम सब कुछ खरीद सकते हैं या पैसे से प्रेम और खुशी नहीं खरीदी जा सकती।

पैसे की मान्यताओं को अपने अंदर टटोलने के बाद यह समझें कि जितनी गलत मान्यताएँ आपके भीतर होंगी, समृद्धि आपसे उतनी ही दूर होगी। जो लोग समृद्धि पाना चाहते हैं, वे कभी पैसों के मामले में लापरवाही नहीं बरतते। वे पैसे की समस्या का यह सूत्र जानते हैं:

पैसे की समस्या = लापरवाही + सुस्ती + गलत आदतें − समझ

आप इस सूत्र को प्रस्तुत पुस्तक में और गहराई से समझ पाएँगे। पैसे की संपूर्ण समझ प्रदान करनेवाली इस पुस्तक का अवश्य लाभ लें।...

रुका हुआ पैसा उसी तरह बन जाता है

जैसे रुका हुआ पानी।

ऐसे पानी से दुर्गंध आने लगती है।

असफलता का मुकाबला
काबिलीयत रहस्य

Total Pages - 184
Price - 100/-

- 'क्या आपको कभी असफलता फली है?'
१. जी हाँ, सफलता ही असफलता का फलित रूप है लेकिन इंसान इसे तब तक मानने से इंकार करता है, जब तक सफलता न मिले।
- 'क्या पैसा, पद, शोहरत प्राप्त न कर पाना ही असफलता है?'
२. पैसा, पद, शोहरत हासिल न कर पाना असफलता नहीं है बल्कि अपना हौसला खो देना असफलता है।
- 'क्या यह संभव है कि असफलता ही सफलता की राह का बल बन जाए?'
३. असफलता ही सफलता की राह का बल बन सकती है। इतिहास ऐसे उदाहरणों से भरा है, जब असफलता पाकर इंसान और भी अधिक संकल्पबद्ध होकर कामयाब हुआ है।
- 'क्या असफलता में भी कोई खूबी छिपी होती है?'
४. असफलता की खूबसूरती कुछ यूँ है कि उसमें इंसान की सारी गलतियाँ भस्म हो जाती हैं और वह अपने भीतर धीरज, विश्वास और काबिलीयत का संवर्धन कर, असफलता से मुकाबला करने के लिए स्वयं को तैयार कर पाता है।
- 'क्या निराशा और असफलता, अंतिम सफलता के आधार स्तम्भ हैं?'
५. अंतिम सफलता तक पहुँचने के लिए निराशा का धक्का वरदान है। असफलता से मुकाबला करने का हौसला है यह पुस्तक... जिसे पढ़कर आपके भीतर असफलता का एक नया अर्थ जन्म लेगा। तब सही मायने में असफलता फलित होकर सफलता के शिखर को छू पाएगी। जहाँ सफलता-असफलता विरोधी न होकर, एक दूसरे के पूरक होंगे।

असंभव कैसे करें संभव

हातिम से सीखें साहस और निःस्वार्थ जीवन का राज़

Total Pages - 176

Price - 100/-

हातिम के किस्से विश्व प्रसिद्ध हैं जो आपको रहस्य, रोमांच और साहस की तिलस्मी दुनिया में ले जाते हैं। लेकिन इस बार यह साहस आपको दिखाना है और सात नहीं बल्कि चौदह सवालों के जवाब खोजने हैं पर एक अलग ढंग से। यह खोज जंगलों में, पर्वतों पर, रेगिस्तानों में नहीं बल्कि स्वयं के भीतर ही डुबकी लगाकर करनी है।

इस खोज में यह पुस्तक आपकी मार्गदर्शक बनेगी। जो पहले आपको सवाल देगी, फिर आपसे उनके जवाबों की खोज करवाएगी। ये जवाब आपको सिखाएँगे-

१. असंभव कैसे बने संभव? वहम, तथ्य, सत्य और परमसत्य का रहस्य क्या है?
२. कुदरत से कैसा ताल-मेल बनाएँ ताकि लक्ष्य सहजता से प्राप्त हो?
३. दुःख से बाहर आने की कला क्या है, आनंदित अवस्था कैसे पाएँ?
४. निःस्वार्थ जीवन की शक्ति क्या है, इसे अपनाना क्यों ज़रूरी है?
५. कर्म विज्ञान क्या है, कर्म बंधनों से मुक्ति कैसे पाएँ?
६. प्रेम, आनंद, शांति, संपन्नता, स्वास्थ्य, मधुर रिश्तोंभरा जीवन कैसे पाएँ?
७. मृत्यु और जीवन का रहस्य क्या है? मुक्ति क्या है, इसे कैसे प्राप्त करें?

तो चलिए हातिम बनकर सात-सात वचनों के साथ आंतरिक खोज का शुभारंभ करें और वह सब कुछ प्राप्त करें, जिसे पाने के लिए आप पृथ्वी पर आए हैं।

संपूर्ण लक्ष्य

संपूर्ण विकास कैसे करें

Total Pages - 216
Price - 175/-

यह पुस्तक छः खंडों में विभाजित की गई है :

पहले खंड में संपूर्ण विकास के लिए : ३० सूत्रों पर काम करें जैसेः अपना लक्ष्य बनाएँ, अपना नज़रिया बदलें, बुरी आदतों का त्याग व गुणों का विकास करें, लीडरशिप का निर्माण करें, जिम्मेदारी का एहसास जगाएँ, हमेशा जीतें इत्यादि । **दूसरे खंड में शारीरिक विकास के लिए** : सही आहार (सात्विक आहार), व्यायाम, सम्यक आराम और प्राणायाम का उपयोग करें। **तीसरे खंड में मानसिक विकास के लिए** : आशावादी विचार (हॅपी थॉट्स), दमदार लक्ष्य रखें, दूषित विचारों से बचें, मानसिक विकास के रास्ते में आनेवाले पत्थर भय, चिंता, क्रोध, अहंकार, मोह जैसी बिमारियों को हटाएँ, बुद्धि का विकास बढ़ाने के लिए - सामान्य बुद्धि, दूरदर्शिता, मौलिकता तथा सृजन शक्ति का अभ्यास करें। **चौथे खंड में आर्थिक विकास के लिए** : पैसे के बारे में भ्रम, मान्यताएँ हटाकर पैसे का सही इस्तेमाल करने के १३ नुस्खे अपनाएँ, पैसा रास्ता है, मंजिल नहीं, लक्ष्य नहीं, यह समझें। **पाँचवें खंड में सामाजिक विकास के लिए** : लोगों से व्यवहार करने के तीन जादुई कदम व एक सुनहरी नियम का पालन करें। **छठे खंड में आध्यात्मिक विकास के लिए** : अपने आनंद व सवालों को विकसित करना सीखें, उन्नति का रहस्य जानें, साँप को सीढ़ी बनाने की कला सीखें यानी हर घटना को सीढ़ी बनाएँ, हर घटना से सीखें व अपनी दुनिया का गलत ढाँचा तोड़ें।

पुस्तकें प्राप्त करने के लिए नीचे दिए गए पते पर मनीऑर्डर द्वारा पुस्तक का मूल्य भेज सकते हैं। पुस्तकें रजिस्टर्ड, कुरियर अथवा वी.पी.पी. द्वारा भेजी जाती हैं।
पुस्तकों के लिए नीचे दिए गए पते पर संपर्क करें।
WOW Publishings Pvt. Ltd.
* रजिस्टर्ड ऑफिस - इ- ४, वैभव नगर, तपोवन मंदिर के नज़दीक, पिंपरी, पुणे - ४११०१७
* पोस्ट बॉक्स नं. ३६, पिंपरी कॉलोनी पोस्ट ऑफिस, पिंपरी, पुणे - ४११०१७ फोन नं.: 09011013210 / 9623457873
आप ऑन-लाइन शॉपिंग द्वारा भी पुस्तकों का ऑर्डर दे सकते हैं।
लॉग इन करें - www.gethappythoughts.org
३०० रुपयों से अधिक पुस्तकें मँगवाने पर डाक-व्यय के साथ १०% की छूट।

बेस्ट सेलर पुस्तक 'विचार नियम' श्रृंखला के रचनाकार
सरश्री द्वारा सत्य संदेश का लाभ लें

संस्कार चैनल

सोमवार से शनिवार शाम 6:30 से 6:50
और रविवार शाम 8:10 से 8:30

www.youtube.com/tejgyan

पर भी सरश्री के प्रवचनों का लाभ ले सकते हैं।

For online shopping visit us - www.tejgyan.org
www.gethappythoughts.org

हर मंगलवार, शुक्रवार, शनिवार, रविवार सुबह ९.१५ रेडियो विविध भारती, एफ. एम. पुणे पर 'तेजविकास मंत्र'

हर शनिवार सुबह ८.५५ रेडियो एम. डब्ल्यू. पुणे, तेजज्ञान इनर पीस अॅण्ड ब्यूटी कार्यक्रम

नोट : उपरोक्त कार्यक्रमों के समय बदल सकते हैं इसलिए समय पुष्टि करें।

तेजज्ञान इंटरनेट रेडियो

२४ घंटे और ३६५ दिन सरश्री के प्रवचन और भजनों का लाभ लें,
तेजज्ञान इंटरनेट रेडियो द्वारा। देखें लिंक

http://www.tejgyan.org/internetradio.aspx

वचनबद्ध निर्णय और जिम्मेदारी कैसे लें ✻ 167

तेजज्ञान फाउण्डेशन – मुख्य शाखाएँ
पुणे (रजिस्टर्ड ऑफिस)
विक्रांत कॉम्प्लेक्स, तपोवन मंदिर के नज़दीक,
पिंपरी, पुणे-४११ ०१७.
फोन : 020-27411240, 27412576

मनन आश्रम
सर्वे नं. ४३, सनस नगर, नांदोशी गाँव,
किरकटवाडी फाटा, तहसील – हवेली,
जिला- पुणे - ४११ ०२४. फोन : 09921008060

e-books
•The Source •Complete Meditation •Ultimate Purpose of Success •Enlightenment •Inner Magic •Celebrating Relationships •Essence of Devotion •Master of Siddhartha •Self Encounter, and many more.
Also available in Hindi at www. gethappythoughts.org

Free apps
U R Meditation & Tejgyan Internet Radio on all platforms like Android, iPhone, iPad and Amazon

e-magazines
'Yogya Aarogya' & 'Drushtilakshya'
emagazines available on www.magzter.com

e-mail
mail@tejgyan.com

website
www.tejgyan.org, www.gethappythoughts.org

– नम्र निवेदन –
विश्व शांति के लिए लाखों लोग प्रतिदिन
सुबह और रात ९ बजकर ९ मिनट पर प्रार्थना करते हैं।
कृपया आप भी इसमें शामिल हो जाएँ।

www.ingramcontent.com/pod-product-compliance
Lightning Source LLC
LaVergne TN
LVHW091048100526
838202LV00077B/3080
* 9 7 8 8 1 8 4 1 5 3 5 7 6 *